IMS InstitutoMoreiraSalles

serrote é uma publicação do Instituto Moreira Salles que sai três vezes por ano: março, julho e novembro.

COMISSÃO EDITORIAL **Alice Sant'Anna, Daniel Trench, Eucanaã Ferraz, Flávio Pinheiro, Francisco Bosco, Heloisa Espada, Matinas Suzuki Jr., Paulo Roberto Pires e Samuel Titan Jr.**

EDITOR **Paulo Roberto Pires**
DIRETOR DE ARTE **Daniel Trench**
COORDENAÇÃO EDITORIAL **Alice Sant'Anna e Flávio Cintra do Amaral**
ASSISTENTE DE ARTE **Gustavo Marchetti**
PRODUÇÃO GRÁFICA **Acássia Correia e Jorge Bastos**
PREPARAÇÃO E REVISÃO DE TEXTOS **Denise Pessoa, Flávio Cintra do Amaral, Joana Milli, Juliano Miasso, Leny Cordeiro, Sandra Brazil, Valeska de Aguirre e Vanessa Alves Baptista**
CHECAGEM **Eduardo Toaldo, José Genulino Moura Ribeiro e Regina Pereira**
ASSESSORIA DE COMUNICAÇÃO **Marília Scalzo** / marilia.scalzo@ims.com.br

Av. Paulista, 1294/14º andar São Paulo SP Brasil 01310-915
tel. 11.3371.4455 fax 11.3371.4497
www.ims.com.br

nº 15 novembro 2013

IMPRESSÃO **Ipsis Gráfica e Editora**

As opiniões expressas nos artigos desta revista são de responsabilidade exclusiva dos autores. Os originais enviados sem solicitação da ***serrote*** não serão devolvidos.

ASSINATURAS 11.3971.4372 ou serrote@ims.com.br
www.revistaserrote.com.br

Imagem da capa:
Jacob Lawrence
Detalhe de *They were very poor*
Painel 10 de *The Migration Series*, 1940-1941
© 2013, The Museum of Modern Art, Nova York/Scala, Florença

Página de rosto:
Jacob Lawrence
Poster Design...Whitney Exhibition, 1974
© The Jacob and Gwendolyn Lawrence Foundation / Art Resource, NY

CARTA DOS EDITORES

Elogios da dissonância

Só há política para valer, escreveu Jacques Rancière, quando há desentendimento. Ou seja, quando alguém que não é suposto ter voz toma a palavra sem autorização, ocupa um lugar inesperado e dá seu recado de forma pouco usual. O que vale para o engajamento assim concebido vale para o ensaio, gênero que preza mais a experimentação do que a conclusão.◖ É nesse espírito, conjugando um máximo de risco e um mínimo de certeza, que a ***serrote*** dedica um caderno especial aos protestos de junho deste ano, buscando um retrato necessariamente imperfeito das ruas por meio da superposição das vozes de intelectuais, jornalistas e manifestantes.◖ Política e estética se associam ainda de forma complexa e sofisticada na aguda leitura de Graciliano Ramos por Milton Hatoum e nas "Notas de um filho desta terra", clássico em que James Baldwin transforma o testemunho de sua vida num petardo contra a segregação racial nos Estados Unidos.◖ A discussão sobre a liberdade, horizonte último da política e da arte, abre esta edição com o vencedor do 2º prêmio de ensaísmo ***serrote***. Em "A arquitetura dos intervalos", Francesco Perrotta-Bosch faz John Cage encontrar Lina Bo Bardi no vão do Museu de Arte de São Paulo para examinarem-se as possibilidades de transformação de uma cidade. Discussão que, aliás, foi o ponto de partida para o desentendimento que será sempre o sinônimo deste Brasil de 2013.◖

PRÊMIO O fascínio de John Cage pelo vão do Masp é uma chave privilegiada para entender a complexidade e o alcance do pensamento de Lina Bo Bardi

A arquitetura dos intervalos

FRANCESCO PERROTTA-BOSCH

A execução de *4'33"* por uma orquestra sob o vão do Masp seria uma ocasião interessante. Mesmo que pareça redundante a sobreposição de duas grandes obras com intenções semelhantes, no encontro entre o intervalo do tempo de John Cage e o intervalo do espaço de Lina Bo Bardi estaríamos na mais privilegiada situação para perceber os vários acontecimentos – "atividade do som"[1] – naquele rico e complexo ambiente em que o Masp se insere. Ambas as obras agem dentro do que é real, libertando aquilo que está "oprimido, mas não suprimido".[2] Trabalhos sensíveis à participação do entorno dentro deles – estando dispostos à escuta – permitem que as exterioridades incidam fortemente sobre o que há de interioridade.

A própria arquiteta contava diversas vezes a história do encanto do compositor quando avistou o edifício do museu:

> Quando o músico e poeta americano John Cage veio a São Paulo, de passagem pela avenida Paulista, mandou parar o carro na frente do Masp, desceu e, andando de um lado para outro do belvedere, os braços levantados, gritou: "É a arquitetura da liberdade!". Acostumada aos elogios pelo "maior vão livre do mundo, com carga permanente, coberto em plano", achei que o julgamento do grande artista talvez estivesse conseguindo comunicar aquilo que queria dizer quando projetei o Masp: o

1. "John Cage about silence". Disponível em: www.youtube.com/watch?v=pcHnL7aS64Y. Acesso em 19 de setembro de 2011.

2. Olivia de Oliveira, *Lina Bo Bardi: sutis substâncias da arquitetura*. São Paulo/Barcelona: Romano Guerra Editora/Gustavo Gili, 2006, p. 295.

Lina Bo Bardi
Detalhe de *Museu de Arte de São Paulo Masp*, 1957-1968
Perspectiva com objetos e esculturas expostas
Instituto Lina Bo e P.M. Bardi

museu era um "nada", uma procura da liberdade, a eliminação de obstáculos, a capacidade de ser livre perante as coisas.[3]

3. Lina Bo Bardi, "Uma aula de arquitetura", *in* Silvana Rubino e Marina Grinover (org.), *Lina por escrito*. São Paulo: Cosac Naify, 2009, p. 166.

Aí está uma chave para a compreensão da singularidade do vão livre da edificação: espaço formado por entre o conjunto do solo da avenida Paulista com o volume suspenso e sua estrutura em "duplo pórtico" pintado de vermelho, enquadrando a massa de edificações da cidade de São Paulo, como um portal na escala da metrópole, que preserva e pronuncia a visão que a avenida tem da urbe. Uma moldura que ali interioriza as exterioridades paulistanas.

Todavia, seria superficial nos ater ao espaço que Bo Bardi denominava belvedere do Masp como uma "janela especial". Alguns eventos abrigados ali indicam a especificidade do lugar. Exemplares são os vários protestos que ocorreram e reaparecem com força neste ano de 2013, aglomerações do povo contra problemas conjunturais ou o poder vigente. Nesse lugar, permite-se contestar a ordem, promover encontros, agregar diferenças, gerar choques, instaurar algum caos.

O vão livre também possibilita o abrigo ao lúdico, como nos meses em que o Circo Piolin nele se instalou; ao nostálgico, das feirinhas de antiguidades de todos os domingos; à arte em contato com as condições urbanas, como nos filmes ali projetados em festivais de cinema; à audição, entre o ruído dos automóveis e as notas dos músicos durante seus shows; às ocasiões esperadas ou inesperadas. Para o vão livre do Masp, adjetivos como cívico e monumental são corretos, porém ainda pouco justificam o lugar.

Por isso, retomemos o sentido da observação "arquitetura da liberdade" de Cage. Numa palestra de 1958 sobre música experimental, o músico americano afirmara: "Nessa nova música, nada acontece além de sons: os que são percebidos e os que não o são. Os que não são notados aparecem na música escrita como silêncios, abrindo as portas da música para os sons que existem no ambiente."[4] O silêncio aqui representa a abertura da arte aos acontecimentos exteriores ao processo musical que é conduzido, por meio da partitura, por uma construção sonora criada por um autor. Com isso, Cage se permite ser atravessado pelo que não pertence a uma organização musical predeterminada e, por conseguinte, pelo que não é necessariamente do domínio da música, da arte.

4. John Cage, *Silence: conférences et écrits*. Genebra: Héros-Limite, 2003, p. 11.

Qualquer som, barulho ou ruído pode ser compreendido como música, segundo essa concepção de Cage: "A experiência do som que prefiro em relação a todas as outras é a experiência do silêncio. E o silêncio em quase todos os lugares do mundo agora é tráfego. Se você escutar Beethoven ou Mozart, você verá que é sempre o mesmo, mas se você escutar o tráfego, você verá que é sempre diferente."[5] John Cage esteve atento à percepção dos acontecimentos, desses eventos não organizados nem controlados por um indivíduo ou por um grupo. Por não conterem um caráter especial, podem até ser vistos como banais. Introjetados à cotidianidade como um "pano de fundo" – "cenário" – às coisas nas quais focamos nossas atenções. Sua composição mais instigante está diretamente ligada a essa reflexão: *4'33"* é composta por três movimentos sem a execução de qualquer nota, para que possamos perceber os sons do ambiente – *environment* –, abrindo a composição à indeterminação e aos acontecimentos correntes no cotidiano.

5. "John Cage about silence". Disponível em: www.youtube.com/watch?v=pcHnL7aS64Y. Acesso em 19 de setembro de 2011.

No vão livre do Masp, percebemos que a arquiteta não determinou um sistema que domestica a apreensão do espaço pelo visitante. As pessoas não terão ao seu redor um espaço constituído por uma composição plástica, como uma obra sonora concebida por Beethoven ou Mozart, mas por um espaço – um intervalo – onde se está livre para perceber o ambiente que o envolve da maneira como ele é, sem que seja agregada ou sobreposta qualquer informação de caráter imagético, tátil, sonoro etc. Lina Bo Bardi não intenta dominar todo o processo de ocupação e transformação daquele lugar. Aquele "nada" é um local liberto à recepção de diferentes sensações pelo ser humano, sendo assim um lugar privilegiado para a percepção da vida, da coletividade, da metrópole paulistana, do mundo.[6]

6. John Cage, na palestra sobre música experimental, definiu algo que também justificaria o atributo de "arquitetura da liberdade" dado ao vão livre do Masp: "Uma peça sem finalidade [...] é uma afirmação da vida sem que haja a tentativa de trazer ordem ao caos ou sugerir melhoramentos ao já criado, mas simplesmente uma maneira de acordar para a vida que estamos vivendo".

Ao se liberar para o que não pertence ao universo arquitetônico *stricto sensu*, a arquiteta questiona certos paradigmas do ato projetivo tidos como certeza no *modus operandi* da arquitetura. No vão livre do Masp, da maneira como ele se apresenta, Lina Bo Bardi não se coloca no papel de arquiteta que pretende impor seu desenho ao mundo; ao contrário, ela quer abrir sua arquitetura ao outro, para que este possa interagir com ela. Assim, possibilita a incorporação de outras lógicas, diferentes da elaborada por si mesma como autora. Bo Bardi parece com isso pôr em dúvida a ideia do arquiteto como uma espécie de demiurgo, ou seja, o artífice com o poder de determinar o mundo material e o comportamento das pessoas que o habitam. A "arquitetura da liberdade", verificada por Cage no vão livre do Masp, relativiza certos princípios do ato de projetar vistos como demandas naturais, mas que são, na verdade, formulações culturais. Para isso, é válido considerar uma lógica aparentemente contrária à de Lina Bo Bardi.

"A disciplina procede em primeiro lugar à distribuição dos indivíduos no espaço", escreve Michel Foucault em *Vigiar e punir: nascimento da prisão.*[7] Os três termos-chave da afirmação – disciplina, distribuição, indivíduos – nos orientam a diversas questões. Processos disciplinares são métodos de controle das operações, por meio da manipulação calculada de cada elemento, estruturando-os para que sejam submissos e obedientes a um sistema de poder. A ênfase ao indivíduo deve ser, primeiramente, conferida pela óptica antagônica: a da coletividade. A formação de grupos de pessoas é vista como uma abertura ao descontrole: "É preciso anular os efeitos das repartições indecisas, o desaparecimento descontrolado dos indivíduos, sua circulação difusa, sua coagulação inutilizável e perigosa; tática de antideserção, de antivadiagem, de antiaglomeração".[8] A individualização facilita o entendimento do conjunto, ou seja, é pela análise de cada elemento que se compreenderá e se dominará o todo. Intenciona-se a decomposição dos agrupamentos para que não haja misturas, aglomerações, confusões, caos. A partir do ato de decompor, obtêm-se as individualidades que serão distribuídas de acordo com um sistema. Essa divisão e distribuição se encaixa numa lógica espacial – arquitetônica – e impõe, por consequência, o posicionamento dos indivíduos e a articulação deles. Assim, mecanismos disciplinares fragmentam e ordenam as operações para que haja maior controle sobre as pessoas e os processos, com a finalidade de maximizar os rendimentos conforme a lógica da cadeia produtiva, do trabalho.

Com isso, tendo os meios e os objetivos bem identificados, alguns outros aspectos que complementam esse processo devem ser ressaltados. A decomposição das operações, ao se sequenciarem elementos distintos, também regulariza temporalmente as ações: "Anulação de tudo o que possa perturbar e distrair; trata-se de constituir um tempo

7. Michel Foucault, *Vigiar e punir: nascimento da prisão*. Petrópolis: Editora Vozes, 2008, p. 121.

8. *Ibidem*, p. 123.

9. *Ibidem*, p. 128.

integralmente útil".[9] O ser humano – o indivíduo – passa a ser penetrado ao máximo por esses mecanismos disciplinares, tornando-se parte controlada e não autônoma de um conjunto ordenado. O resultado é um sistema que se pauta por questões funcionais e divisões hierárquicas, traduzido por códigos interiores à disciplina da arquitetura.

O arquiteto se põe no papel de mestre que estabelece previamente os códigos que levam a uma resposta obrigatória e única dos indivíduos. Isto é, a disciplina aparece inserida de maneira natural em demandas do programa, e os arquitetos a traduzem por meio do instrumento do desenho em espaços. Foucault também nos apresenta um histórico dessa estrutura social pautada em mecanismos disciplinares, evidenciando que esses, na verdade, são criações modernas e relativamente recentes na história da humanidade: "Aparentemente, não passa de solução de um problema técnico; mas através dela [da disciplina] se constrói um tipo de sociedade. A Antiguidade foi uma civilização do espetáculo. 'Tornar acessível a uma multidão de homens a inspeção de um pequeno número de objetos': a esse problema respondia a arquitetura dos templos, dos teatros e dos circos. Com o espetáculo, predominavam a vida pública, a intensidade das festas, a proximidade sensual. [...] A Idade Moderna coloca o problema contrário: proporcionar a um pequeno número, ou mesmo a um só, a visão instantânea de uma grande multidão. Numa sociedade em que os elementos principais não são mais a comunidade e a vida pública."[10]

10. *Ibidem*, p. 178.

A partir de John Cage e Michel Foucault, defendo que Lina Bo Bardi tinha em mente que certas prerrogativas do ato de projetar, vistas costumeiramente como inerentes à profissão do arquiteto, são construções culturais modernas, e não verdades absolutas e irrefutáveis. Ela estava tentando um caminho diferente do determinismo próprio ao funcionalismo dos modernistas da primeira metade do século 20. É necessário lembrar o período histórico em que o Masp foi projetado (entre as décadas de 1950 e 1960) e, com isso, posicionar Bo Bardi em um contexto em que se buscava dar uma resposta distinta ao paradigma colocado pela primeira geração de arquitetos modernos: "A regra das localizações funcionais vai pouco a pouco, nas instituições disciplinares, codificar um espaço que a arquitetura deixava geralmente livre e pronto para vários usos. Lugares determinados se

definem para satisfazer não só à necessidade de vigiar, de romper as comunicações perigosas, mas também de criar um espaço útil."[11]

11. *Ibidem*, p. 123.

Lina Bo Bardi não faz essa conversão descrita por Foucault: o belvedere do Masp não é resultante de demandas funcionais ou programáticas. Não há possibilidade de responder de maneira pragmática à pergunta sobre qual seria a função daquele lugar formado pelo vão livre, pois não foi dada uma utilidade clara e específica a ele na sua concepção. Tampouco se mostrou possível, nos mais de 40 anos de sua existência, que aquele espaço fosse controlado por um sistema arquitetural específico e excludente.

O vão livre é uma espécie de antipanóptico: não existem mecanismos que separem os indivíduos e organizem as unidades em um sistema que visa ao maior rendimento no trabalho. No lugar em questão, o ser humano não é visto como uma peça de máquina maior totalmente controlável, isto é, pela óptica da produtividade e do rendimento. O projeto é subversivo à lógica taylorista. A arquiteta insere a ideia da convivência. Contrapondo-se ao culto às individualidades, Bo Bardi dá liberdade a ocasiões em que ocorra o contrário: desde os atos coletivos, as aglomerações, os encontros não programados, até o caminhar do transeunte solitário. No vão livre, temos um vazio impregnado de possibilidades ao ser humano: o ócio, o lúdico, o afeto. Assim, opõe-se aos "não podes": contrariam-se proibições, vigilâncias e imposição de normas. É difícil que qualquer instituição responsável pela ordem tenha controle daquele lugar, já que não há um ponto de observação privilegiada do todo, pois esse todo não está esquadrinhado, fragmentado e distribuído sequencialmente segundo uma lógica espacial e temporal. Ali parecemos estar sempre nos preparando para algo que não está organizado – e nunca estará –, em um eterno momento de latência que precede algo que não se completa nem se encerra.

—

No presente, quando andamos pela avenida Paulista e entramos no vão livre do Masp, estamos em um lugar com virtudes libertárias muito singulares, enfatizadas pelo contraste com o caráter da maioria das edificações do entorno. Por ser um espaço assimilativo ao acaso e aberto à indeterminação das intenções e dos movimentos de pessoas distintas que, por qualquer motivo, ocupam aquele lugar de

Museu de Arte de São Paulo
1957-1968
Perspectiva do Belvedere
Instituto Lina Bo e P.M. Bardi

maneira sempre efêmera, esse vazio parece supor o esvaziamento da noção de autoria. A Lina Bo Bardi coube definir o piso de paralelepípedo, o teto de concreto rude e um vão livre de aproximadamente 80 metros. Quanto ao vazio, a arquiteta deixa a incumbência de ocupá-lo (ou não) da maneira que for conveniente aos desejos pessoais ou coletivos dos cidadãos da metrópole.

Quando faz do intervalo entre os espaços fechados do Masp um "nada",[12] Bo Bardi encontra uma limitação presente na concepção moderna de arquitetura – como vimos com Foucault –, pois afronta a noção de projeto como ato que determina claramente uma realização futura de índole transformadora. Há o início de um movimento que põe em questão seu papel de autora, pois ela não se apresenta como agente única originante – e, sob certo aspecto, autoritária – do que ocorrerá naquele lugar. Lina Bo Bardi ensaia um deslocamento do papel de arquiteta como pessoa em posição privilegiada a definir um ambiente da vida humana, num ato de submissão às eventualidades. Ela relativiza a autoridade do arquiteto como especialista – numa prática em que o arquiteto tem como atribuição definir formas, espaços, funções, técnicas etc. – a partir do momento em que se abre para uma espécie de "funcionalismo invertido", com o uso sendo definido pelo usuário e não pelo conhecedor específico.

12. Lina Bo Bardi, *op. cit.*, p. 166.

Pensar naquele espaço como algo totalmente livre à indeterminação da vida pode ser fruto da observação de como ele é hoje; porém, uma análise da obra completa da arquiteta mostrará que essa pretensão libertária é parte de uma maneira de concepção que envolve a noção de autoria, mesmo que esta seja distinta da atribuição mais comum dada a quem exerce a arquitetura. Bo Bardi quebra a divisão hierárquica que vê no arquiteto a figura do especialista, porém não abre mão por completo de seu "instinto individual" no projeto, isto é, da força de seu gesto.

A imagem-chave para dar uma guinada nessa apreciação sobre Lina Bo Bardi é o croqui feito por ela do belvedere do Masp. O primeiro aspecto a se frisar, corroborando o que já foi aqui enunciado, é a ênfase dada ao plano do belvedere: a imagem sinaliza e justifica a relação de importância atribuída ao vão livre, deixando como fundo a "caixa suspensa" e o embasamento construído que abrigam os espaços interiores do museu. O segundo ponto é que o vazio é ocupado. *A priori*, o fato também é coerente com tudo o que foi anteriormente defendido. Porém, aqui nasce um ponto de crise na argumentação elaborada.

Lina Bo Bardi apresenta o que vai ser do vão livre, o "como" ocupar o belvedere, por mais efêmera que seja essa ocupação. Ela propõe ocasiões determinadas. Pensa que o lugar pode ser totalmente livre para escutar o entorno, mas que também pode ser ocupado por eventos que deem caráter ao ambiente e o construam, surgidos através da convivência entre diversos pequenos elementos interativos e as pessoas que os acionam.

Para sustentar essa hipótese, temos de expandir nosso campo de observação para além do vão livre do museu, posicionando-o comparativamente perante o salão da Casa de Vidro, o interior dos antigos galpões fabris do Sesc Pompeia com as exposições organizadas pela arquiteta, além da própria pinacoteca do Masp.

Comecemos pela Casa de Vidro, no Morumbi, atendo-nos aos objetos que habitam a sala de Pietro Maria Bardi e Lina Bo Bardi: o mobiliário projetado por ela própria misturado a quadros do barroco italiano que dividem espaço com objetos artesanais do Nordeste do Brasil e utensílios domésticos do cotidiano. Não há organização compositiva dos objetos segundo qualquer lógica cronológica, estilística ou decorativa. Não há edição na escolha ou manutenção das "coisas". Há a liberdade para a assimilação, de acordo com a história da vida do casal Bardi. É uma construção de um conjunto feita segundo a memória, o intelecto e o afeto dos dois por esses objetos.

Essas "coisas" que representaram algo de especial e valioso para o casal se apresentam juntas e colapsadas em um só lugar e momento e, assim, a vida conjunta dos Bardi se faz presente concretamente diante dos olhos. Por isso, o projeto arquitetônico original da Casa de Vidro, fruto de uma elaboração intelectual de dois anos, desapareceu sob a coleção de pequenas coisas que fizeram parte do cotidiano do par durante mais de 40 anos. Para entender Bo Bardi, deve-se olhar para essa multiplicidade de objetos contrastantes, porém absolutamente justificáveis. A casa em si, enquanto objeto arquitetônico, se desfaz ao ser absorvida pela história pessoal criada pelo casal.

A disposição de objetos no interior da sala da Casa de Vidro deve ser diretamente relacionada à pinacoteca do Masp. O grande espaço destinado à exposição do acervo permanente da instituição foi elaborado com uma planta totalmente livre de estruturas e divisionamentos. Com o suporte dos painéis-cavaletes de vidro, os quadros se despedem do plano bidimensional das paredes para coabitar as três dimensões do interior do segundo pavimento da "caixa suspensa", mesclando-se e aproximando-se das pessoas que ocupam e dão vida àquele espaço. Com uma lógica curatorial com a mesma liberdade das "coisas" no salão da Casa de Vidro, a obra de arte deixa de ser vista como relíquia para se posicionar como objeto próximo, interativo e lúdico. O visitante nunca se põe somente diante de uma única obra, mas de um conjunto de objetos expostos e de pessoas. Incentiva-se que não haja espectadores que recebam passivamente um suposto conhecimento proveniente das obras de arte e predeterminações historiográficas, mas que todos sejam atores conscientes do rico mundo que se apresenta à sua volta e que sejam capazes de criar a própria memória.

Também é necessário olhar para o Sesc Pompeia, sobretudo para o interior dos galpões da antiga fábrica que a arquiteta reconfigura. Ali a estratégia de projeto é bem evidente: mantêm-se a estrutura, as paredes de tijolo aparente, as tesouras com o antigo conjunto do telhado, e limpa-se todo o interior. Nesse núcleo esvaziado, a arquiteta destina intervenções de pequena escala, efêmeras ou móveis. São dispositivos heterogêneos que configuram o espaço, mas sempre partindo do princípio de subverter um lugar originariamente destinado ao trabalho por meio do lúdico: poltronas e sofás para o ócio, mesas para jogos, estantes para uma pequena biblioteca comunitária, um espelho d'água com pedrinhas no fundo, isso em meio a um vazio impregnado de possibilidades, onde tudo se centraliza numa lareira com o fogo que parece convergir para aquele universo simbólico. Esse vazio sempre disponível a acontecimentos foi penetrado por outros pequenos objetos em exposições feitas por Lina Bo Bardi – *Entreato para crianças, Mil brinquedos para a criança brasileira, Caipiras, capiaus: pau a pique* – ou outros artistas: dispositivos lúdicos prontos para serem ativados num grande jogo que alimenta o imaginário coletivo, possível somente a partir da presença das pessoas. Um mosaico de citações e colagens com origens e qualidades tão díspares que provocam a imaginação e incentivam a construção de histórias.

Após ampliar o foco para outros trabalhos de Lina Bo Bardi, é importante retornar à imagem que instigou a questão inicial. O desenho à mão sem qualquer intencionalidade de ordem técnica para o grande vão do Masp, numa primeira observação, apresenta o belvedere ocupado pelas pessoas que usufruem do lugar e por dispositivos lúdicos propulsionadores de ações recreativas que incitam ao divertimento, de maneira semelhante aos projetos analisados antes.

A imagem desenhada pela arquiteta contém uma exuberância proveniente da profusão de pessoas e elementos, todos retratados de forma diminuta – a ênfase não está no indivíduo –, mas que configuram um momento pujante como em um quadro renascentista flamengo de Pieter Bruegel. É uma estratégia de desenho de que Lina Bo Bardi faz uso em diversos projetos: distanciar-se levemente do ambiente retratado para ter uma visualização geral do conjunto em processo de concepção. É fundamental também enfatizar essa linguagem do desenho um pouco *naïve*, ingênua, descompromissada, sem a intenção de ser arte, no sentido de que não se pauta unicamente por referências que indicariam erudição artística. Possível é fazer

LBo.
4/5/'68

Estudo preliminar – Esculturas praticáveis do Belvedere do Masp, 1968
Coleção Masp, Museu de Arte de São Paulo Assis Chateaubriand

um paralelo com os quadros de Guignard que retratam as cidades interioranas brasileiras ou as bandeirinhas de Volpi, exatamente por assimilarem matrizes populares no interior do campo artístico.

Lina Bo Bardi desenha brinquedos como o carrossel colorido formado por bichos da fauna brasileira – tamanduás, tatus, tucanos –, macios escorregas vermelhos que se juntam em um nó que dá origem a um mastro com cata-ventos, tubos coloridos que brotam do chão criando um emaranhado a ser explorado, uma esfera indefinida e ilusória, com capacidade de encantar quem está em volta. Entre esses dispositivos de escala irreal, porém própria da imaginação infantil, as crianças parecem instigadas a brincar de amarelinha, ciranda e outras danças. Objetos e pessoas se movem concomitantemente em um universo desordenado e fantasioso, num constante movimento proporcionado por uma rede de forças lúdicas com energia própria, que se renova pelo simples fato de existir. Por isso, seriam momentos de um cotidiano que se perpetuaria. Sem se perder de vista que o croqui representa algo efêmero, ele apresenta a intenção da arquiteta para o vão livre como um lugar de ocasiões.

Vemos nesses quatro projetos um certo padrão. Podemos definir que a arquitetura de Lina Bo Bardi se posiciona no limiar de um paradoxo entre as caracterizações de uma escala maior e geral do edifício e outra escala menor dos pequenos dispositivos que ativam um ambiente. Essa escala maior diz respeito à grande estrutura cuja intenção não é uma solução plástica rebuscada ou determinações de índole funcional ou programática. O propósito é abrigar algo próprio à vida humana, no sentido mais genérico e pouco específico dessa afirmação. Ou seja, é a grande escala que contém a "arquitetura da liberdade" – analisada no início do texto. É ali que Bo Bardi ensaia desafiar as noções de autoria e projeto, pois a relação de afeto que há naturalmente entre agente originante e objeto concebido é frágil quando o espaço em questão é tão franco ao acaso e à indeterminação.

As características assinaladas a respeito da interioridade dos edifícios de Lina Bo Bardi já esclarecem o que são esses dispositivos de menor escala. A arquiteta afirmaria que são fragmentos constituintes de "um organismo apto à vida".[13] Pequenos objetos com caráter simbólico e dispostos não sistematicamente, que relutam a sujeitar-se a qualquer

13. Lina Bo Bardi, *apud* Olivia de Oliveira, *op. cit.*, p. 367.

princípio organizacional pautado nas disciplinas esquadrinhadas na obra de Foucault. A potência não é proveniente dos elementos sob a óptica da unidade, mas do conjunto composto por esses "átomos" contendo em si uma energia própria, acionável somente pela presença das pessoas e do contato com elas – como um brinquedo. Essas fricções positivas entre as partes distintas e dispersas geram um movimento vigoroso. Lugares em contínua mutação pela simples presença do homem: não o autor único de tudo ali, como a figura do arquiteto, mas o ser comum que usufrui daquele espaço de maneira não passiva. Temos aqui um lugar onde a criação é coletiva. Assim, configura-se um conjunto não estático e em contínua transformação, constituindo formas que nunca se concluem.

"Até que o homem não entre no edifício, não suba os degraus, não possua o espaço numa 'aventura humana' que se desenvolve no tempo, a arquitetura não existe, é frio esquema não humanizado", afirma Lina Bo Bardi. "O homem o cria com o seu movimento, com os seus sentimentos. Uma arquitetura é criada, 'inventada de novo' por cada homem que nela anda, percorre o espaço, sobe uma escada, se debruça sobre uma balaustrada, levanta a cabeça para olhar; abrir, fechar uma porta, sentar e se levantar é um tomar contato íntimo e ao mesmo tempo criar 'formas' no espaço, expressar sentimento."[14] Essa definição de arquitetura liga a existência da edificação à nossa apropriação dela. A citação acima e os pequenos dispositivos mostram a intenção da arquiteta de que a experiência de tomar o lugar para si, possibilitada a qualquer pessoa que esteja nele, seja muito próxima à narração. Narrativas, por princípio, têm caráter lúdico. Por serem um ato eminentemente criativo, elas demandam imaginação. Com isso, cumpre-se uma intenção explicitamente defendida pela arquiteta: evita-se a apropriação, por parte dos indivíduos, da história de outras pessoas, épocas ou lugares que não pertencem em nada a si ou à coletividade na qual estão inseridos. Narrar tem um sentido de criar memórias. Por outro viés, é possível entender a busca do gênero narrativo com o intuito de se contrapor à realidade factual, ou seja, uma suposta verdade. Podemos ver isso como uma espécie de confronto com o que é imposto, por meio da busca de uma vivência paralela. O que o senso comum tem como verdade absoluta pode ser

14. *Ibidem*, p. 358.

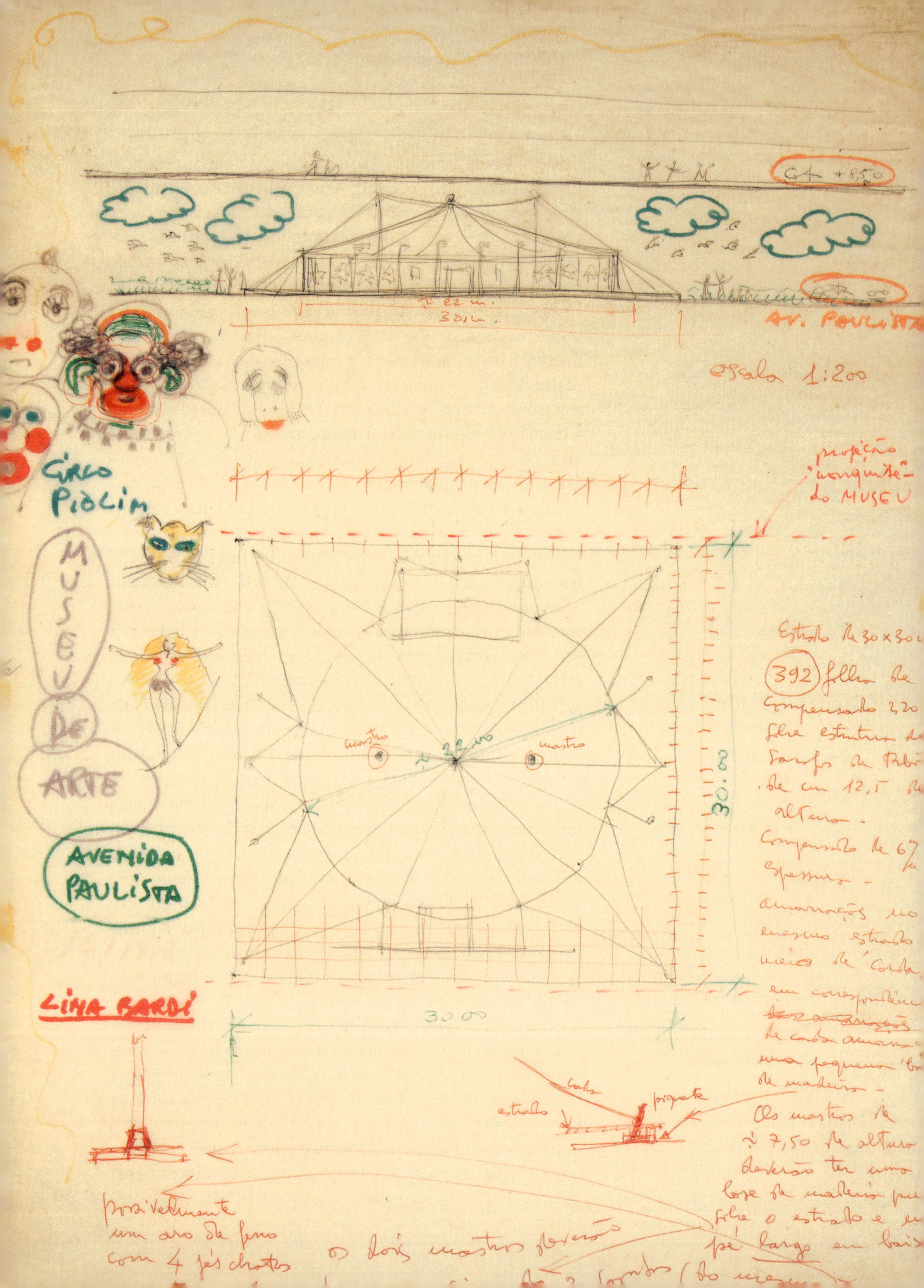
Cota +8,50
AV. PAULISTA
~22 m.
30 m.
escala 1:200
projeção "marquise" do MUSEU
CIRCO PIOLIM
MUSEU DE ARTE
AVENIDA PAULISTA
mastro
mastro
~22 m
30.00
30.00
LINA BARDI
estrado
corda
392
Os mastros de ~7,50 de altura
possivelmente
um aro de ferro
com 4 pés chatos
os dois mastros deverão

posto em dúvida. Lina Bo Bardi parece buscar estratégias nas quais narrativas de caráter livremente ficcional se tornam verossímeis. É a tentativa de transformar a ficção em realidade que torna fantasiosas as interioridades dos edifícios que projeta.

Sem impor obstáculos, essa lógica da arquiteta assimila o imaginário, o desejo, o afeto, o lúdico e o surreal na constante construção de ocasiões poéticas. Isso só é possível pela liberação proveniente da indeterminação espacial. A distinção entre duas escalas serve como esclarecimento de uma contradição que há no ato projetivo de Lina Bo Bardi. Quando Cage elogia o vão livre do Masp como "arquitetura da liberdade", ele enaltece parte da estratégia da arquiteta. A obra de Bo Bardi mostra que a indeterminação é um meio, porém não é a finalidade.

Por meio de seus desenhos, Bo Bardi explicitava seu lado autoral, demonstrado na idealidade das situações (mesmo que efêmeras) concebidas. Ela não se colocava como autora de uma forma plástica expressiva que configuraria rigorosamente um lugar, mas como uma pessoa capaz de proporcionar situações através de um conjunto de pequenos elementos. A arquiteta segue uma linha tênue entre a permissão ao acaso no interior de sua obra e a proposição de uma possibilidade de ocupação ideal. Portanto, há uma contradição positiva: Lina Bo Bardi não determina, para poder determinar após. Assim, durante sua trajetória, a arquiteta não questiona a noção de projeto, pois compreende a indeterminação como estratégia para que ocasiões possam ser concebidas por ela e pelas pessoas que ocupem sua arquitetura. Pode-se afirmar que Bo Bardi não se coloca como agente originante única, porém não abre mão de ser uma dessas agentes, o que a situa num grupo específico e pouco comum de arquitetos cuja matriz de projeto tem como essência possibilitar experiências, incitando a imaginação daqueles que invadem os espaços por eles iniciados.

Museu de Arte de São Paulo
1957-1968
Estudos para o Circo Piolin
Instituto Lina Bo e P.M. Bardi

Vencedor do 2º prêmio de ensaísmo ***serrote***, FRANCESCO PERROTTA-BOSCH (1988) é arquiteto. Editor-assistente do portal Vitruvius e pesquisador da X Bienal de Arquitetura de São Paulo, é coautor do livro *Entre: entrevistas com arquitetos* (Viana e Mosley, 2012). Em Paris, estagiou com Christian de Portzamparc e, desde 2010, colabora em projetos com o escritório SIAA.

ENSAIO PESSOAL **A geração nascida nos anos 1970 foi a última e a penúltima a escrever à mão antes da era do computador, das frases apagáveis**

Caderno, arquivo, livro

ALEJANDRO ZAMBRA

Vou falar sobre cadernos, arquivos e livros, sobre lápis, máquinas de escrever e computadores, mas também, de alguma forma, sobre o fato de estar aqui, tanto tempo depois. Nós que, há 20 anos, decidimos estudar literatura nesta faculdade não tínhamos muita clareza sobre o que queríamos. Nossas maiores paixões eram ler e escrever, e a ideia de que o prazer coincidisse com o dever nos parecia maravilhosa, mas é preciso admitir que, para muitos de nós, estudar literatura era também uma maneira de não estudar direito, de não estudar jornalismo: um modo de não fazer o que nossos pais queriam que fizéssemos.

Quase todos escrevíamos poemas ou contos ou algo que não era necessário, que nem nos ocorria classificar. Na segunda ou terceira semana de aula, promovemos um recital aqui neste mesmo auditório: colocamos cartazes em todo o campus, vários alunos das classes superiores e de outras faculdades vieram, talvez algum professor também tenha aparecido, o lugar estava lotado, mas, no final da jornada, não nos sentíamos felizes, porque o público havia sido frio e até mesquinho. Naquela época, não sabíamos que nas leituras de poesia e nos congressos literários o público sempre se comportava assim: sério, austero, secretamente liderado pelos franzedores de testa, essa espécie de tribo urbana dedicada a minar a segurança dos oradores.

William Kentridge
Typewriter II
Imagens da série *Typewriter*
2003

Tampouco sabíamos, mas logo nos inteiramos – à medida que corria o boato sobre como nós, os cabeludos, escrevíamos mal –, que o fato de ler em público nos transformava em suspeitos. Querer escrever era um sinal de inocência: tudo já fora dito, a história da literatura estava definida e sacramentada, era necessário ser muito inocente para acreditar que poderíamos acrescentar alguma coisa, que aquilo que tentávamos dizer poderia ser importante. "Desconfiar de tudo/ Desconfiar de todos/ Desconfiar deles// Viver em estado de suspeita", diz um poema sobre esses anos escrito por Roberto Contreras, que conheci em março de 1994, no primeiro dia de aula: recordo que nos aproximamos para trocar informações porque os dois tínhamos cabelos compridos e estávamos aterrorizados diante da possibilidade de passar por um trote.

Mesmo quando se admitia que era legítimo escrever, querer escrever, nossa geração continuava sob suspeita: sobre o que iríamos falar, nós que havíamos crescido como essas árvores que amarram a um cabo de vassoura: adormecidos, anestesiados, reprimidos? Tínhamos vidas muito distintas, mas havia isto em comum, a infância na ditadura, e agora essa repentina suposta democracia: um tempo tão complexo, tão cinzento, com Pinochet ainda no comando das forças armadas e em vias de se transformar em senador vitalício. Estou falando de suspeitas, e não é demais recordar que naquela época a detenção por suspeita ainda era legal.

Talvez fosse verdade que estivéssemos adormecidos, mas era como quando percebemos que estamos sonhando e tentamos despertar, e não conseguimos; sabemos que, com um pouco de esforço, como quem encontra impulso no fundo para vir à tona, poderíamos despertar, mas não conseguimos. Ser jovem, já foi dito, não era nesse caso uma vantagem, ou pelo menos não nos sentíamos assim, porque havia aquela outra suspeita que sempre persegue os estudantes de literatura, os leitores jovens, uma suspeita que era razoável: não havíamos lido o suficiente.

Assim eram as coisas, era necessário jogar o jogo, aceitar o desafio, e alguns o fizemos, porque nos anos seguintes houve uma porção de aulas memoráveis, nas quais tentamos provar que líamos muito e bem, que podíamos fazer aos professores perguntas insólitas e oportunas. Tenho certeza de que nunca voltei a discutir sobre livros com a paixão e a soterrada alegria daqueles anos. E embora realmente lêssemos muito, fingíamos que havíamos lido tudo, que navegávamos com inverossímil leveza na copiosa bibliografia, porque não queríamos suportar aquele descrédito, aquela suspeita, de novo, cada vez que falássemos ou tentássemos falar de literatura.

—

Anos depois, escrevi um livro sobre alguns estudantes de literatura que fingiam ter lido Proust, e os imaginei aqui, nesta faculdade, de forma intuitiva, quero dizer: não me motivava o propósito de representar algo concreto, nem de transmitir nenhuma mensagem; talvez desejasse, enquanto escrevia, explorar em algumas imagens, brincar, constituir ou insinuar uma presença, e também homenagear alguns autores que haviam me tirado o chão, autores tão diferentes entre si como Juan Emar e José Santos González Vera, Yasunari Kawabata e Macedonio Fernández, Maria Luisa Bombal e Felisberto Hernández. Também queria, imagino agora, habitar ou construir uma distância, cobrir a melancolia com uma pátina ligeira, quase imperceptível, de humor, de ironia.

Nesse texto aparece Gazmuri, um narrador que voltou do exílio e escreveu uma saga novelística sobre a história recente do Chile. O homem precisa que alguém transcreva seu último romance, manuscrito em cadernos Colón, pois sua mulher, que costumava fazer esse trabalho, não quer mais fazê-lo. O candidato é Julio, um leitor atento dos romances de Gazmuri, a quem admira. Na entrevista, falam sobre o romance e também sobre o texto, pois o velho pergunta a Julio se é escritor, se escreve à mão, e acaba desqualificando-o, ou menosprezando-o. Os jovens não conhecem a pulsão que acontece quando se escreve à mão, diz a ele; e lhe fala de um ruído, de um equilíbrio peculiar entre o cotovelo, o lápis e a mão.

Gazmuri era a tradição, a experiência, a legitimidade: o que havia vivido, o que escrevera. E a Julio cabia ser o secretário, aquele que transcreve, e, no melhor dos casos, o comentarista. De um lado, estava o velho escritor que, cumprindo algum protocolo, termina sua carreira como a maioria dos colegas, bem-sucedidos ou não, ou seja, pontificando contra o presente e arrastando a possibilidade de ter sido o último, ou seja, levando a literatura ao túmulo, para que ninguém mais escreva. Do outro lado, estava o desafio dos escritores jovens, dos aprendizes, como Julio, como nós: encontrar-se com o peso das palavras, reconquistar sua necessidade, procurar incessantemente, inclusive quando elas, as palavras, se tornaram ainda mais transitórias, mais perecíveis, mais *apagáveis* do que nunca.

—

As suspeitas sobrevivem, só variam de signo ou de ênfase. As gerações atuais, por exemplo, cresceram lendo e escrevendo na tela, e o mais fácil é apelar para isso quando se quer desqualificá-las: diz-se que não possuem a experiência do livro, o que as transformaria em leitores de segundo ou terceiro grau, porque lidam com uma ideia diferente da leitura, porque para eles a literatura é sinônimo de texto mais que de livro. Estou mais interessado em posições como a de Roger Chartier, que põe em perspectiva histórica as mudanças e adverte que não deveríamos desdenhar as novas formas de escrever e de ler provocadas pela revolução digital.

Compartilho o temor diante do suposto desaparecimento dos livros, mas também o fervor diante do efeito democratizante dos livros eletrônicos. Não poderia ser de outra maneira, porque, como quase todos os da minha geração, cresci lendo fotocópias: na primeira versão da minha biblioteca, havia alguns livros, mas os maiores tesouros eram os encadernados com espirais de Clarice Lispector, de Emmanuel Bove, de Roland Barthes ou de Mauricio Wacquez. E as fotocópias de *La nueva novela*, de Juan Luis Martínez, de *Proyecto de obras completas*, de Rodrigo Lira, ou de qualquer livro de Enrique Lihn nos pareciam mais valiosas do que uma primeira edição de Neruda.

Outra coisa que acontecia na primeira metade dos anos 1990 era a massificação dos computadores, à qual de certa maneira resistíamos: não éramos, como se diz agora, nativos digitais, também nesse aspecto fomos transição. A maioria ainda entregava os trabalhos datilografados e às vezes manuscritos. Tínhamos dificuldade de imaginar que os poemas e contos pudessem ser escritos diretamente no computador. Talvez achássemos que esses textos longos e cheios de borrões, esboçados em caderno ou bloco, eram o poema; que aquelas manchas de vinho ou de cinza *também* faziam parte do poema. Passá-lo para o computador, passá-lo a limpo, era submetê-lo a uma perda importante, a um definhamento: era aceitar que o poema estava terminado, que havia morrido.

Crescemos suportando as intermináveis sessões de caligrafia, preenchendo com paciência as cinco ou dez páginas que nos davam como tarefa: fomos os últimos e os penúltimos que exercitamos de verdade a mão, porque, para nós, escrever chegou a ser plenamente, apenas, escrever à mão. Educados, no fim das contas, à antiga, em algum momento da infância acreditamos que ser bom aluno era ter boa letra e boa memória: muitas aulas consistiam apenas em professores ditando matérias que talvez nem eles mesmos compreendessem. Não digo que isso parou de acontecer. Temo que, apesar das reformas e contrarreformas educacionais, ainda hoje, em muitos colégios do Chile, o professor dite, os alunos escrevam e ninguém entenda nada: as palavras passam e ninguém as desfruta, ninguém as vive. E quando um aluno interrompe, é só para pedir, com a mão dolorida: "Espere, professor, espere".

O que com certeza mudou foi a letra, e isso é evidente quando nos cabe corrigir provas: predominam verdadeiros hieróglifos, sinais trêmulos, intrincados, ininteligíveis. Não é uma queixa, no entanto, mas o contrário: eu mesmo me

identifico com esses garranchos, pois nunca consegui ter a letra sofisticada, fluida e trabalhada que abunda em minha geração e muito mais na dos nossos pais e avós. Embora nunca tenha deixado de escrever à mão, minha letra não melhorou. Provavelmente todas as minhas cartas terminavam com esta advertência: perdoe a letra.

Em seus romances *El discurso vacío* e *La novela luminosa*, o uruguaio Mario Levrero aborda esses assuntos de maneira lúcida e pouco usual. *El discurso vacío* testemunha o momento em que, por falta de exercício, começamos a desconhecer nossa própria escrita. A anedota deveria ser célebre: já que não podia mudar a vida, o protagonista tenta mudar a letra, e por isso se dedica a preencher cadernos procurando "reformar" sua prosa manuscrita. Esta, como ele diz, "terapia grafológica" não obedece, ao que parece, a um desafio literário: não pretende concretizar o "livro sobre nada" que queria Flaubert, nem retomar o método surrealista, mas indagar a relação entre letra e personalidade: "Devo permitir que meu eu se engrandeça pelo mágico influxo da grafologia", diz, e em seguida define, comicamente, seu raciocínio: "Letra grande, eu grande. Letra pequena, eu pequeno. Letra linda, eu lindo."

—

Apesar do *bullying*, continuamos escrevendo. Estou exagerando, logicamente, porque havia alguns espaços, espaços valiosíssimos como a polifônica oficina de poesia Códices, que Andrés Morales coordenava, onde conheci alguns amigos que me acompanham até hoje. Então a única forma de dar a conhecer nossos escritos ainda era a forma impressa, e, como é natural, sonhávamos publicar livros: logo o fizemos, em edições que financiávamos pedindo dinheiro aos amigos, tiragens pequenas que passavam de mão em mão.

Nessa época, havia no caderno C de *El Mercurio* uma seção chamada "Livros recebidos" na qual simplesmente se informava a existência de uma obra, nada mais: autor, título, editora, número de páginas. Na maioria dos casos, esse era o ponto mais alto da história da difusão desses livros. Digo isso porque a geração seguinte à nossa já teve blogs e páginas na web onde pendurar os poemas, os manifestos e contramanifestos, as resenhas estratégicas, as listas de filias e fobias, as brigas e as calorosas reconciliações que animam a vida de qualquer geração literária.

Nós chegamos tarde a isso, não entendíamos bem: nossas brigas eram ferozes, éramos tão ou mais alcoólicos do que a média poética chilena, mas não alardeávamos. Comparados aos mais jovens, éramos mais tímidos, mais travados e talvez também mais orgulhosos, porque achávamos irritante a ideia de nos promover, de nos exibir, de apelar discursivamente à juventude ou de assediar os *rockstars* da poesia chilena lhes pedindo os invariáveis prefácios, as famosas cartas de recomendação.

E continuávamos acreditando no papel e procurando aí uma possível e esquiva legitimidade. Continuávamos, por assim dizer, lendo os jornais, demoramos a nos dar conta de que a imprensa deixara de ter a imensa importância que tivera até então. E ainda escrevíamos à mão, em cadernos, epigonal, silenciosamente. E odiávamos os computadores.

—

Não, não os odiávamos, e eu menos que ninguém:

Sou filho de um técnico em informática e de uma digitadora e por isso posso dizer, sem medo de errar, que devo a vida aos computadores. Se resistia era porque para mim representavam o estabelecido, o dado, o obrigatório: o contrário da escrita. E no entanto, também, em outro sentido, tentava entender os programas, e querendo ou não terminava sempre os apoiando com trabalhos de desenho ou transcrição. Naquela leitura de 1994, fui encarregado de desenhar os cartazes em um rudimentar PageMaker, e alguns anos depois diagramei, para La Calabaza del Diablo, a editora que meu companheiro de curso Marcelo Montecinos tentava formar, o primeiro romance de outro companheiro e amigo, Jaime Pinos.

Nas vezes em que ia ao trabalho de meu pai, ele me mostrava os imensos computadores da área de sistemas, esperando de minha parte uma reação maravilhada, e eu fingia interesse, mas assim que podia ia brincar na recepção com as máquinas de escrever que havia ali, uma elétrica que me parecia milagrosa e uma Olivetti convencional de que também gostava e que conhecia bem, porque em casa havia uma similar, que minha mãe conservava. Só de gozação, poderia dizer que meu pai era um computador e minha mãe, uma máquina de escrever.

A máquina era um objeto com uma aura, complexo mas explicável, decifrável, amável. O artifício evidente do papel-carbono, o corretor, o gesto minucioso ao aplicá-lo: gostava de adivinhar os erros, procurá-los na superfície do papel, em uma folha que passava por boa, mas que tinha aquelas vacilações que posteriormente davam ao papel certa humanidade.

—

"Nossos instrumentos de escrita também estão trabalhando em nossos cérebros", dizia Nietzsche, que, com a adoção da máquina na última parte de sua vida, trocou "os argumentos por aforismos, os pensamentos por jogos de palavras, a retórica pelo estilo telegráfico" (Kittler). A partir de *Tom Sawyer* – o primeiro romance escrito à máquina na história da literatura –, passando por trabalhos de poetas como e.e. cummings e bpNichol (entre muitíssimos outros) e pelo famigerado final *vintage*, as máquinas de escrever modificaram a produção literária profundamente e em diversos sentidos, às vezes contraditórios, pessoais ou circunstanciais. A velocidade, por exemplo: no fim dos anos 1950, José Donoso ainda era muito lento datilografando, mas, por isso mesmo, quando achava que um texto requeria velocidade distinta, escrevia direto na máquina. Muito mais veloz era Jack Kerouac, segundo a famosa frase de Truman Capote: "*That's not writing, that's typing*" [Isso não é escrever, isso é bater à máquina].

Ainda existem, decerto, escritores que se negam a passar para o computador, como Cormac McCarthy, Don DeLillo ou Javier Marías. Em *A história da minha máquina de escrever*, Paul Auster declara seu amor a uma antiga Olympia portátil e guerra, não ainda aos computadores, mas às máquinas de escrever elétricas, devido ao "contínuo zumbido do motor, o discordante ronronar das peças, a cambiante frequência da corrente alternada vibrando nos dedos".

Na quinta parte de *2666*, o escritor Benno von Archimboldi aluga uma máquina para transcrever seus primeiros romances, mas quando fica sem dinheiro decide pedir um adiantamento ao sr. Bubis, seu editor. Espantado com o fato de o narrador não ter uma máquina de escrever, Bubis lhe envia uma de presente, e com ela Archimboldi fomenta livros e viagens: "Às vezes ia a lojas que vendiam computadores e perguntava aos vendedores como funcionavam", diz o narrador, "mas sempre, no último minuto, recuava, como um camponês receoso com suas economias". No entanto, quando surgem os computadores portáteis, Archimboldi compra um, e o destino daquela mítica Olivetti na qual escrevera seus primeiros livros foi mais ou menos o de todas as máquinas: "Aproximou-se de um desfiladeiro e atirou-a para o meio das rochas", escreve Bolaño.

Algo distinto acontece em *Moo Pak*, de Gabriel Josipovici, no qual o escritor Jack Toledano fala contra os computadores. Quando seus amigos o advertem de que com os processadores de texto poderia brincar com as palavras, ele responde que não quer brincar com as palavras, que por isso parou de escrever à mão: "Na época em que escrevia à mão... Podia passar o dia brincando com uma frase ou até com um parágrafo, colocando-os à direita ou ao contrário, e, quando finalmente conseguia que soassem como queria, o dia chegava ao fim e eu estava rendido". No entanto, com uma máquina de escrever "você tem de avançar, tem que continuar teclando, e isso foi minha salvação".

Como diz o personagem de Josipovici, em mais de um sentido escrever no computador se assemelha bastante a escrever à mão. Escrever à máquina é considerado, no entanto – talvez por efeito do mito, da imagem romântica promovida pelos filmes –, mais genuíno, mais autêntico do que escrever no computador.

Publicada em 2005, um ano depois da morte de Mario Levrero, *La novela luminosa* é uma obra estranha desde a origem. O autor começou a escrevê-la em 1984, aos 44 anos, na véspera de uma operação de vesícula. Com medo de entrar na sala de cirurgia, adianta o romance até o sétimo capítulo. A operação é bem-sucedida, mas, ao voltar para casa, o autor constata que o romance é um fracasso: Levrero queima dois dos sete capítulos e o livro fica inacabado, na categoria de projeto impossível.

No entanto, 16 anos depois a Fundação Guggenheim aprova o projeto e o autor ganha uma bolsa para se dedicar inteiramente à escrita. Estamos em agosto de 2000, e o escritor avança como pode: pouco, nada. O fato é que não consegue *regressar*, não consegue legitimar a velha ideia: "A inspiração que preciso para este romance não é qualquer inspiração", disse, "mas uma determinada inspiração, ligada a acontecimentos que jazem em minha memória e que devo reviver, forçosamente, para que essa continuação do romance seja uma verdadeira continuação, e não um simulacro. Não quero usar meu ofício. Não quero imitar a mim mesmo. Não quero retomar o romance ali onde o deixei há 16 anos e continuá-lo como se não tivesse acontecido nada. Eu mudei." O fragmento citado está em *Diario de la beca*, um arquivo que o autor começa como estímulo para a escrita, mas que muito depressa adquire um obrigatório voo próprio. Quase a totalidade do romance será o registro da impossibilidade de escrevê-lo.

Em o "Diario de la beca", Levrero enumera suas distrações, que são muitas, todas muito compreensíveis: ler ou reler antigos romances policiais, fazer tímidos passeios em companhia de uma mulher que deixou de amá-lo, ou comprar uma poltrona verdadeiramente confortável. Sem dúvida é mais fácil comprar uma poltrona do que escrever um romance, mas para Levrero custa um mundo decidir-se entre um modelo azul-cinza (ideal para dormir) e uma atraente *bergère* (ideal para ler), e ele acaba comprando as duas. Depois, no insuportável calor de Montevidéu, Levrero compreende que terá dificuldade para dormir ou ler ou escrever sem ar-condicionado.

Da mesma maneira que *El discurso vacío* aponta para a difícil plenitude do manuscrito, *La novela luminosa* adquire a bastardia do texto-tecla, pois o computador se transforma, com vantagem, em um dos personagens principais. Levrero registra até suas discussões com o corretor ortográfico – que admite a palavra "xoxota", mas não a palavra "pênis", e que quando o autor escreve "Joyce" sugere trocá-lo por "José" –, é um consumado jogador de paciência e sabe o suficiente de Visual Basic para ficar até as nove da manhã idealizando um programa que o avise que é hora de tomar o antidepressivo. Às vezes escreve à mão simplesmente para se castigar pelo abuso do computador; outras vezes aceita seu vício e o desfruta. O momento mais feliz do livro acontece quando o narrador anota, eufórico: "Consertei o Word 2000!!!!!!".

—

A edição uruguaia de *La novela luminosa* soma quinhentas e tantas páginas: as quatrocentas do "Diario de la beca" (incorporadas como um gigantesco prólogo) mais as poucas páginas escritas em 1984 e um notável capítulo-conto intitulado "Primeira comunhão", único resultado "real" do bendito ano Guggenheim. Há, além disso, um breve epílogo no qual Levrero manifesta suas dúvidas a respeito da natureza do livro. "Gostaria que o diário da bolsa fosse lido como um romance; tinha a vaga esperança de que todas as linhas argumentativas abertas tivessem alguma forma de remate. No entanto, não foi assim, e este livro, em seu conjunto, é uma mostra ou um museu de histórias inacabadas." Mas em seguida – contradizendo sua própria frase – o autor dá conta da evolução de algumas dessas linhas. Persistem, em aparente dispersão, algumas ações ou incidentes cuja reaparição confere ao projeto certa unidade. Embora prevaleça o caráter inacabado que Levrero aponta, as linhas argumentativas, sim, se fecham.

É o que observa Ignácio Echevarría em um ensaio centrado na dimensão mística de *La novela luminosa*. Levrero dedica, por exemplo, vários fragmentos à descrição do cadáver de uma pomba no terraço vizinho; a recorrência dessa imagem – a observação meticulosa do narrador, que relata as mínimas variações que a cena experimenta – vai adquirindo, com o passar dos dias e das páginas, um inegável valor alegórico. O "Diario de la beca" se fecha com uma menção ao estado atual do cadáver, cuja permanência equivale, para Echevarría, à permanência do Espírito, de "seu rastro, inclusive ali onde parece ter sido aniquilado". Observar o cadáver é persistir no inerte e reanimá-lo, assim como escrever é esperar uma iluminação que demora e nunca chega.

O personagem estranha a unidade à qual não é mais possível ter acesso pelas vias tradicionais (alguma vez o foi?). O tapete já está rasgado e é absurdo impostar ou improvisar as ligações. A montagem implica, dizia Walter Benjamin, uma renúncia, uma perda: prolongar um romance esquálido, por exemplo, com centenas de páginas que testemunham sua impossibilidade. Não é a exaltação lúdica do *Museu do romance da eterna*. O humor de Levrero é distinto, estranho, pois o trabalho das brincadeiras é acompanhar e de certa maneira legitimar o trágico.

Levrero – autor ou personagem – não deixa de indagar na (nova) materialidade da escrita: nunca se habitua ao computador, mas tampouco o desdenha, da mesma maneira que não conseguia, em *El discurso vacío*, reformar sua prosa manuscrita. Em entrevista concedida a Álvaro Matus, Levrero disse que seu romance *La ciudad* é um plágio de Kafka. "Lia Kafka à noite e escrevia de dia, buscando uma semelhança. Acreditava que era *a* forma de escrever. Não me dei bem, mas minha intenção não se nota tanto. Eu queria fazer algo assim como traduzir Kafka para o espanhol." Em *La novela luminosa* ainda proliferam observações que recordam momentos do diário de Kafka, mas um Kafka que escreve com o Word 2000 (e o corrige).

—

Em meados de 1999 comprei (ou melhor, paguei em muitíssimas prestações) um desses computadores imensos que funcionavam com o Windows 95, e eu não sei se esse inverno foi tão terrível como o recordo ou se eu não estava agasalhado o suficiente, mas o fato é que adquiri o hábito de aquecer as mãos na CPU e um dia até a enfiei na cama e dormi várias noites abraçado a ela. Gosto desta imagem: um objeto que então parecia muito sofisticado acabava se prestando a um objetivo tão básico como servir de coberta. Anos depois incluí essa anedota em "Recuerdos de un computador personal", um relato que escrevi com a ideia de mostrar os computadores como objetos de época, como avanços superados. Era uma maneira elíptica, também, de falar das gerações literárias, porque naquela época alguns escritores ainda insistiam no computador como emblema do novo: pensei que tinha graça demonstrar ou pelo menos expressar a obsolescência dessas máquinas (e desses discursos).

Não creio que seja função da literatura imaginar o iPhone 18, mas seria absurdo comportar-se como se as periódicas mudanças tecnológicas experimentadas nos últimos 30 anos não tivessem alterado nossa experiência do mundo, nossa vida cotidiana e nossa forma de escrever.

Os romances mudaram quando começamos a escrevê-los no computador? Claro que sim, mas é necessário ver de que maneira. Diz-se que antes era mais difícil escrever um livro, mas isso é entender a escrita como atividade física, como se o romance fosse melhor quanto mais calorias tivesse perdido o autor ao escrevê-lo... É como quando os críticos não se atrevem a fazer uma resenha negativa de um livro de muitas páginas porque imaginam o grande esforço para escrevê-las. Também se diz que agora é mais fácil ou mais frequente começar escrevendo o final ou qualquer frase do meio, mas a verdade é que nenhum romancista nunca foi obrigado a começar pelo primeiro parágrafo do livro.

Flaubert teria demorado menos cortando e colando como um condenado, maravilhado com esses comandos que permitem procurar e substituir, detectar cacofonias e todo tipo de recorrências, em busca da perfeição? Quem sabe. Por outro lado, é inegável que os processadores de texto sistematizaram a lógica da montagem. Alguns escritores acham que a maneira de ser ou parecer modernos (ou pós-modernos ou pós-pós-modernos) é adotar, em seus textos, estruturas próprias dos blogs, ou dos chats. Mas até nos textos mais conservadores se adivinha a montagem: inclusive quando se nega toda fragmentação, inclusive quando, como faz Jonathan Franzen, se imita o paradigma clássico, o texto deve mais à estética das vanguardas históricas que ao modelo do realismo do século 19. Hoje mais do que nunca o escritor é alguém que constrói sentido juntando pedaços. Cortando, colando e apagando.

De minha parte, penso que há um fato central: por causa dos computadores, o texto é cada vez menos definitivo. Uma frase é hoje, mais do que nunca, *algo que pode ser apagado*. E é tal a proliferação de frases que devemos gostar muito da nossa para que ela permaneça. Quando escrevo, valho-me

28/40

de vários procedimentos, e embora o texto projete – oxalá – certa unidade, a multiplicidade de sua origem é decisiva: a frase precisou passar por várias provas para certificar seu direito de existir, para demonstrar que vale a pena agregar algo ao palavreado dominante. Escrevo muitíssimo à mão e depois no computador, mas às vezes escrevo à mão o que digito na tela. Aumento e diminuo a letra, mudo a tipologia, o entrelinhamento e até o espaço entre os caracteres, como quem tenta reconhecer um mesmo rosto em diferentes disfarces. E leio em voz alta, todo o tempo: gravo e ouço os textos, porque me parece que uma frase também deve passar por esse teste.

Sou lentíssimo, demoro uma enormidade para dar por boa uma frase, sou quase incapaz de dar por concluído um texto. E tenho dificuldade de imaginar outra forma de escrever, uma forma pura, por assim dizer. E quando recebo o livro impresso, quando me chega pelo correio, a felicidade de recebê-lo rivaliza com uma espécie de dor: penso, com o livro nas mãos, tolamente, melancolicamente, que não poderei escrevê-lo nunca mais.

REFERÊNCIAS AUSTER, Paul, e MESSER, Sam, *History of My Typewriter*. Nova York: DAP/Distributed Art Publishers, 2007.◖ BOLAÑO, Roberto, *2666*. Tradução de Eduardo Brandão. São Paulo: Companhia das Letras, 2004.◖ CONTRERAS, Roberto, *Siberia*. Santiago: Lanzallamas Libros, 2007.◖ ECHEVARRÍA, Ignacio, "Mario Levrero y los pájaros", *Revista Udp*, n. 5, jul. 2007, pp. 92-94.◖ JOSIPOVICI, Gabriel, *Moo Pak*. Barcelona: Cómplices, 2012.◖ KITTLER, Friedrich, *Gramophone, Film, Typewriter*. Stanford: Stanford University Press, 1999.◖ LEVRERO, Mario, *El discurso vacío*. Buenos Aires: Interzona, 2006.◖ LEVRERO, Mario, *La novela luminosa*. Montevidéu: Alfaguara, 2005.◖ MATUS, Álvaro, "El laberinto de la personalidad", *Revista Udp*, n. 5, jul. 2007, pp. 95-98.

ALEJANDRO ZAMBRA (1975) nasceu e vive no Chile, onde é professor universitário e crítico. Estreou na literatura como poeta, mas alcançou projeção em seu país e no exterior com as novelas *Bonsai* (2006) e *A vida privada das árvores* (2007), ambas publicadas no Brasil pela Cosac Naify. Em 2011, publicou o romance *Formas de volver a casa*, inédito em português. Este ensaio foi concebido como uma conferência de abertura do ano acadêmico, proferida no Departamento de Literatura da Faculdade de Filosofia e Humanidades da Universidade do Chile.
Tradução de LUIS CARLOS CABRAL

LINGUAGEM **Ao retratar Paris, Gertrude Stein sobrepõe seu estilo à cidade, fazendo com que o sutil pareça trivial e o trivial, sutil**

Uma americana é uma americana

ADAM GOPNIK

Paris França de Gertrude Stein é um livro sobre Paris que revela muitas coisas verdadeiras sobre os franceses mas também proporciona uma imagem de Gertrude e de sua época isto é sobre como são os americanos e como pensam os americanos quando não estão em Paris. É um retrato de Paris feito por uma americana que pensa como os americanos, e o que vemos nesse retrato são os Estados Unidos quando ela acha que está nos mostrando a França. Mas como ela é uma excelente e verdadeira escritora sabe que está nos mostrando ambas as coisas, e muitas verdades sobre os franceses vêm à tona ainda que escritas da forma como uma americana tem de escrevê-las. Isso porque o texto é claro e porque as ideias se baseiam em coisas vistas e não no que ela leu em livros sobre Paris escritos por uma velha senhora ou por um redator de revista que viveu lá alguns anos e se empolga por achar que já entendeu tudo.

Se consegui fazer com alguma justeza esse breve pastiche, eis uma demonstração de como o estilo de Gertrude Stein é contagioso, e também do quanto ele afetou o estilo, um pouco mais sentimental e ácido, de Ernest Hemingway. O fato de Hemingway ter sido, em muitos sentidos, o popularizador de um estilo que Gertrude Stein tinha inventado não é a menor das suas virtudes. Pode-se até dizer, para usar a famosa observação depreciativa de Picasso sobre seus imitadores, que Stein usou o estilo primeiro, e que depois Hemingway o enfeitou. Entretanto, enfeitado ou não,

Man Ray
Fotos de Gertrude Stein
c. 1926

o estilo de Hemingway foi o mais influente na prosa americana durante mais de 50 anos, e isso fez do estilo de Gertrude Stein menos um afloramento rochoso do que um escudo cristalino na moderna literatura americana.

Espero também que meu pastiche evoque os tipos de verdade para os quais o estilo peculiar de Stein serve de suporte. Todos os estilos específicos – e qualquer estilo que não seja específico não é um estilo; o que chamamos de estilo "maneirista" não passa de um estilo específico que acordou de mal com a vida – fazem de seus autores reféns, mas não muito. O estilo de Stein permite que ideias sutis pareçam triviais e óbvias, e, também, que ideias óbvias e triviais pareçam sutis. Sobretudo, a ausência das meias-tintas convencionais e dos matizes protetores, como adjetivos e pontos e vírgulas – o nevoeiro jamesiano do subentendido –, se presta a *generalizações*, às vezes profundas, com frequência idiossincráticas, sempre surpreendentes. É o estilo de maior ingenuidade deliberada com que um bom escritor já trabalhou, e é também o exemplo de simplicidade mais *faux-naïf*, mais voluntarioso exibido por alguém que de simples não tem nada. (Nem E.B. White nem Robert Frost eram os ianques simples que seus estilos levavam a crer que fossem, mas ambos eram mais parecidos com ianques simples do que Gertrude Stein possa algum dia ter parecido uma sanfranciscana simples ou qualquer coisa simples.) O estilo de Gertrude Stein está para a literatura como o sushi para a comida cozida – é menos um exemplo representativo de um universo do que a rejeição de qualquer ideia ligada a ele.

Na verdade, porém, o estilo de Gertrude Stein é mais coerente e "comum" do que pode parecer, em parte porque em boa medida seu efeito é obtido pelo artifício, risivelmente simples, de eliminar a pontuação normal. Na escrita, nossa sensibilidade a pequenos sons é tal que uma alteração minúscula na norma pode redundar num efeito colossal em tom. Na revista *New Yorker*, por exemplo, o repórter-poeta Joseph Mitchell, que procurava um estilo simples, muitas vezes eliminava as contrações habituais usadas no inglês, de modo que todo *it's* virava *it is* e todo *he's* se tornava *he is*. Com isso, de repente, um ar de solenidade sisuda emanava das mais simples de suas orações. Gertrude Stein obtinha um efeito igualmente forte e inquietante graças à simples omissão de vírgulas – haverá, talvez, uma dúzia delas em todo o *Paris França*. Assim, por mais ressalvas que um período contiver, ela quase sempre o escreve como um bloco sem vírgulas. Isso faz com que suas ideias pareçam claras, mesmo quando são bastante extravagantes. Ler Gertrude Stein é mais ou menos como ler Emily Dickinson antes que a pontuação lhe fosse imposta: ambas reclamam, em todos os sentidos, nossa atenção total, indivisa. Muitos períodos de Stein passam a parecer convencionais depois de convencionalmente pontuados: "É bom na França eles se adaptam a tudo devagar mudam completamente mas o tempo todo eles sabem que são como eram". A simples inserção de um ponto após as quatro primeiras palavras, e de um travessão depois das seis seguintes, faz o texto parecer muito menos excêntrico: "É bom na França. Eles se adaptam a tudo devagar – mudam

completamente, mas, o tempo todo, eles sabem que são como eram." Além disso, há o uso de monossílabos ingleses ("Gosto de palavras de uma sílaba", ela diz, mas nem era preciso) – e a encantadora inclinação para a fraseologia americana do dia a dia, a exemplo de sua famosa classificação de Paris como sua *home town* [cidade natal, cidade pequena].

O estilo dela, como até mesmo o devoto fã que escreve esta página admite, pode ser exasperante. Há momentos em que a simplicidade estudada parece insincera ou incompreensível, como quando ela observa, presunçosa: "Bem a guerra faz a pessoa perceber a marcha dos séculos e a sucessão das gerações". (Eu gostaria de pensar que ela diz isso com ironia, mas a ironia não é de seu feitio.) E, como uma redação feita a galope por um aluno da oitava série, há outros momentos em que fatos parecem empilhados sobre fatos, como na sequência "ah, e também quase esqueci de dizer!", que chega até o "obrigada", com que o livro termina. Há também algumas generalizações de Gertrude Stein que exibem menos a força de um pensamento original que a do capricho proposital: quando ela diz que o francês é uma língua falada, e o inglês, uma língua escrita, o leitor pode se sentir na presença do exagero ou daquilo que se chama pregar uma peça.

Entretanto, com muito mais frequência, somos convencidos pela verdade de suas observações, e ainda nos espantamos com a bela aspereza com que elas são expressas. Explicando perfeitamente por que muitos políticos franceses conservadores tinham sido rebeldes de extrema direita ou extrema esquerda na juventude, Gertrude Stein diz que todos os franceses têm de ser revolucionários: "Como você poderia ser civilizado se não tivesse passado por um período de revolta, e aí teria de voltar ao estado de pré-revolta, e pronto, você se civilizou". Há também sua arguta observação sobre os surrealistas, segundo a qual "eles perderam seu momento de se tornar civilizados, usaram sua revolta como uma coisa pública, e não privada, queriam publicidade, e não civilização". (E ela tem razão. Muitas vezes, publicidade é o oposto de civilização.) Ou seu simpático comentário sobre cachorros:

> Os cachorros nos dão muito prazer porque podemos estragá-los como não podemos estragar nossos filhos. Se os filhos forem estragados, nosso futuro estará estragado, mas podemos estragar os cachorros sem nenhuma preocupação com o futuro, e isso é um imenso prazer.

Ou sua observação sobre como dar nome em francês a uma coisa a desarma: "Agora que a expressão *une guerre des nerfs* [uma guerra de nervos] entrou na língua dos franceses, não tem mais efeito nenhum sobre seus nervos".

Ao longo de todo o livro, Gertrude Stein mostra ter uma ideia da França tão clara quanto a do general De Gaulle, ainda que mais desapaixonada. A ideia que ela faz da França, depois de ali residir e manter um *Salon* durante 30 e poucos anos, é a de que se trata de um país a-histórico e amoral, onde o tempo parou e os atos são julgados pelo que ela chama de "lógica" e "moda" – ou seja, pelo que poderíamos chamar de "equanimidade interior" e de "alto estilo". Ela diz isso, apresso-me a acrescentar, como um elogio. Os Estados Unidos e a Grã-Bretanha são países dominados pela fé no progresso, pelo movimento para a frente. Já a França, apesar de suas agitações ainda mais impressionantes, ou talvez por causa delas, chegou a acreditar que a civilização flui através da história, em torno da história e na história, em vez de involuir ou evoluir com ela. Enquanto os Estados Unidos e a Inglaterra têm em comum o mito do progresso, e, com ele, o sentido claro de um passado remoto, poucas pessoas na França creem que o país esteja melhor – ou pior – hoje do que no passado:

> O histórico de uma convicção profunda de que homens, mulheres e crianças não mudam, de que a ciência é interessante mas não muda nada, de que a democracia é real, mas que os governos não têm importância, a menos que cobrem impostos excessivos ou façam o país ser derrotado pelo inimigo.

Os franceses podem fazer o jogo do progresso, mas apenas jogam, e parecem amorais aos americanos porque não submetem tudo a uma investigação puritano-sentimental. Eles veem as coisas como são e aceitam a vida como ela é.

O que importa num universo desse tipo, em que a mudança é uma ilusão, é a lógica – os princípios do raciocínio, tidos como imutáveis – e seu aparente oposto, a moda, uma espécie de forma artificial de progresso que avança por meio de mudanças constantemente recicladas. A moda, como Gertrude Stein observa com argúcia, está ligada ao ciclo das estações, e não à marcha do tempo: discorremos sobre as coleções de primavera e outono, mais do que falamos das necessidades desta década. O *new look* será sempre seguido por outro, mais novo. A moda, uma palavra crucial para Gertrude Stein, significa em seu idioleto alguma coisa que mais lembra um ritual, os elementos de arroubos superficiais que conferem novidade à vida sem implicar necessariamente uma finalidade. "Era em Paris que as modas eram feitas, e é sempre nos momentos graves, em que tudo muda, que as modas se tornam importantes, porque fazem ascender, descer ou pairar no ar uma coisa que não tem nada a ver com coisa alguma." Para homens e mulheres, a moda é uma forma de produzir estações só suas.

Essa verdade, para Gertrude Stein, se reflete em outra peculiaridade francesa, verdadeiramente sem paralelo em outros lugares, mesmo na Itália: o extraordinário respeito votado a artistas plásticos, escritores e intelectuais. Ela narra o caso saboroso de um garagista que lhe cedeu uma vaga especial apenas porque ela era escritora: "É a pura verdade mesmo numa garagem um acadêmico e uma literata têm precedência até sobre milionários e políticos, eles têm, é incrível mas têm". Por quê? Porque "para dizer a verdade não existe ninguém sobre quem não se tenha escrito bem e ao entenderem isso os franceses demonstram seu habitual

senso de realidade". Num país dividido radicalmente pela política, ainda é possível haver um consenso quanto ao estilo, é possível avaliar uma mente ou uma forma de trabalhar sem levar em conta seus efeitos ou até seus princípios. Essa convicção persiste na França atual: Céline, um escritor pró-nazista e de um antissemitismo violento, é posto, placidamente, mais ou menos no mesmo nível ou talvez um pouco acima de Camus, humanista e membro da Resistência. Não é que o estilo seja tudo, mas o estilo é suscetível a um consenso que, na França, não se aplica à política e à religião. Todo mundo sabe quem escreve bem sobre a bondade, mesmo que ninguém saiba o que é "bondade".

O "amoralismo" – ponho a palavra entre aspas porque só nós a sentimos assim – provém, no entender de Gertrude Stein, do hábito francês de subordinar o sentimento à lógica, exemplificado pelo espanto da velha criada de Stein diante do princípio anglo-americano (praticado arbitrariamente, com certeza) de que mulheres e crianças tiveram preferência para abandonar o Titanic. O lógico a fazer, ela insistia, teria sido dar preferência a famílias inteiras, de modo que as mulheres não ficassem viúvas, e as crianças, órfãs. Nessa visão, o heroísmo é perigosamente emocional. O pendor dos franceses, muito censurado nos últimos tempos por historiadores anglo-americanos, para a indiferença em relação à propensão de seus intelectuais a sistemas que destruiriam suas próprias liberdades é saudado por Gertrude Stein com... indiferença. "Isso sempre aconteceu, desde a Revolução Francesa até hoje." É apenas o preço da valorização dos intelectuais. Esse amor pela lógica, em contraposição ao convencionalismo, enlouquece britânicos e americanos, mas é responsável pela serenidade interior da vida dos franceses.

Essa visão da França, e de Paris, é limitada e parcial. Um leitor hostil poderia até argumentar que a França de Gertrude Stein é uma precursora mais calma e mais inteligente da França de Peter Mayle e de todas as outras Franças em que o lugar da França será definido, imutável e, portanto, atraente, um estúdio de cinema – uma arcádia de encanto e esquisitice atemporais, com a qual as vidas atarefadas e compulsivas de americanos e ingleses sejam cotejadas e uma boa rota de fuga seja possibilitada para elas.

Protelei mencionar um pormenor que aquele leitor hostil talvez julgue essencial para a compreensão desse livro: ele foi publicado em 1940, diante daquele buraco negro que consumiria e deixaria tantas cicatrizes na civilização francesa que a autora exalta. O livro é permeado pela certeza de que uma guerra está para começar. Gertrude Stein se refugiou no interior do país para escrevê-lo, e a ameaça de guerra está presente em cada momento: haverá uma guerra; não haverá uma guerra; se vier uma guerra, isso até será bom a longo prazo; mas talvez ela acabe não vindo, ou não como veio a anterior. É difícil reprimir, em certos momentos, um estremecimento de dor ao reler *Paris França*, pois sabemos que a guerra não será emocionante, nem lógica, nem trará benefícios para a moda – será apenas a guerra. E embora saibamos que Gertrude Stein sobreviverá a ela notavelmente intacta, sabemos também que, nesse momento da história francesa, ela está para se tornar não uma americana desapaixonada, mas sim mais uma judia suspeita, senão condenada. (Só há pouco tempo as ambiguidades e os oportunismos ocasionais da visão que Gertrude Stein tinha da ameaça totalitária se tornaram tema de pesquisa biográfica.)

No entanto, a verdade é que o trabalho dos escritores e artistas simplesmente continua, na maioria dos casos, desconsiderando as manchetes. Gertrude Stein não mostraria uma visão nada diferente de seu tema se a guerra tivesse sido evitada ou se não houvesse ocorrido guerra alguma. Os artistas e escritores produzem com base em imagens e convicções em geral imunes às especificidades do momento político. Há um quê de comovente e até de corajoso na determinação de Gertrude Stein de exaltar a civilização francesa diante de seu eclipse iminente. E a palavra "civilização" (que ela grafa tanto à maneira americana, com "s", como à inglesa, com "z") é a palavra-chave do livro, a que aparece com maior frequência e que representa uma ideia ao mesmo tempo fundamental e vaga. É o que ela julga ser o atributo por excelência do francês, do parisiense, o que os define de maneira especial.

E o que ela quer dizer com civilização? Coisas diferentes. Às vezes, civilização significa a possibilidade de se ver a vida com distanciamento, como algo que não é apenas um acúmulo de apetites. Em outros momentos, ela quer se referir a alguma coisa mais próxima de "cultura", as tradições arraigadas da boa cozinha e de cortesias solenes. De todos os rodeios, das múltiplas definições de "civilização" presentes no livro, a melhor talvez seja esta: "A essência de ser civilizado consiste em conduzir-se como você é". Em seu encanto sóbrio, que exala das páginas, e a despeito das tristes circunstâncias em que foi escrito, *Paris França* continua a ser um extraordinário ato de autodomínio americano.

Um dos principais colaboradores da *New Yorker*, ADAM GOPNIK (1956) foi correspondente da revista na capital francesa, temporada que resultou em *Paris to the Moon*, mistura de ensaio com livro de viagem publicado em 2000 e inédito no Brasil, assim como toda sua obra. Recebeu o National Magazine Award três vezes, e também o George Polk Award. *Table Comes First: Family, France, and the Meaning of Food* (2012), seu livro mais recente, é uma história da invenção da gastronomia e de sua relação com a família. Este ensaio é a introdução para uma nova edição americana de *Paris França*, livro de Gertrude Stein publicado no Brasil pela José Olympio.
Tradução de DONALDSON M. GARSCHAGEN

MAN RAY (1890-1976) fotografou Gertrude Stein pela primeira vez em 1922, no que seria o primeiro retrato impresso da escritora. A sessão aqui publicada é de 1926. "Talvez eu estivesse impressionado pela firmeza de sua personalidade, mas nunca me ocorreu tentar qualquer fantasia ou acrobacia com a fisionomia dela", lembrou-se ele daquele primeiro encontro.

EXÍLIO **O diagnóstico do filósofo sobre a isolada região russa pode ter feito o escritor entender as dimensões da vida que não cabem na história**

Dostoiévski lê Hegel na Sibéria e cai em prantos

LÁSZLÓ FÖLDÉNYI

Na primavera de 1854, depois de quatro anos de trabalhos forçados, Dostoiévski foi destacado como soldado raso em Semipalátinski, no grande "declive setentrional", na fronteira sul da Sibéria. A cidade, pouco maior que uma aldeia, tinha de cinco a seis mil habitantes, metade deles composta de quirguizes nômades que viviam em sua maioria em iurtas. A população do lugar sentia pouca identificação com os russos europeus, que eram chamados de "compatriotas" e olhados com desconfiança. Ainda que seu número aumentasse cada vez mais: os exilados na Sibéria cresceram para 159 mil entre 1827 e 1846.

A cidade era rodeada por um deserto nu de areia; não havia uma árvore, um arbusto, por todo lado apenas areia e cardos. A casa onde Dostoiévski morou ficava na parte mais sombria da cidade, no meio de dunas migratórias. Uma cerca alta rodeava o quintal, e o portão era tão baixo que obrigava o visitante a se curvar profundamente.

Lá, Dostoiévski morou em um quarto espaçoso, porém baixo, em que havia uma cama, uma mesa e um caixote, e da parede pendia um espelho pequeno, emoldurado. Nesse lugar, ele se tornou amigo do funcionário do governo Aleksandr Iégorovitch Vránguel, à época com 21 anos, que

Kazimir Malevich
Cruz suprematista
(cruz pequena em preto sobre vermelho e branco)
1920
Imagens da coleção Stedelijk Museum Amsterdam

protegeu o escritor ao longo de dez anos desde o primeiro encontro. Para Vránguel, Dostoiévski contava seus projetos narrativos; para ele, declamava os poemas favoritos de Púchkin; e, para ele, cantarolava árias conhecidas de óperas. Sobre religião, conversavam pouco; Dostoiévski, entretanto, temia a Deus, mas não frequentava a igreja e não gostava dos padres. Por outro lado, ele falava sobre Cristo com uma devoção apaixonada. Enquanto isso, trabalhava o tempo todo no manuscrito de *Recordações da casa dos mortos*, em que Vránguel também dava uma ou outra olhada. Em troca, o funcionário obteve para o escritor alguns livros. E em pouco tempo ele também começou a estudar, com determinação, diariamente. Em suas memórias, Vránguel não revela o título do livro que estudou. Menciona apenas o nome do autor: Hegel.

Não sabemos qual livro de Hegel foi encomendado da Alemanha por Vránguel, que na verdade era também assinante do *Augsburger Allgemeine Zeitung*. Façamos, portanto, a escolha: as conferências sobre a filosofia da história universal apresentadas por Hegel na Universidade de Berlim entre o outono de 1822 e a primavera de 1831 – mesmo período em que dezenas de milhares de exilados chegavam sem parar à Sibéria. As conferências foram publicadas pela primeira vez em forma de livro em 1837, e depois em 1840, numa edição revista. Vránguel, depois de folheá-lo, talvez o tivesse encomendado. Podemos imaginá-lo, porque Hegel faz menção à Sibéria nas conferências. Brevemente, é verdade. E reserva poucas palavras para justificar por que não se propõe a fazer uma digressão para apresentar a Sibéria. Na verdade, ele começa a discutir a Ásia com a observação: "De início, devemos separar o 'declive setentrional', a Sibéria. Ela fica fora da região que desejamos investigar. A constituição da região não a leva a ter um papel na história da cultura nem a torná-la um personagem da história universal."

Podemos imaginar o espanto de Dostoiévski quando, junto das velas congeladas, se deparou com essas linhas. E podemos também imaginar seu desespero quando foi obrigado a ver que do outro lado, na Europa, por cujas concepções ele fora condenado à morte e depois exilado, não se atribuía nenhum sentido a seus sofrimentos. Pois os sofrimentos o atingiram na Sibéria – no mundo que não fazia parte da história. Portanto, do ponto de vista da Europa, não havia esperança de libertação. Dostoiévski tinha o direito de sentir que não apenas o exilaram na Sibéria, mas o expulsaram para a não existência. E de lá apenas o milagre o libertaria – o milagre cuja possibilidade não só Hegel excluíra, mas também todo o espírito da Europa da época. O espírito que, embora reconhecesse estrepitosamente a existência de Deus, rejeitava a ideia de que Deus poderia dar ordens não somente genéricas, mas também voltadas ao indivíduo solitário; o espírito que impusera as leis naturais antes de tudo, negando o que Dostoiévski mais tarde formularia ao dizer que até mesmo o resultado de dois vezes dois poderia ser contestado; o mesmo espírito que acolhera as leis do Estado moderno, alardeando sua validade ilimitada, esquecendo-se de que a existência das leis nem sempre demanda justiça.

É bem possível que, exatamente quando percebeu que caíra fora da história – pela qual assumira todas as calúnias –, tenha nascido nele a convicção de que a vida apresentava dimensões que não podiam ser inseridas na história; que a comprovação da existência não podia ser restrita pelos critérios de existência da história. Que, quando de fato sentimos e vivenciamos o peso da existência, nós nos destacamos da história, e nessa hora sentimos o excesso de peso da história tanto em Semipalátinski quanto em Berlim. E primeiro temos de sair da história para poder divisar os limites e as restrições da sua existência.

Para isso, porém, devemos aceitar a possibilidade do milagre quando o absolutismo do tempo e do espaço deixa de existir. E se o próprio Hegel permite que regiões da Terra se destaquem da história, diz que a história não conta com a falta de limites divina: ela é cercada de algo que está além da história. Ou seja, o necessário faz fronteira com o impossível, o natural com o sobrenatural, o legal com o arbitrário, a política com a teologia. Por sua vez, o que está além das fronteiras também se infiltra no interior delas. E só podemos excluir o que atingiu nosso interior.

O exílio da história deve ter despertado em Dostoiévski a crença no milagre – e também a impressão de que a situação da Idade Moderna cede a uma lei impiedosa. A história escancara a própria essência diante dos que expulsa. Em Hegel, embora tenha apresentado durante dez anos conferências sobre a história, o pensamento jamais emergiu. Dostoiévski não precisou de dez anos de reflexão para tanto. Experimentou na própria pele que jamais uma época descartara com tanta superioridade o sofrimento quanto a cultura que nasceu com o Iluminismo – cujo resultado não foi a supressão do sofrimento, mas o encobrimento de que ela própria se enraizava nele. O sofrimento encoberto se evidenciou, se desvelou, quando os limites da influência da história moderna se tornaram visíveis – em especial para aqueles que se desprenderam (ou que foram expulsos) da história. Esse reconhecimento – como um esclarecimento verdadeiro – não encerra o sofrimento, mas abre a possibilidade de que o sofrimento, em vez de torturar os homens em seus interiores, tolhido, conduza a uma espécie de redenção – ou seja, a um equilíbrio, a uma certa saúde.

—

Talvez Dostoiévski tenha escrito estas linhas exatamente ao ler o juízo severo de Hegel: "Quem pode dizer que tenha explorado e lido as almas perdidas em seus recessos mais profundos?... Parece que o pecado não pode ser avaliado de um ponto de vista pronto, dado, e que sua filosofia é mais difícil do que imaginamos." Essas almas se perderam, escreve Dostoiévski,

"foram espoliadas de todos os seus empregos e riquezas; eram expulsas da sociedade, os rostos marcados para que o exílio fosse visível nelas para toda a eternidade". Das *Recordações*, emana a revolta obstinada: a revolta dos excluídos, que além de tudo não veem mais razão para retornar ao lugar de onde foram expulsos. O livro não é o manifesto da revolta política, não é a indignação moral, mas o confronto com toda a existência. Em especial com a visão secular da história, da qual Hegel foi um dos principais divulgadores, sussurrando que o sofrimento, um dia, ainda, na existência terrena, poderia ser eliminado.

Dostoiévski ergue a voz em nome daqueles que ficaram de fora dessa celebração universal, e daqueles que Schiller condenou na "Ode à alegria", para que, chorando, fugissem do círculo de celebração feliz dos milhões. Enquanto lia Hegel, Dostoiévski deve ter sentido, com justiça, que o firmamento de Schiller não se estendia mais acima dele. Não podia fazer nada, a não ser chorar também. Mas ao mesmo tempo se rebelar. O livro é a bíblia da revolta. Sua coerência vem do sofrimento e do pranto, não da dialética que pretende explicar tudo; a esperança que dele emana, a crença no milagre, por sua vez, cresce em proporção direta com a profundidade do desespero.

—

O julgamento sobre a Sibéria não deve ter sido inesperado para o leitor de Hegel em Semipalátinski. A condenação era tão minuciosa, circunspecta e lógica que poderia chegar a oferecer um prazer estético – se fosse escrita de maneira mais bela e, principalmente, mais humana. Eis o argumento: "Quem vê o mundo com racionalidade é olhado também pelo mundo com racionalidade". Ou não vê, deve ter respondido Dostoiévski, espiando o pequeno espelho emoldurado que pendia na parede de seu quarto. Do espelho, ninguém o fitava. Procuremos nos ver com atenção: nosso olhar se perde em um globo ocular estranho que, por sua vez, fixa sem vida o nada. Não apenas não olha para fora como também não olha para dentro. É morto, imóvel e, além de tudo, se o contemplarmos longamente, chega a ser espectral. Podemos terminar como Narciso: não procuramos descobrir a prova da nossa vida no que não tem vida. Procuramos chegar à vida pelos caminhos tortuosos do fantasmático. Buscamos o conhecimento da vida no que é morto. O que faz a

Cruz hierática suprematista (cruz grande em preto sobre vermelho e branco)
1920-1921

própria vida se tornar morta. Sem vida, paralisada, fantasmática. Embora no início quiséssemos examinar exatamente a vida.

A célebre declaração de Hegel sobre a filosofia da história universal se difundiu no início de suas conferências. A racionalidade é um dos conceitos mais citados. Lembra um banco de areia em que é difícil não se atolar. Como se essa fosse a intenção primeira de Hegel. Ele se esforça para organizar a história universal de modo que só possa penetrar nessa via quem ou o que consiga atolar no alto do banco de areia da racionalidade. Pelo contrário, se alguém ou alguma coisa se esgueira sem ferimentos entre os bancos de areia, para fora, para além da história, para o oceano da liberdade que não pode ser restringido pelo intelecto, estranhamente não provocará nenhuma satisfação em Hegel. Em vez de obter a felicidade, pela qual certos povos, eras ou regiões se livraram da catástrofe, ele se entristece, se impacienta, assume um estilo atropelado, ou melhor, por vezes claramente nervoso, e, por fim, sem aviso, se aloja na danação do esquecimento. Os sobreviventes serão os perdedores.

A metáfora sedutora que reflete o olhar racional parece à primeira vista evidente por si, como se fosse uma declaração divina. Pois, se examinarmos em que contorno de pensamentos e hipóteses iniciais ela se fez ouvir, veremos que sufocamentos, medos supersticiosos, ou melhor, que temores irracionais levaram Hegel a se agarrar com tanta determinação à boia da racionalidade. Como se receasse que algo o varresse. Para que Hegel ordenasse (ou seja, para que controlasse) o que rodeava a sua vida, ou melhor, o que a precedera, inventou uma história que depois ele pôde derramar como uma trama sobre a riqueza do mundo. Ou como uma rede sobre as muitas camadas incontidas. Por outro lado, lançou mão da filosofia, que "não deixa a história ser o que é, mas a organiza segundo o pensamento, constrói uma história *a priori*". Porém, a verdadeira tarefa da história inventada, construída, não é a oferta de uma imagem "objetiva" acerca da existência, mas a defesa do engenheiro e do construtor para que eles não naufraguem no que não pode ser construído, planejado, ou seja, no que não cede ao intelecto e ao reconhecimento.

O que é a história? Hegel não revela muito sobre ela. Causa espanto que a frase inicial de seu ciclo de conferências não diga nada: "Não preciso dizer nada sobre a história, a história do mundo; basta a concepção generalizada existente sobre ela". Ou melhor, apaziguando-se, acrescenta: "Talvez concordemos com ela". É notório que, ao elaborar essa história da filosofia, ele não se dispõe a dizer nada de meritório sobre os critérios da história. Como se um receio supersticioso o levasse a não falar exatamente sobre isso. Já no início do livro, Dostoiévski deve ter tido a impressão de que Hegel tencionava apresentar a filosofia do que se silencia, do que se mantém em segredo, do que se oculta.

—

Para que pudesse fazê-lo, teria de fechar os olhos. Pois o que veria se os mantivesse abertos? Um quadro imenso, uma variedade infinita. Porque clamava em torno dele "tudo aquilo que pode oferecer um caminho para a alma do homem e que pode interessá-lo, o sentimento do belo, do bom, do grandioso, todas as emoções, em todo lugar se estabeleceriam e se perseguiriam finalidades reconhecidas, cujo cumprimento nós desejaríamos; temas de nossos medos e esperanças". Mas por que esse enxame colorido não pode ser visto? Porque, ele responde – de novo com uma pressa suspeita –, isso tudo é possível. Mas depois ele acaba por se denunciar, em um breve complemento posterior: "A imagem concreta do mal se estende diante de nós em sua grande presença na história do mundo. Se analisarmos a infinidade de detalhes acontecidos, a história do mundo parece um matadouro onde se sacrificam individualidades e povos inteiros; vemos a extinção dos mais nobres e mais belos. Como se nenhum ganho verdadeiro nascesse e, na melhor hipótese, restasse a obra transitória que carrega na testa o selo da aniquilação e em pouco tempo daria lugar a uma obra igualmente transitória."

O matadouro é o que não pode ser notado, deve ter lido Dostoiévski. É preciso silenciar sobre a propriedade mais profunda da escrita da história do mundo. Em nome da racionalidade, é preciso dar as costas à experiência que fere a carne. Ao sofrimento, à morte, ao que não pode ser controlado, ou seja, a tudo de que não somos senhores, mas escravos. "A mente não pode se deter diante do fato de que determinados indivíduos foram feridos", escreve Hegel, "certos objetivos se perdem nas generalizações". Antes de mais nada, Hegel gostaria de se sentir senhor – pois o senhor parece ser mais feliz que o escravo –, e para isso não pôde deixar de rearranjar o mundo todo de acordo com o próprio gosto e desejo. Hegel procura fundamentar toda sua filosofia na racionalidade. Entretanto, os fundamentos de sua construção não fazem nenhuma concessão à racionalidade. Nessa filosofia se abrigam somente a aspiração falível de vitória e a felicidade que dela deriva. E o olho atento, como devia ser o de Dostoiévski, descobriria nela a experiência secreta do sofrimento, da morte, do fiasco e da derrota. Aspirações, instintos, receios, medos, sufocamentos, negações: deles procura emergir a racionalidade da história, como uma cópia romana amansada, branca como neve, de uma estátua grega. Por inteiro, naturalmente, ela não consegue emergir. O borbulhar do fundo – a lama – tinge também o mármore através das rachaduras estreitas como fios de cabelo. Na *Filosofia do direito*, Hegel escreve que a história do mundo está carente da justiça, da virtude, da ilegalidade, da violência e da criminalidade, dos talentos, dos pequenos e dos grandes sofrimentos, do pecado e da inocência. Ou seja, de tudo que chamamos vida. Com isso, ele argumenta por que não são todos os povos que pertencem à história do mundo. Porém, os que o fazem "participam da felicidade e da glória,

a conclusão de seus feitos será bem-sucedida". A felicidade, a glória e o sucesso: aos olhos do protestante Hegel, um é mais sedutor do que o outro. Seja como for, são mais atraentes que o sofrimento e a morte. Entretanto, se não podem manifestar-se abertamente, ou seja, com liberdade, mas apenas pelos caminhos tortuosos da extinção, eles se ferem e se deterioram. E, se Hegel os submete à racionalidade, ele afinal o faz por medo. Apega-se com sofreguidão à felicidade porque não gosta de se ocupar da tristeza; com sofreguidão se alia à glória, porque não anseia tomar consciência do sofrimento dos vencidos; e não fixaria o olhar com perseverança no sucesso se, em segredo, não estivesse convencido da transitoriedade de tudo, da própria racionalidade.

—

Quem se apega a todo custo a olhar para o mundo racionalmente cedo ou tarde será uma vítima da irracionalidade – mais depressa e de modo mais espetacular do que aquele que busca viver com liberdade. O intelecto não é senhor nem criador da liberdade, mas apenas participa dela. A liberdade decide; e o intelecto é somente um instrumento, não a causa. Tudo que é racional ou irracional o é entre limites; a liberdade, por outro lado, a única coisa divina no homem, está para além do racional ou do irracional. Só me liberto pelo que me ultrapassa, pelo que me transcende – eu me reencontro naquilo em que me perco.

Essa condição da liberdade pode ser nomeada de diferentes maneiras. Entretanto, jamais poderemos chamá-la de racional. Hegel, quando trouxe para um denominador comum a história do mundo, Deus e o espírito absoluto, e os submeteu à racionalidade, na realidade deu as costas para a liberdade. A liberdade racional não é liberdade. O racional é sempre limitado; a liberdade é sem limites. Em nome de Deus, mas sem o espírito divino: é isso que caracteriza a visão da história fundamentada na racionalidade, que na metade do século 18 substituiu as histórias do mundo escritas com base na salvação histórica cristã. A interpretação hegeliana da história submete o que é "divino" ao que pode ser controlado pelo homem. Ao final, empurra tudo para o círculo de atuação da política – sinal disso é a busca de uma explicação para tudo. Também para o que, na verdade, não tem explicação. Ao ceder à secularização da Idade Moderna, ele não busca a falta de limites divina que se abriga por trás

Suprematismo mítico
(cruz vermelha sobre círculo preto)
1920-1922

da política; ao contrário: ele busca interpretar a impossibilidade divina de estabelecer limites (ou seja, o que para a mente humana não pode ser controlado) segundo pontos de vista políticos. Ao escrever sobre as tribos germânicas, por exemplo, Hegel observa: viviam em sociedade, embora ela não fosse uma condição política, e, portanto, "ainda viviam fora do círculo da história do mundo".

A partir de determinado momento da segunda metade do século 18, em que todas as questões culturais e teológicas ganharam uma dimensão política crescente e numa medida nunca vista, a própria liberdade foi afrontada. Mais exatamente (pois o que não tem limites não pode ser afrontado), a atenção à liberdade foi desviada. A crença absoluta nas soluções políticas naturalmente sofre influência oculta da religião e da teologia (como escreve Donoso Cortês na metade do século 19: não existe questão política por trás da qual não se abriguem questões teológicas). As questões teológicas, porém, foram lançadas para os bastidores pelas questões de comando e controle, fazendo a crença na transcendência se tornar cada vez mais frágil.

É verdade que, na filosofia da história de Hegel – como em toda a cultura do Ocidente contemporâneo –, "deus" é uma palavra que se repete com a mesma frequência que racionalidade. Mas a concepção de deus é uma coxia atrás da qual estão amontoadas coisas que não podem nem de longe ser chamadas de divinas. O principal argumento da política a ser depreendido da filosofia da história de Hegel é que ela é feita por homens, a partir das próprias forças, com base na racionalidade alegada (que, naturalmente, os adversários políticos – com base na própria racionalidade – veem como irracionais), factível ao custo da exclusão de todos os pontos de vista incontroláveis, inexplicáveis, "irracionais". A política, a partir da época de Hegel, não representa todas as iniciativas humanas, mas a exclusão, a divisão, a partição, ou seja, o sufocamento que vigora em todo lugar. Nas palavras de Carl Schmitt: "A burguesia liberal [...] precisa de um deus que não pode ser ativo; deseja um senhor que não tenha poder; persegue a liberdade e a igualdade, mas ainda assim deseja direcionar para a classe dirigente o direito de escolha, para que ela assegure que a cultura e a propriedade influenciem a elaboração das leis, como se a cultura e a propriedade dessem direito à opressão dos pobres e dos incultos; abole a aristocracia familiar e de sangue, mas contribui para o poder desavergonhado da aristocracia endinheirada, a forma mais estúpida e vulgar da aristocracia; não almeja a soberania do rei nem do povo. O que deseja na verdade?"

—

Se por trás das coisas transitórias se perdem o infinito e a transcendência, não podemos mais falar de liberdade. O deus a serviço da racionalidade não é o deus da liberdade, mas da política, da conquista e da colonização. O secularismo é a religião desse deus dos tempos modernos. A história, por sua vez – do ponto de vista de Hegel –, é a história da secularização. Dostoiévski deve, com razão, ter sentido que Hegel não apenas expulsava a Sibéria (e com ela ele próprio) da história, mas buscava convencer, como um missionário, toda a humanidade a ver como história somente o que a censura de sua ordem racional aceitava como tal.

Sobre a Sibéria, poucas palavras. A explicação é simples: imediatamente antes o filósofo discutira a África, que segundo ele também ficava fora da história. Hegel levara a cabo o exílio da África com tanto prazer, quase com uma inspiração poética, que seu desejo criador ao final se esvaziara visivelmente. E o que ele diz sobre a África vale para a Sibéria. O motivo da expulsão e do desprezo é o mesmo nos dois casos: aversão ante o que não é apreensível pelo intelecto europeu, medo do incompreensível, horror em face da escuridão. A denúncia maior se origina do sofrimento inesperado de Hegel. Ao repelir a África e a Sibéria, ele nega o que tocou a intimidade de seus sentimentos. Aqui ele não apenas saqueia os próprios sentimentos, mas nega o próprio eu sombrio – todos os horrores, as catástrofes, os desastres que na verdade não teria de repelir com tanta intensidade se não topasse com suas raízes no próprio coração. O sofrimento com que esboça as supostas crueldades inevitáveis da África, incansavelmente, ao descrever fatos e mais fatos, curiosidades, acontecimentos aterrorizantes, sem que nisso descubra nenhuma alegria, beleza ou algo digno de admiração, denuncia, em primeiro lugar, que Hegel não teme a África (devia sentir-se em segurança em Berlim), mas batalha contra os próprios instintos. Distante anos-luz da vivência da liberdade, o filósofo depois elaborou uma filosofia da história, uma explicação para a existência, como uma terapia para si mesmo. Embora seja possível que seu coração não aspirasse mais – como Rimbaud ou Genet – que a possibilidade de declarar: sou negro.

Na África, a história é impossível, ele afirma, mas seu argumento mal resiste à prova da racionalidade: "Esse país dourado, país da infância, que ficou comprimido em si mesmo, que para além da história consciente, à luz do dia, está envolto pelas cores escuras da noite", não contribuiu em nada para a cultura. O que Hegel repele aqui com uma única frase? O ouro brilhante, a infância e a noite. O ouro maciço do qual ainda não se cunharam moedas e que cega como o sol; a noite que nesse caso supera o reconhecimento consciente e cuja escuridão não se diferencia muito da escuridão do interior do corpo; e por fim a infância, em que os anseios podiam se manifestar e se desenvolver livremente, como em um estado paradisíaco. Alguns psicólogos contemporâneos de Hegel – Gotthilf Heinrich von Schubert, por exemplo, com quem Freud revelou mais tarde ter uma grande dívida, ou Carl Gustav Carus, cuja *Psyche* Dostoiévski quis traduzir juntamente com Vránguel na Sibéria! – na verdade teriam notado que, ao mencionar a África, Hegel se horrorizou diante de alguma coisa. Talvez diante do que mais tarde

Freud – justamente ao avaliar o acúmulo de recalques hegelianos na cultura – chamou de análise. Pouco mais tarde, talvez por engano, ele chamou as condições africanas de "paraíso"; logo depois disso, porém, foi tomado pelo bom senso necessário para rejeitar aquilo a que mais aspiramos. O estado paradisíaco é exatamente o que não é perfeito, diz, pois a inocência não é a condição digna do homem: "Apenas a criança, o animal são inocentes (*unschuldig*); o homem precisa cometer alguma coisa (*muss Schuld haben*)."

No fundo da rejeição do paraíso se oculta a racionalidade que se opõe às formas de existência inabordáveis pelo pensamento europeu (entenda-se: racional). Hegel se horroriza diante do paraíso como um cientista da natureza de hoje em dia se horrorizaria diante da ideia que deprimiu Dostoiévski: a de que Deus, se quisesse, faria com que dois vezes dois fosse igual a cinco. Em retrospecto, Hegel afirma que não há modo de nos alojarmos na natureza do africano e vivenciá-la – portanto, o incompreensível, a seus olhos, não surge como um milagre, mas como selvageria e descontrole. Os banhos de sangue, o culto (irracional) desmedido dos mortos, a falta de respeito pela vida humana, os encantamentos, as cerimônias secretas – tudo na verdade devia ser aterrorizante para um professor europeu do início do século 19. Porém, para o olhar dos dias de hoje, é igualmente aterrorizante o fato de que esse professor – empregando os pontos de vista "puros", racionais – de certa forma não faz diferente dos que há muito colonizaram o paraíso usando armas, também recorrendo aos princípios cristãos dos quais o próprio Hegel se serviu. Ao final, submeteram por meio de armas e do intelecto o que se provou ser inexpugnável e inatingível.

—

Por trás da rejeição apaixonada da África e da Sibéria arde o desejo secreto de Deus. Hegel se sacrificou à ilusão de que era capaz de explicar o inexplicável. Na verdade, não foi isso que fez, mas mutilou-se: negou em si mesmo o anseio ancestral (e divino) pelo desconhecido, pelo ilimitado e desmedido. Se folhearmos as páginas escritas sobre a África, veremos, por um lado, negros condenados à extinção e à aniquilação e, por outro, um homem branco de alma sofrida que se aterroriza o tempo todo. Estremece ante o ouro maciço e cegante, ante a criança, a noite, estremece ante os mortos, estremece ante os heróis negros que, uma vez injuriados, se matam, ante as mulheres que são capazes de matar, como a Pentesileia de Kleist, que lutou com elefantes africanos, estremece ante os carrascos sentados junto aos reis negros, ante os seres imprevisíveis que nascem e morrem como ele, mas que, para suportar a vida, escolhem um modo radicalmente diferente, estremece ante aqueles cuja coragem é sem limites e que são capazes de dissipar a vida de modo passional. E – condenando em um tom de voz impaciente, irado – estremece também ante o próprio estremecimento. Estremece, portanto, diante de tudo que não consegue apreender com o intelecto. Estremece mais diante de Deus, de sua liberdade incontrolável, da liberdade que pode arrancar o homem de si mesmo. Não admira que, ao final da liquidação, ele respire aliviado: "Deixamos agora a África, para nunca mais mencioná-la. Porque não é uma região histórica do mundo."

—

Em 1864, o herói de *Memórias do subsolo* escreveu: "Sobre a história do mundo se pode dizer tudo, tudo o que pode ocorrer aos que têm a mais confusa das imaginações. Só não se pode dizer que seja racional. A primeira palavra fica engasgada." Mal resta dúvida da referência de Dostoiévski. Desde que perdeu a certeza universal, que Tchekhov formulou no final de *As três irmãs*, de que um dia haveria explicação para todo o sofrimento que vivemos na Terra, o homem vive com medo e terror permanentes. E, desde então, se ocupa, como Hegel, de construir a história para se consolar com a esperança do incremento da cultura e do progresso infinito da humanidade. A crença angustiada na racionalidade serve ao terror causado pela falta de Deus e à dificuldade de suportá-lo. E se depois disso alguém, como fizeram Dostoiévski ou Nietzsche, aponta para a fragilidade da crença e prova ser o que chamamos de história, em sua maior parte, construção, mecanismo precário de autoproteção, tudo se desfaz: a racionalidade esgarça a confiança depositada na verdade das ciências, e não há o que possa ocupar o lugar do deus exilado.

Pode-se chamar de artimanha divina o fato de Dostoiévski ter se convencido da existência de Deus e da impossibilidade de descartar a transcendência logo na Sibéria, a terra de ninguém, supostamente excluída da providência divina. Quando, na noite de Natal, 24 de dezembro de 1849, dois dias depois do simulacro de execução, partiu de São Petersburgo, ele não apenas deixava as casas festivamente iluminadas, mas também dava as costas para a Europa. Quando, entretanto, atravessou os Urais, foi como se saísse não apenas do território europeu (histórico), mas também do tempo. "É triste o instante em que transpomos os Urais" – recorda-se em carta escrita quatro anos depois. "Não somente os cavalos e os trenós levavam aos bancos de neve. Caía uma tempestade. Descemos do trenó, era noite, e ficamos de pé à espera de que desencalhassem os trenós. A toda volta, neve e tempestade; a fronteira da Europa, diante de nós a Sibéria, e nela o destino desconhecido, atrás de nós tudo o que passou – era triste, as lágrimas afloraram."

E, no entanto, podemos concluir da sequência da carta que o destino desconhecido lhe reservava algo que em casa, na Europa, ele não obteria. O sofrimento e o desespero se tornaram incomensuráveis, e o levaram à experiência do ilimitado (o divino). Por baixo, por vias inversas – desviando-se de tudo de que tomaria parte na Europa: "O que aconteceu com a minha alma, minha crença, meus conceitos e meu coração nesses quatro anos eu não vou contar. Seria longo. Mas voltar-se o tempo todo para dentro, para onde fugi ante a amarga realidade, deu seus próprios frutos. Hoje tenho muitas esperanças e anseios de que nunca suspeitei. Porém todos são enigmáticos, e por isso devemos deixá-los." E, pouco depois: "Estou satisfeito com a minha vida". Escreve isso tudo em 1854, na metade de seu exílio forçado, talvez na noite de um dia em que estudara Hegel com Vránguel, ele de novo.

—

O que seria o enigma? Dostoiévski dedicou um livro inteiro à narrativa de suas vivências. Intitulou-o *Recordações da casa dos mortos*, o que é estranho, porque trata apenas de pessoas vivas, que além de tudo não estão prestes a ser executadas. Os inúmeros rostos que emergem despertam no leitor não a impressão dos mortos, mas dos amaldiçoados. De amaldiçoados que não foram simplesmente deportados da Europa para a Sibéria (por uma condenação política), nem perseguidos da história para fora dela (com base na racionalidade hegeliana), mas que do império da salvação foram exilados no inferno. Ele não se distingue muito do "Inferno" de Dante – com o qual um século depois Óssip Mandelstam se consola na mesma Sibéria. Nesse livro, Dostoiévski escreveu a bíblia do inferno – a bíblia que uma geração antes, no final do *Casamento do céu e do inferno*, ele declarou que possuía e que o mundo, querendo ou não, dele receberia. E para que uma bíblia a todo custo? A resposta do próprio Blake: "O homem precisa de uma religião; se não a de Jesus, a de Satã, e para ele erguerá um templo, o chamará de Deus do mundo; e exterminará todos que não adorem Satã como Deus" ("Jerusalém").

No livro, vemos o inferno – nada mais que o inferno. Porém, não seria possível desenhá-lo com tantas cores e camadas se Dostoiévski não tivesse certeza da existência do purgatório, ou melhor, também do paraíso. É verdade que não há nenhuma palavra sobre eles. Mas o fato de representar o inferno primeiramente como incomensurável mostra que Dostoiévski buscava no finito, antes de tudo, o infinito. Não há dúvida de que ele era um psicólogo genial; mas o que ele descreve, o inferno siberiano, não é excitante porque Dostoiévski é um bom observador, mas porque em tudo que é circunscrito ele descobre o incontrolável. Buscava o divino, a despeito de nesse livro usar relativamente pouco a palavra. Porém, também era isso que ele procurava onde a falta de Deus era mais evidente. Nesse caso, a condição para o encontro de Deus era despencar da história para o inferno.

No inferno existe redenção. Ou melhor, aos olhos de Dostoiévski, a redenção não é possível sem a experiência do inferno. Para Vsévolod Soloviev, irmão do filósofo Vladímir, ele disse: "Oh, foi uma grande felicidade para mim. A Sibéria, os trabalhos forçados! Diziam que era terrível, revoltante, falavam de uma revolta justa... Estupidez deslavada! Somente lá comecei a viver de modo saudável, feliz, lá entendi a mim mesmo... O Cristo... O homem russo, e lá senti que sou também russo, filho do povo russo. Meus melhores pensamentos, todos surgiram lá, hoje apenas voltam, mas nem de perto com a mesma clareza! Oh, seria bom se o senhor também fosse levado para trabalhos forçados!" E um outro conhecido dele, Miliukov, anotou: "Dostoiévski agradecia ao destino pelo exílio que lhe possibilitara o conhecimento do homem russo, e com isso o dele mesmo". E também para a redenção Raskólnikov viveu a Sibéria: a vida dele lá foi "a história da renovação gradual de um homem, a história de seu paulatino renascimento, da passagem progressiva de um mundo a outro, do conhecimento de uma realidade nova, até então totalmente desconhecida",[1] diz Dostoiévski ao final de *Crime e castigo*.

1. *Crime e castigo*, tradução de Paulo Bezerra. São Paulo: Editora 34, 2001.

É isso que o diferencia de Hegel, que enuncia muito mais vezes a palavra "Deus". Hegel não quer saber de um outro mundo, diferente – permite o progresso apenas ao mundo presente, conhecido. Não existem precipícios que possam refazer a existência; Hegel acredita nas transformações suaves, sem solavancos, ou seja, moderadas. Portanto, ele recorre, determinado, e com obstinação, à dialética: nas mãos dele, a dialética é um instrumento confortável de acomodação ao que é dado, ao que existe, uma arma da racionalidade. Com relação à dialética, Kierkegaard observa que "o pesadelo que em Hegel tudo explica é ao mesmo tempo o que Hegel nunca tentou iluminar". Não admira que Hegel não tenha iluminado justamente isto: ao final, a dialética para ele é a causadora dos recalques, dos silêncios. E, como todo princípio explicativo, é também instrumento da deposição de Deus.

Hegel não conheceu o inferno. Por um lado, comparado a Dostoiévski, o destino o protegeu. Por outro, na verdade, não quis tomar conhecimento dele. Em nome da racionalidade, a visão secular da história priva o homem de toda espécie de transcendência. Não apenas de Deus, mas também do Diabo – do inferno bem como do paraíso. É revelador que Hegel, exatamente durante a discussão da África rejeitada, se disponha a ver a projeção infernal da existência. Na África, ele nota uma série de coisas que anseiam pela pena de Dante. Mas exatamente por isso ele exilou a região da história. Cedeu a uma das leis fundamentais da civilização moderna: expulsar o sofrimento da vida, levá-la a cabo à custa de maior sofrimento. Em vez de procurar compreender o inferno africano ao menos na alma (pois ele é parte da existência tanto quanto a organização do Estado prussiano),

Hegel lhe dá as costas horrorizado. Não há identificação possível com a natureza dos africanos, afirma – e com isso ele se absolve de todo autoexame. Mas isso, da mesma forma, explica o fato de ele também não tomar conhecimento do paraíso – com que ele surpreendentemente se depara na África infernal. O inferno e o paraíso pressupõem um ao outro; Hegel, entretanto, quer se ocupar apenas da história. Ou melhor, testemunha a compreensão de uma situação mundial que tem como característica principal a consideração de que os limites impostos a ela são naturais, a transposição dos limites (a aproximação do divino) é antinatural para o seu coração, ou melhor, pecaminosa. "Nosso intelecto, desde a primeira infância, assimilou tantos absurdos", escreve Lev Chestov, "que é incapaz de se defender, aceita tudo, a não ser aquilo de que o protegeram, ou seja, o milagre, em outras palavras, os acontecimentos a despeito dele [...]. [Embora] O desenvolvimento do mundo não seja nem um pouco natural: natural seria que não existisse nada – nem mundo, nem desenvolvimento."

—

Dostoiévski nem por um instante duvidou que a Sibéria fosse o inferno – com todos os seus terrores. A despeito disso, cultuava o destino, que o levou ao exílio na Sibéria. Sofreu por ele – mas ao mesmo tempo sentiu a redenção, poderia se desprender da história, de sua racionalidade cinzenta. Primeiro teve de despencar para depois se elevar acima do costumeiro – como seus companheiros de prisão, que de modo oculto "assumem certo desespero, e o próprio 'desespero' por vezes aspira ao castigo o quanto antes, espera a execução, porque pesa suportar o desespero assumido".

Mais tarde, em seus romances, ele representou como um inferno a Europa, a cultura ocidental de seu tempo, ou seja, tudo no que desde então se tornou bom. A Sibéria, entretanto, era infernal porque carregava em si os germes do sagrado – o horror poderia se revelar nele aberta e incomensuravelmente. A Europa, ele via como um inferno por ser infernal o sufocamento imposto pela civilização moderna a si própria: o sufocamento do sagrado, do sofrimento, da morte e da redenção. O inferno também pode ser percebido no cotidiano, no cinzento, no costumeiro, no mediano: por isso Dostoiévski é um psicólogo demoníaco (ou angelical). "Todos nos desacostumamos da vida, em maior ou menor

Suprematismo do espírito
1919

grau, somos todos desgraçados. Desacostumamo-nos tanto que quase nos enojamos ante a vida verdadeira, 'a vida viva', e exatamente quando alguém nos lembra dela", escreve o morador do subsolo. O inferno siberiano colorido fica de frente para o inferno europeu cinzento – o inferno que no século 20 aparece nas obras de Kafka e de Beckett, no *Stalker*, de Tarkóvski, na extinção mecânica, e portanto anônima, enquanto a tecnologia causou o esquecimento aparentemente definitivo.

—

Certa vez, Luis Buñuel, como que brincando, declarou que, em nosso século, a universalidade da crença desapareceu porque a igreja exagerou tanto os horrores do inferno que ninguém mais os levou a sério. Se agora, no fim do milênio, revirmos o século 20, talvez possamos suspender a acusação. Não foi a igreja que exagerou. A verdade superou toda a imaginação acerca do inferno. E com isso o tornou mais cinzento. E ele se tornou mais atemorizante do que quando línguas de fogo, lagos de piche e garfos de ferro sinalizavam sua proximidade. Deles, é possível fugir. Mas ante o cinzento não nos debatemos. O inferno cinzento antecipa, sem se fazer notar, toda imaginação, e torna possível tudo o que se possa imaginar.

Tudo – inclusive a própria aniquilação. A civilização europeia jamais se sentiu tão elevada quanto agora, no tempo da virada do milênio que angustia muita gente. Mas a sua existência nunca esteve tão ameaçada. Como se nos aproximássemos não da virada do milênio, mas de uma confrontação final, assustadora. Na direção de um apocalipse que mal seria seguido de uma apostasia. E isso sinaliza que Deus nos deu as costas em definitivo. Muitos de nós o sentimos. O homem nunca esteve tão satisfeito consigo mesmo – como uma criança irresponsável largada que por fim pode tudo. Como quem, quando anoitece, não sabe o que fazer com a liberdade, e começa a sentir medo, angústia.

A penumbra da noite, "o silêncio eterno dos territórios infinitos", também encheu Pascal de medo; o frio do mundo que perdeu seu centro também aterrorizou Nietzsche; e Heidegger, talvez por último, empenhou toda sua confiança em um deus, com uma amargura que sinalizava a fragilidade de sua esperança. Nós porém ficamos insensíveis ante o medo, o estremecimento e o desespero dos filósofos. Aconteceu o que antes era inimaginável. Nossa civilização parece ter esquecido de vez que sua existência se enraizava em algo sobre o qual não tem nenhum poder nem influência. Por conta de seus sucessos (primeiramente técnicos, é claro), ela se sente justificada. Rejubila-se com o que, como no caso de Dostoiévski diante das declarações de Hegel, deveria levá-la ao choro. Ou ao menos a meditar: será que avança pelo melhor caminho?

O sentimento de sucesso pode ser tão forte que é capaz de espantar Deus de seu trono. Essa destituição – a secularização – aconteceu não de modo evidente, mas sem se fazer notar. Matamos Deus pelo desejo de reconhecimento – um desejo com que originalmente o próprio Deus desejaria ser aprovado. E isso não é mais que a nossa busca de solução para tudo. O desejo de reconhecimento se converteu em arrogância quando buscamos solução para o que, na verdade, é insolúvel. Ou seja, quando a transcendência também se transformou em questão prática.

A civilização de hoje deposita toda sua confiança na solução prática e coloca entre parênteses tudo o que ponha em risco o otimismo. Embora os muitos horrores não sejam apenas uma disfunção, mas o retorno de tudo o que a civilização de hoje visivelmente admira. Ao escrever sobre os carrascos africanos, Hegel atribuiu aos negros a falta de civilização; Dostoiévski, por sua vez, também em relação aos carrascos, notou o refinamento da civilização: "Ainda não percebemos que os derramadores de sangue mais astuciosos eram, quase sem exceção, os senhores mais civilizados...". "O germe do ser dos carrascos arde em quase todos os nossos contemporâneos" – escreveu ao recordar a Sibéria; quando, por outro lado, observa que "os carrascos vivem bem. Têm filhos, comem e bebem bem." Suas palavras – se as tomarmos como referência ao século 20 – ganham uma dimensão apocalíptica. Walter Benjamin disse com razão que "nunca houve um monumento da cultura que não fosse também um monumento da barbárie".[2] Somente com o fervor da adoração um dia dedicada a Deus se pode medir a idolatria com que a civilização europeia, que obstinadamente ainda se denomina cristã no fim do milênio, venera a técnica, o que – segundo o modelo de sufocamento hegeliano – permitiu que o instrumento se transformasse em fim e esmagasse o usuário. Estamos em um mundo que se tornou uniforme e totalmente controlável, como desejou o criador. Tem atributos divinos, como evidencia a ausência – ou o distanciamento – cada vez maior de Deus.

O verdadeiro vencedor do século 20 é a tecnologia. A "ausência de Deus" se transformou em um "objetivo divino", uma transcendência exclusiva: arrancou o homem de si mesmo. Ela o venceu tão ardilosamente que chegou a presenteá-lo com a ilusão de que, a despeito de ser escravo, deveria acreditar-se vencedor. O preço disso é o esquecimento da essência cósmica de seu ser. E esse esquecimento é o verdadeiro inferno – o inferno cinzento –, e não o crescimento

2. Walter Benjamin, *Obras escolhidas: Magia e técnica, arte e política*, tradução Sergio Paulo Rouanet. São Paulo: Brasiliense, 1985.

desmedido, demoníaco da tecnologia. Tudo é apenas consequência – resultado da ferida trágica do espírito humano.

Buñuel explicou o desaparecimento da crença tradicional por meio de um inferno por demais colorido. O verdadeiro inferno, na verdade, não é colorido como nas histórias. Mais parece natural, sóbrio, compreensível. É como o mundo de Hegel ao qual Dostoiévski voltou da Sibéria. O único lugar para onde poderia ir. A salvo de todo encantamento. Quando a integridade do ser, o todo cósmico, se reduz a um mundo tecnologicamente manipulável, temos o inferno. Não demanda demônios, línguas altas de fogo e lagos cheios de piche. Bastam o esquecimento e a ilusão de que o limite do homem não é o divino, mas o que está ao alcance da mão, e de que o alimento de seu espírito não é o impossível, mas a possibilidade por demais tediosa e racional.

O dramaturgo e ensaísta **LÁSZLÓ FÖLDÉNYI** (1952) é um dos mais importantes intelectuais da Hungria, país onde nasceu e vive. Professor de estética e teoria da arte, tem um destacado trabalho como tradutor de teatro, assinando as versões para o húngaro de Kleist, Edward Bond e Heiner Müller, além de livros sobre Lukács, Goya e William Blake. Em 2008, publicou este ensaio que, como toda sua obra, é inédito em português.
Tradução de **PAULO SCHILLER**

Cruz branca suprematista
1920-1921

No manifesto do suprematismo, **KAZIMIR MALEVICH** (1878-1935) e seus companheiros de geração definem a arte geométrica e abstrata que sistematizaram como "a supremacia do puro sentimento".

LITERATURA **Graciliano Ramos fundiu homem e sociedade numa obra em que o protesto veemente é inseparável de uma sofisticada elaboração narrativa**

Aspereza do mundo, concisão da linguagem

MILTON HATOUM

À memória de João Luiz Lafetá

Graciliano tinha fama de ser áspero e intratável como o cacto do poema de Manuel Bandeira. Mas um "cacto já se humanizando", como disse Murilo Mendes no poema "Murilograma a Graciliano Ramos". Era afetuoso entre amigos e parentes, e irônico quando se referia a si mesmo como uma inteligência fraca, de matuto.

Nosso autor nasceu em 1892, em Quebrangulo, uma pequena cidade do agreste de Alagoas, e foi prefeito de Palmeira dos Índios. Não foi um prefeito qualquer, como revelam os dois relatórios de prestação de contas (1929 e 1930) que logo atraíram a atenção de Augusto Frederico Schmidt, futuro editor de *Caetés*. São textos muito bem escritos, e neles já se nota uma postura ética irrepreensível, inseparável de uma gestão de fato democrática:

> Dos administradores que me precederam uns dedicaram-se a obras urbanas; outros, inimigos de inovações, não se dedicaram a nada. Nenhum, creio eu, chegou a trabalhar nos subúrbios [...]. Encontrei em decadência regiões outrora prósperas; terras aráveis entregues a animais, que nelas viviam quase em estado

Daniel Senise
Detalhe de *Invasor 1*
(espaço entre duas paredes)

> selvagem. A população minguada ou emigrava para o Sul do país ou se fixava nos municípios vizinhos [...]. Vegetavam em lastimável abandono alguns agregados humanos [...]. Ataquei as patifarias dos pequeninos senhores feudais, exploradores da canalha; suprimi, nas questões rurais, a presença de certos intermediários, que estragavam tudo; facilitei o transporte; estimulei as relações entre o produtor e o consumidor.

Em outra passagem, ele se refere à educação:

> Instituíram-se escolas em três aldeias [...]. Presumo que esses estabelecimentos são de eficiência contestável. As aspirantes a professoras revelaram, com admirável unanimidade, uma lastimosa ignorância. Escolhidas algumas delas, as escolas entraram a funcionar regularmente, como as outras.

Não se trata apenas de uma mera "composição burocrática, coberta de cifrões", como disse o autor. Há, de fato, cifrões que justificam com detalhes os gastos públicos. Mas nesses textos já aparecem claramente os assuntos que seriam explorados em *Vidas secas*, *São Bernardo* e *Infância*. Além disso, a crítica ferina, o tom desabusado e irônico e as frases breves já apontam para um estilo em que, segundo Otto Maria Carpeaux, reside a maestria singular do nosso autor.

No poema intitulado "Graciliano Ramos:", João Cabral de Melo Neto alude exatamente a essa linguagem:

> *Falo somente com o que falo:*
> *com as mesmas vinte palavras*
> *girando ao redor do sol*
> *que as limpa do que não é faca.*

A linguagem nítida e precisa, "em que só cabe cultivar/ o que é sinônimo da míngua" (como diz o poema), traduz um esforço de estilo, mas talvez seja também uma recusa consciente à forte tradição da eloquência, da escrita pomposa e derramada, pela qual Graciliano sentia verdadeira ojeriza, e a qual criticou com aspereza em vários artigos e nos três romances narrados na primeira pessoa. Nesse sentido, a linguagem concisa e clara se distancia da maioria dos romances sociais do Nordeste, mas mantém certa afinidade com *O Quinze*, de Rachel de Queiroz, publicado em 1930.

Davi Arrigucci Jr. assinalou que *O Quinze* "trouxe a condição moderna da leitura e do gênero para dentro da região do atraso, problematizando-a, sem abdicar da tradição da oralidade". Em outro ensaio, ressaltou que "o romance de 1930 se tornou, entre tantas coisas relevantes, um mapa moral da geografia humana do Brasil".

De fato, nesse período foram publicadas algumas das obras mais significativas da nossa literatura, e não apenas no Nordeste. Basta lembrar os romances *O amanuense Belmiro*, do mineiro Cyro dos Anjos, e *Os ratos*, do gaúcho Dyonelio Machado, vários outros de Lúcio Cardoso e Erico Verissimo, e obras poéticas admiráveis, como *Libertinagem* e *Estrela da manhã* (Manuel Bandeira), *Alguma poesia* (Carlos Drummond de Andrade) e *Tempo e eternidade*, assinada por Jorge de Lima e Murilo Mendes.

A década de 1930 é, para João Luiz Lafetá, a "fase áurea de maturidade e equilíbrio" do modernismo. Segundo ele, a Revolução de 1930 "traz, propicia – e pede – o debate em torno da história nacional, da situação de vida do povo no campo e na cidade, do drama das secas etc.". A obra de Graciliano surge nesse contexto amplo, e o próprio escritor teria uma atuação política importante como diretor da Instrução Pública de Alagoas, cargo que exerceu de janeiro de 1933 a 3 de março de 1936, quando foi preso por militares que reprimiram o Levante Comunista de 1935 e dariam o golpe de 1937, que implantou a ditadura do Estado Novo.

UMA OBRA QUE PROBLEMATIZA O BRASIL E A LINGUAGEM

Nos quatro romances e nas memórias de *Infância*, as personagens vivem seus dramas e conflitos em áreas específicas do Nordeste, mas a paisagem não é pitoresca nem gratuita, a terra está intimamente vinculada à vida dos personagens, e ambos, seres e terra, são elementos constitutivos da trama. Mesmo ambientados numa região atrasada, em descompasso com a industrialização do Sudeste, nota-se nos romances a presença de um processo de modernização na Maceió de *Angústia*, na fazenda São Bernardo do romance homônimo, na Palmeira dos Índios de *Caetés*. Em *Vidas secas*, seu Tomás da bolandeira é um homem que "falava bem e estragava os olhos em cima de jornais e livros". Remediado, cortês e respeitado pelo povo, ele perde tudo e será uma das vítimas da seca. "Para que lhe servira tanto livro, tanto jornal?", pergunta o narrador. A morte de um homem "tão bom e tão lido", um civilizado na terra árida e inculta, acentua as contradições de uma região atrasada, que se modernizava sem mudanças estruturais, porque o progresso alcançava poucos e as iniquidades persistiam para a maioria.

Graciliano teve plena consciência dessas contradições e viu nelas um impasse. Uma das causas desse impasse é a inconsistência ou mesmo a ausência de uma formação educacional. Ele explorou ficcionalmente essa questão crucial da sociedade brasileira, desdobrando-a em outros temas, que passam pelo domínio da escrita e do próprio fazer literário, da negação e repulsa a toda linguagem ornamental, que enfeita para mentir. Como observou Lourival Holanda, "a palavra, enquanto ardil ou arma de uma exploração sutil – a de uma inteligência que se institui ali". Exceto em *Vidas secas* – narrado na terceira pessoa –, os protagonistas dos romances de Graciliano

são narradores contrafeitos, quase coagidos a escrever suas memórias. Ironicamente, enquanto as escrevem, criticam a palavra ardilosa de certos literatos. O mais famoso e ignóbil desses literatos é Julião Tavares, de *Angústia*, que usa uma "linguagem arrevesada, muitos adjetivos, pensamento nenhum". Mas, já em *Caetés* (1933), o personagem Evaristo Barroca, advogado que chega a Palmeira do Índios sem eira nem beira, logo se transforma em cavador: "Vai furando, verrumando", adquire "grande clientela, mantém relações com gente boa" e "improvisa discursos com abundância de chavões sonoros". Enfim, se torna um político.

Desde *Caetés*, o narrador João Valério problematiza a linguagem, e busca a lucidez e o rigor que dão a medida exata do trabalho de arte, avesso à espontaneidade e à improvisação. "A dificuldade é escrever", diz João Valério, que depois pergunta: "Mas como achar enredo, dispor as personagens, dar-lhes vida?".

A tentativa de escrever um romance histórico sobre os índios caetés é um modo irônico de escrever a outra ficção, que envolve a relação amorosa de João Valério com Luísa, mulher de um comerciante, patrão do narrador. Em certo momento das memórias de João Valério, alguns amigos e conhecidos de Palmeira dos Índios emprestam pedaços do corpo ao pajé de *Caetés*, o romance que será abandonado. Selvagens e civilizados tornam-se mais ou menos indistintos, e isso relativiza ou anula a oposição entre eles. "O que sou eu senão um selvagem ligeiramente polido, com uma tênue camada de verniz por fora?".

—

O que era romanesco e inverossímil na história dos índios caetés adquire feição realista no pequeno mundo de Palmeira dos Índios. A oposição entre civilizados e selvagens ressurge com outro nome: letrados e analfabetos. Durante uma conversa de salão, em que o fazendeiro e político Evaristo Barroca preconiza "o esclarecimento das massas", o reverendo pergunta: "Mas como é que o povo aprende, se os senhores não ensinam?". Mais adiante, outro personagem diz: "E a instrução, para que serve instrução à canalha?".

A canalha, aqui, é o povo, que não merece ser esclarecido por pessoas instruídas, como Evaristo Barroca. Na abertura de *São Bernardo* (1934), o fazendeiro Paulo Honório convoca os amigos letrados – um padre, um jornalista e um

Detalhe de *Witchal* (*chão chão*)

juiz – a escrever um livro. Quando o jornalista Azevedo Gondim apresenta dois capítulos, o fazendeiro logo percebe o fiasco da tarefa. Ironicamente, o bruto Paulo Honório toma as rédeas da escrita de suas memórias para evitar uma falsificação da narrativa. No fundo está narrando a trajetória de sua própria vida.

Ele, que foi "guia de cego, vendedor de doce e trabalhador alugado", faz o diabo para enriquecer e ser fazendeiro. Pratica extorsão, é mandante de um assassinato, rouba a fazenda do filho do ex-patrão, torna-se um "explorador feroz". No fim do livro, as palavras desse explorador feroz buscam o sentido de uma vida que foi um inventário de crimes e egoísmos.

Num ensaio já clássico sobre a obra de Graciliano, Antonio Candido ressalta que o narrador Paulo Honório é possuído por uma paixão: o "sentimento de propriedade", cuja força transcende o próprio personagem. Este, por sua vez, age como um dínamo que transforma a arruinada São Bernardo numa fazenda moderna. Essa transformação atinge seres, coisas e tudo o que parece atrasado e obsoleto a Paulo Honório.

Até o tempo, moroso e arrastado, adquire outro ritmo, que reflete a urgência de transformar o arcaico em moderno. Paulo Honório é uma espécie de máquina que destrói os resquícios do passado patriarcal, mas no fundo é apenas um coronel sertanejo com aparência moderna. Para realizar seu projeto ambicioso, passa por cima de tudo e de todos, desprezando a lei e qualquer traço de civilidade. Nesse sentido, São Bernardo – o romance e a fazenda – diz muito sobre a modernidade manca e inacabada do Brasil da década de 1920 e, por que não dizer, do Brasil de 2013.

SÃO BERNARDO, A INTERAÇÃO DE PERSONAGENS COMPLEXOS

Mas na trajetória desse personagem dinâmico e bruto há um complicador: Madalena, a mulher de Paulo Honório. A insubmissão de Madalena constrange a ambição do marido. Quando ela morre, o homem desmorona. Num estudo crítico sobre *São Bernardo*, João Luiz Lafetá observou que o estilo, também direto e brutal, feito de movimentos bruscos nos dois capítulos iniciais, reflete a vontade e a força enérgicas de Paulo Honório, um personagem coeso e forte, movendo-se em um mundo de objetivos claros. Essa objetividade implacável tem sempre endereço certo: primeiro, a apropriação da fazenda; depois, a apropriação da mulher.

Mas quem é Madalena? Uma professora em Canafístula – aldeia que Graciliano cita em seu relatório de prefeito de Palmeira dos Índios. Além disso, ela publica artigos num jornal provinciano. "Não gosto de mulheres sabidas. Chamam-se intelectuais e são horríveis", diz Paulo Honório.

Antes de suicidar-se, ela deixa uma carta para o marido, que só lê uma página, desgarrada das outras: "Folha de prosa, com certeza trazida pelo vento". Paulo Honório desconfia que foi escrita para outro homem, e só depois – tarde demais – saberá que a carta era para ele. Na verdade, é uma carta de despedida. Essa mulher aparentemente frágil desestabiliza a vida de PH e as relações de trabalho na fazenda. "Uma mulher que se revelou pouco a pouco, e nunca se revelou inteiramente."

Madalena não é apenas uma figura compassiva. Bondosa e altruísta é a personagem Luísa, a amante de João Valério, o narrador de *Caetés*. Luísa é uma leitora de romances, uma dessas personagens entediadas que lembram certas figuras femininas de Eça de Queirós. E, sem ser uma agregada, lembra também personagens dos primeiros romances de Machado de Assis. Ela se angustia com o sofrimento de uma família miserável de Palmeira dos Índios. Mas, quando fica viúva, administra o armazém do marido e contrata o ex-amante para trabalhar com ela.

O destino das personagens de *Caetés* aponta para o conformismo. Não é o caso dos dois protagonistas de *São Bernardo*. Madalena é muito mais complexa: além de exigir uma vida melhor para os trabalhadores e conversar com eles à revelia do marido, ela domina a palavra escrita. Não sabemos o que escreve na carta, mas sabemos que PH fica embaralhado diante de palavras desconhecidas, desconfia dos "períodos riscados e das entrelinhas", e desabafa: "Ocultar com artifícios o que deve ser evidente!".

"O que deve ser evidente" abre uma brecha para dúvida ou incerteza: obra da linguagem e seus artifícios. Uma das ironias do romance, que nada tem a ver com verossimilhança, é o fato de Paulo Honório não entender essa carta e, no entanto, escrever tão bem suas memórias. E as escreve com extrema concisão, pois ele mesmo observa ao jornalista Azevedo Gondim: "Vocês engolem muita bucha, Gondim. Há por aí volumes que cabem em quatro linhas."

Logo no início do romance, o narrador adverte: "Não pretendo bancar escritor. [...] A respeito de letras, sou versado em estatística, pecuária, agricultura, escrituração mercantil, conhecimentos inúteis neste gênero. [...] Saindo daí, a minha ignorância é completa." Paulo Honório aprendeu o necessário para realizar negócios escusos. Não é iletrado como os trabalhadores da fazenda São Bernardo ou um Fabiano, de *Vidas secas*. Mas não é um intelectual como Madalena: "Se eu possuísse a metade da instrução de Madalena, encoivarava isto brincando".

A falta de formação literária de Paulo Honório – e o fato de não estar acostumado a pensar – interfere no ritmo de sua escrita: o trabalho é moroso, a pena é um objeto pesado, os períodos escritos são chinfrins. Morosidade, lassidão, julgamento negativo de um trabalho que, afinal, é literário. Depois da morte da mulher, já não é o homem dinâmico e poderoso que escreve suas memórias. Antes de se casar com ela, o governador de Alagoas visita a fazenda e pergunta pela escola. PH pensa: "Escola! Que me importava se os outros soubessem ler ou fossem analfabetos?" Um pouco depois, durante o almoço com o governador, ele repensa: "De repente supus que a escola poderia trazer a benevolência do governador para certos favores que eu tencionava solicitar".

A escola, a educação, é apenas um meio para conseguir certos favores e vantagens: eufemismo de tenebrosas transações. Sem a presença de Madalena na fazenda São Bernardo, o romance seria basicamente a história de um homem bruto, que enriquece por meios ilícitos.

O sentimento de propriedade não é a única paixão de Paulo Honório. Há outra paixão, da qual será impossível apossar-se. Ele não diz que ama Madalena, mas isso está implícito desde o primeiro encontro dos dois. Num outro encontro, que será decisivo, ele revela: "Para ser franco, esta história de escola foi tapeação". Em seguida ele dá o bote, com seu jeito direto, sem volteios: "O que vou dizer é difícil. Deve compreender... Enfim, para não estarmos com prólogos, arreio a trouxa e falo com o coração na mão."

Isso não é pouco para um homem tão refratário ao afeto, e que ainda diz, depois de tossir, "encalistrado": "Está aí. Resolvi escolher uma companheira. E como a senhora me quadra... Sim, como me engracei da senhora quando a vi pela primeira vez..." Depois das reticências: "Engasguei-me".

Essa declaração de amor, mesmo crua e desajeitada, justifica as lembranças de Madalena em dois tempos entrelaçados da narração: a presença da mulher nos três anos de casamento, e as vozes e visões da mulher morta que perseguem Paulo Honório. Mas não sabemos ao certo o sentimento de Madalena. Ansioso, ele lhe propõe casamento: "Com um bocado de boa vontade, em uma semana estamos na igreja".

A resposta, em voz baixa, pede tempo para reflexão e ressalta a posição social da mulher, "pobre como Jó": "O seu oferecimento é vantajoso para mim, seu Paulo Honório, murmurou Madalena. Muito vantajoso. Mas é preciso refletir. De qualquer maneira, estou agradecida ao senhor, ouviu? A verdade é que sou pobre como Jó, entende?"

—

O leitor talvez relacione a vantagem do matrimônio ao patrimônio, relação que parece implícita. Se for assim, a união bizarra de um bruto apaixonado com uma intelectual talvez oportunista aguça e complica sentimentos e contradições sociais. Em todo caso, Paulo Honório e Madalena são movidos por ambições diferentes, e o suicídio é um dos enigmas desse romance. Teria sido motivado apenas pelo ciúme sufocante de Paulo Honório? Ao ocultar o teor da carta de Madalena, o narrador deixou perguntas sem respostas.

—

Na última página das memórias, Paulo Honório é um homem derrotado, de "coração miúdo, lacunas no cérebro". Melancolia, solidão, desconfiança

de todos. O filho, que ele despreza, não chora. O narrador diz: "É horrível! Se aparecesse alguém... Estão todos dormindo." Nessa última frase, metáfora da morte, ecoam os belíssimos versos do poema "Profundamente", de Manuel Bandeira:

> *Hoje não ouço mais as vozes daquele tempo [...]*
> *Onde estão todos eles?*
> *– Estão todos dormindo*
> *Estão todos deitados*
> *Dormindo*
> *Profundamente.* ("Libertinagem")

VIDAS SECAS, EXCEÇÃO NA AMÉRICA LATINA DOS ANOS 1930

Em janeiro de 1937, quando saiu da prisão, GR começou a escrever relatos breves, que foram publicados em jornais do Brasil e no *La Prensa*, de Buenos Aires. Vale a pena citar um trecho de uma excelente crônica de Rubem Braga sobre *Vidas secas*:

> Eu conheço o quarto onde Graciliano Ramos escreveu o romance *Vidas secas*, e sei mais ou menos a situação em que ele escreveu. Essa situação determinou a estrutura do romance. Tem, portanto, a sua importância para o público [...]. Cada capítulo desse pequeno livro dispõe de uma certa autonomia, e é capaz de viver por si mesmo. Pode ser lido em separado. É um conto. Esses contos se juntam e formam um romance. G. não fez assim por recreação literária. Fez por necessidade financeira. Ia escrevendo e ia vendendo o romance à prestação. Vendeu vários contos. Alguns capítulos ele fez de maneira a poder rachar no meio. Foi colocando aquilo a varejo, em nosso pobre mercado literário. Depois vendeu tudo por atacado, com o nome do romance. Quase tão pobre como o Fabiano, o autor fez assim uma nova técnica de romance no Brasil. O romance desmontável.
>
> Mas isso é o que tem menos importância. Importante é o fundo desse romance, o seu grande valor, o seu grande equilíbrio. Conta-se a história interna e a história externa de um homem e sua pequena família. (*Diário de Notícias*, Rio de Janeiro, 14.08.1938)

Detalhe de *Bobo box*
(parede muito longa em tríptico)

Vidas secas é narrado na terceira pessoa, mas esse modo de narrar se alterna com a voz e o pensamento dos personagens, revelando-lhes a vida mental: a história interna, mencionada por Rubem Braga. E isso acontece até mesmo com a cachorra Baleia, cuja morte será motivo de culpa de Fabiano. Baleia e a família de Fabiano são seres quase indistintos, todos são vítimas da opressão e da miséria num meio físico hostil, sujeito a um ciclo de bonança e aridez, em que o inverno, estação chuvosa, é uma trégua à catástrofe iminente.

A dificuldade de argumentar e pensar e a fraqueza da imaginação são atributos de Fabiano e sua família. Daí a miséria dos retirantes ter uma relação profunda com a carência do saber. Quando Fabiano é preso pelo soldado amarelo, não compreende a acusação medonha, e por isso não se defende. Na cadeia, só consegue perguntar para que serviam os soldados amarelos. "Havia muitas coisas. Ele não podia explicá-las, mas havia [...]. Então mete-se um homem na cadeia porque ele não sabe falar direito? Nunca vira uma escola." Antes de ser preso, Fabiano diz: "Agora queria entender-se com sinhá Vitória a respeito da educação dos pequenos". Quando um desses pequenos pergunta à mãe "o que é o inferno?", a resposta de sinhá Vitória é decepcionante: o menino queria que a palavra inferno, tão sonora, virasse coisa, mas é apenas som sem sentido. Daí o narrador dizer: "Livres dos nomes, as coisas ficavam distantes, misteriosas."

Nomear é uma forma de estabelecer relações entre as coisas, os seres e o seu significado. Como os recursos de expressão são minguados, Fabiano e sua família falam alto: um modo de remediar o discurso escasso. Ou tentam expressar-se com gestos: a mímica como possibilidade de comunicação. A falta da palavra, mutismo involuntário, não deixa de ser uma forma falaciosa de exploração. "Sempre que os homens sabidos lhe diziam palavras difíceis, ele saía logrado."

São raras as passagens de *Vidas secas* em que Fabiano imagina. Uma delas é um sonho que o vaqueiro conta à família, mas os filhos consideram inverossímil a fala do pai. Há outro sonho, no fim do livro: a família está fugindo da terra seca para uma cidade do Sul, e Fabiano vê ou acredita ver um bebedouro na depressão do terreno: "Inventava o bebedouro, descrevia-o, mentia sem saber que estava mentindo". Essa imagem (ou miragem da água) move Fabiano e antecipa outro sonho: o de milhões de Fabianos que fogem da seca.

A página final é uma das poucas, se não a única, com um quê de esperança na obra de Graciliano: uma esperança ainda vaga, que lembra a miragem da água, símbolo de fertilidade no sertão estorricado. Em todo caso, o que se encontra no centro da esperança de uma vida melhor é a escola, a educação, de que depende o futuro dos meninos: futuro incerto, mais próximo do sonho e da ilusão, reiterados pelo uso de um tempo verbal que é recorrente na obra do autor: o futuro do pretérito.

> Pouco a pouco uma vida nova, ainda confusa, se foi esboçando. Acomodar-se-iam num sítio pequeno, o que parecia difícil a Fabiano, criado solto no mato. Cultivariam um pedaço de terra. Mudar-se-iam depois para uma cidade, e os meninos frequentariam escolas, seriam diferentes deles [...]. E andavam para o Sul, metidos naquele sonho. (pp. 125-126).

Graciliano acusa, pelo viés literário, o domínio de um discurso falacioso e vazio de uns. E o discurso desarticulado de outros. Ou nem isso: o silêncio, os gestos e a perplexidade desses outros. Ele alcançou nos romances o equilíbrio entre o social, o psicológico e o político; aprofundou as relações entre ficção e sociedade e soube, como poucos, fundir a narração direta com a subjetiva. Assim, tornou mais complexa a relação entre os elementos imaginários e os dados da realidade, dissolvendo as fronteiras do dualismo sujeito-objeto.

Esse modo de narrar já havia sido usado por escritores europeus e também por William Faulkner, mas não era comum na literatura latino-americana da década de 1930, quando prevalecia na América hispânica *la novela de la tierra*, mais ou menos equivalente ao romance social no Brasil.

Mas, para chegar a isso, ele elaborou, nas horas enormes de procura (como disse João Cabral), uma forma estética que diz muito e em profundidade de tantas injustiças que ainda persistem. Elaborou também uma linguagem de corte clássico, em que os registros popular, coloquial e culto são habilmente articulados no interior da narração.

Num depoimento sobre o personagem Paulo Honório, ele disse: "A língua, as imagens rurais, apanhei-as em consultas pacientes com meus irmãos e cunhados, gente matuta. Usei com abundância antigas expressões portuguesas que circulam em todo o Nordeste." Com outro estilo, e de um modo mais radical, Guimarães Rosa também faria isso, levando ao extremo um projeto inovador da linguagem. Depois de ler os manuscritos de *Sagarana*, Graciliano ressaltou "o diálogo vivo, a descrição exata, a narrativa segura" do escritor mineiro. Penso que esses comentários se ajustam à obra do próprio Graciliano.

ECOS DOS CLÁSSICOS DO SÉCULO 19 NA ESCRITA DE UM LEITOR ARGUTO

As memórias de *Infância* (1945) podem ser lidas como uma narrativa ficcional, pois a fronteira entre ficção e memorialismo é tênue. O gênero, neste e em outros casos, depende da expectativa do leitor. A distância temporal entre a infância do autor (fim do século 19) e o presente da narração (mais de três décadas depois) dá margem a uma construção ficcional. Jorge Luis Borges diria que a passagem do tempo dá margem para "simular pequenas incertezas, pois, se a realidade é precisa, a memória não o é".

"Tudo é nebuloso", diz o narrador de *Infância*. Ou: "Hoje tudo se embaralha, uma confusão". Nesse mundo distante e nebuloso, em que a dúvida alterna com lembranças mais ou menos nítidas, o leitor de *Vidas secas* e *Angústia* encontra situações e personagens extraídas da matéria autobiográfica. Lembranças quase sempre amargas de familiares, religiosos, vaqueiros, fazendeiros, professores, pequenos comerciantes, empregadas domésticas e pobres-diabos. Personagens, enfim, de uma sociedade patriarcal e fortemente hierarquizada do sertão de Pernambuco e do agreste alagoano, lugares da infância e da juventude do autor.

A memória do narrador reconstrói, em capítulos breves, esse tempo de descoberta do mundo: tempo de sofrimento e perplexidade, de humilhação, de escassez intelectual e material, de hostilidades físicas e morais, tudo isso narrado numa atmosfera de pesadelos e raros remansos. Há uma longa e atormentada aprendizagem entre a primeira lembrança da infância – imagem quase onírica de um vaso de louça – e "as ilusões quebradas, em cacos" da primeira paixão, antes do desgosto e da náusea de uma desastrosa iniciação sexual. É possível afirmar, parafraseando Joseph Conrad, que a experiência da infância de Graciliano significa quase sempre alguma coisa desagradável, sofrida, em oposição ao encanto e à inocência das ilusões.

É significativo que a última página dessa aprendizagem seja a figuração de um leitor convalescente: "Embrenhava-me agora em novelas russas. Entrevado, submerso na lona da cadeira, tentava erguer um braço doído, mexer os dedos, volver as páginas."

É também significativo que um dos pesadelos dessas memórias seja a aprendizagem formal: "Não há prisão pior que uma escola primária do interior". No fundo dessa questão, que é política e revela a desfaçatez de tantos nobres legisladores e administradores, Graciliano parece indagar a seus leitores, nós mesmos, conterrâneos de milhões de Fabianos: "Sem saber pensar, como postular uma existência?".

Essa pergunta, elaborada por uma linguagem sofisticada, foi um verdadeiro achado do escritor alagoano, cujo niilismo lembra o de Machado de Assis. Até certo ponto, ele é machadiano pelo tom desabusado, pela linguagem concisa, pela exploração em profundidade de questões sociais e políticas, pela loucura e pelo desajuste de certos personagens.

No prólogo ao livro *El otro, el mismo*, J.L. Borges, com sua habitual ironia, escreveu: "É curioso o destino do escritor. No início é barroco, vaidosamente barroco, e ao cabo dos anos pode alcançar, se os astros forem favoráveis, não a simplicidade, que não é nada, mas a modesta e secreta complexidade." Alguns astros foram favoráveis a Graciliano: sem ter começado como escritor barroco ou neobarroco, alcançou em cheio essa modesta e secreta complexidade mencionada pelo escritor argentino.

Sua obra conquistou também um imenso público leitor, inspirou a excelente biografia de Dênis de Moraes e os estudos analíticos ricos e consistentes de uma nova geração de críticos, como Wander Melo Miranda, Erwin Gimenez, Lourival Holanda e tantos outros. Três de seus livros – *São Bernardo*, *Vidas secas* e *Memórias do cárcere* – inspiraram grandes filmes, os dois últimos dirigidos por Nelson Pereira dos Santos, o primeiro, por Leon Hirszman.

Mas outros astros lhe foram desfavoráveis: os astros e o que o autor chamou de "nosso pequenino fascismo tupinambá". Detido sem acusação formal em 3 de março de 1936, ele passou dez meses e dez dias na cadeia, um tempo de humilhação que registrou magistralmente em *Memórias do cárcere*, livro póstumo de 1953.

Sinhá Vitória não soube responder à pergunta do filho mais velho ("O que é o inferno?"). E a resposta da mãe do narrador de *Infância* à mesma pergunta do filho é uma enumeração de perífrases, um verdadeiro exercício de subterfúgios. Talvez a resposta mais convincente, densa e irônica esteja nos volumes de *Memórias do cárcere*. A viagem no porão do Manaus – nome do navio que levou Graciliano e outros prisioneiros do Recife para o Rio – foi, de fato, uma viagem infernal, uma espécie de descida ao Hades, metáfora da opressão e do arbítrio do Estado Novo.

—

Graciliano desconfiava dos homens e das palavras, desprezava dois de seus romances (*Caetés* e *Angústia*), considerava os outros válidos e, no limite, publicáveis. Vários ensaios críticos já apontaram a influência de Eça de Queirós, Machado de Assis, Balzac e Dostoiévski na obra do autor. Otto Maria Carpeaux deu algumas pistas: "*Caetés* é dum Eça brasileiro; *São Bernardo* tem algo de um Balzac rural; *Angústia* antecipa o *nouveau roman* e *Vidas secas* lembra certos contistas russos, Bábel, por exemplo". Carpeaux acrescenta que não escreveu isso para comparar, pois "comparações são fáceis e inúteis... Não chegam a penetrar na alma da criação pessoal." No entanto, como ocorre com a obra de qualquer escritor, influências ou assimilações literárias são visíveis na ficção de Graciliano. Antonio Candido observou que algumas cenas de *Caetés* talvez sejam inspiradas tecnicamente por Eça de Queirós. Mas ressalta que o autor alagoano "nunca permaneceu, como Eça, de tal forma embevecido pelo movimento

Detalhe de *Bobo box*
(parede muito longa em tríptico)

de conjunto que chegasse a perder de vista os problemas específicos do personagem". Ao contrário do escritor português, "cenas e personagens formam uma constelação estreitamente dependente do narrador (João Valério)". Em *Angústia*, o crítico notou que a complexa caracterização psicológica de Luís da Silva tem afinidades com o narrador das *Memórias do subsolo*, de Dostoiévski: "Ambos são homens acuados, tímidos, vaidosos, hipercríticos, fascinados pela vida e incapazes de vivê-la, desenvolvendo um modo de ser de animal perseguido".

Na verdade, Graciliano não foi apenas um leitor arguto dos grandes escritores franceses, ingleses e russos do século 19, mas também da literatura brasileira, incluindo a obra de seus contemporâneos, que comentou em vários artigos. Penso que foi também um flaubertiano dos mais notáveis: a consciência artesanal do fazer literário dá ao ritmo da frase de Graciliano apenas o essencial, livrando-a de qualquer explicação ou descrição gratuita. Além disso, aceitou do autor francês alguns empréstimos, que foram devolvidos com o mesmo valor literário. Em *Angústia*, a empregada Vitória e seu papagaio Currupaco, e o periquito que dá nome ao excelente conto "Minsk" são alusões inequívocas ao papagaio Loulou e à empregada Félicité, da obra-prima *Um coração simples*, de Flaubert. Vitória e Félicité: nomes cheios de ironia de duas mulheres paupérrimas, fracassadas e infelizes.

ANGÚSTIA, A RECUSA RADICAL DE UM MUNDO DEGRADADO

Numa carta a Antonio Candido, Graciliano disse:

> *Angústia* é um livro mal escrito. Foi isto que o desgraçou. Ao reeditá-lo, fiz uma leitura atenta e percebi os defeitos horríveis: muita repetição desnecessária, um divagar maluco em torno de coisinhas bestas, desequilíbrio [...]. É preciso dizermos isto e até exagerarmos as falhas: de outro modo nosso trabalho seria inútil [...]. Naturalmente seria indispensável recompor tudo, suprimir excrescências, cortar pelo menos a quarta parte da narrativa.

Em *Memórias do cárcere* ele radicaliza essa opinião sobre o livro rejeitado: "Não se cortou pelo menos a terça parte dele". Mais um pouco, e teria reduzido *Angústia* à metade. Para Carpeaux, Graciliano "seria capaz de eliminar páginas inteiras, eliminar os seus romances inteiros, eliminar o próprio mundo".

No entanto, o escritor Ricardo Ramos observou que o livro de eleição de seu pai era *Angústia*. De qualquer modo, o tempo – que é também o tempo de leitura – mostrou que a autocrítica severa do autor foi um equívoco. A meu ver, é um dos romances mais complexos da nossa literatura. O fluxo verbal do narrador – que enlaça lembranças de sua infância sertaneja e de sua juventude no Rio ao tempo presente da narração – faz parte da estrutura e da organização interna de *Angústia*.

A forte experiência emocional constrói a subjetividade do emparedado Luís da Silva, que deseja se vingar do enorme ciúme, da humilhação e da frustração por ter perdido Marina, a mulher com quem ia se casar. Ela se torna amante de Julião Tavares, um burguês fútil, pomposo e patriota que deflora moças pobres de Maceió. Mas não são apenas o ciúme de Marina e o ódio a Julião que atormentam Luís da Silva. É também a angústia, o sofrimento de quem se recusa a viver num mundo degradado, repulsivo, insuportável. Em suas andanças e divagações por Maceió, o narrador evoca a face noturna e fantasmagórica dessa cidade com ares modernos, mas miserável. O mais fascinante é a forma literária, que expressa as relações entre o mundo interior de Luís da Silva e a percepção da realidade. Essas relações, reiteradas o tempo todo por um narrador abjeto, autopunitivo e sem ilusões, confluem para um impasse, talvez para uma impossibilidade de viver: "Um crime, uma ação boa, dá tudo no mesmo. Afinal, já nem sabemos o que é bom e o que é ruim, de tão embotados vivemos."

—

Para um narrador que considera a multidão "hostil e terrível", e o mundo "empastado e nevoento", os raros momentos de escape aludem à reclusão e ao trabalho com a linguagem escrita. Antes de assassinar Julião Tavares, Luís da Silva imagina-se na cadeia e diz: "A vida na prisão não seria pior que a que eu tinha". Na repartição, consegue distrair-se e obter algum sossego: "O que tem valor cá dentro são as coisas vagarosas, sonolentas [...]. Os rumores externos chegam-nos amortecidos. Que barulho, que revolução será capaz de perturbar essa serenidade?"

—

A desconfiança extrema diante de tudo e de todos é construída de modo enfático e culmina no assassinato de Julião Tavares. Mas a ênfase e as repetições, o discurso subjetivo e delirante ("Dificilmente poderia distinguir a realidade da ficção") e a imbricação de lugares e tempos diferentes não excluem a perspectiva realista do romance: um realismo deformador, como sugeriu Erwin Gimenez. Ou, nas palavras de Alfredo Bosi sobre *Infância*: "Um realismo que nasce de uma percepção febril, obsessiva, quase sempre ameaçadora, própria dos sonhos de um vivente tomado por pulsões de morte".

Os pormenores e as particularidades concretas em *Angústia* não são nada aleatórios. Há inúmeras passagens que expressam a força do detalhe para aludir a uma situação dramática, que aponta para outra. Cito apenas um exemplo: depois da troca de olhares safados entre Julião Tavares e Marina, o enciumado Luís da Silva passeia à toa por Maceió, vai ao cinema, sai no meio da sessão para tomar aguardente e encontra uma prostituta, que o leva ao quarto onde mora:

A mulher bocejava, caceteada. Que horas seriam? Talvez uma hora. A folhagem da mangueira estendia um pretume no quintal. Os mais insignificantes rumores cresciam: o salto dos grilos nos canteiros, a queda das folhas, o trabalho das formigas. A luz vermelha do farol espalhava-se pelo telhado. Um minuto depois não era vermelha, era branca. Usávamos precauções excessivas, receávamos que os nossos suspiros fossem ouvidos nas casas fechadas.

– Parece que isso rende pouco, hem? Perguntei, abarcando com a vista a mesinha, o espelho rachado, o irrigador, as camisas sujas, toda a miséria do quarto.

Nessa passagem a narração conduz o leitor a um ambiente e a uma situação que unem a miséria social à miséria da existência, dois temas inseparáveis em *Angústia*. Esse encontro com uma prostituta antecede uma cena que será decisiva para o andamento do romance. É quando Luís da Silva tem certeza de que Marina está interessada no burguês patriota Julião Tavares. Depois de uma conversa tensa com a noiva, Luís da Silva sai resmungando e diz: "Escolher marido por dinheiro. Que miséria! Não há pior espécie de prostituição."

—

Antonio Candido apontou as duas componentes que formam o nervo da estrutura da obra do autor: "Uma de lucidez e equilíbrio, outra de desordenados impulsos interiores. Em *Angústia* ocorre a explosão dos componentes do desvario, recalcadas não só na vida, mas nos outros livros." Ainda segundo o crítico,

> a experiência da vida social levou Graciliano Ramos à repulsa pelas normas, incompatibilizando-o com a sociedade que elas regulam. A leitura de seus livros mostra que, antes de qualquer adesão ao comunismo, já havia na sua sensibilidade a inconformada negação da ordem dominante e certa nostalgia de humanidade depurada, que formam o seu fundamental anarquismo.

Penso que isso deve ser enfatizado, porque Graciliano não submeteu sua obra ficcional à propaganda ideológica. Mas, à semelhança de Machado de Assis, não escamoteou a verdade das relações humanas, entranhadas no processo histórico. O resultado é uma ficção marcada pelo pessimismo em face da brutalidade da vida brasileira, brutalidade e opressão enraizadas nas particularidades concretas de uma área do Nordeste, mas as transcendem, pois falam de uma humanidade que está em todos nós.

No capítulo "Chico Brabo", de *Infância*, o narrador recorda uma cegueira periódica (oftalmia). O menino, deitado em sua "cama de inválido", escuta vozes e movimentos na casa do vizinho Chico Brabo, que "possuía uma farmácia caseira, chegava-se aos doentes e medicava-os de graça". Só que esse vizinho prestativo, que "fazia festa às crianças", espancava seu ajudante, "um garoto de dez anos, estabanado, alegre [...]. E era difícil admitir que alguém fosse tão generoso e tão cruel. Qual dos dois era o verdadeiro Chico Brabo? Estarrecia-me esse desdobramento... Chico Brabo parecia-me dois seres incompatíveis. Em vão tentei harmonizá-los."

O mesmo assombro e perplexidade o narrador de *Memórias do cárcere* revela diante da atitude compreensiva do capitão Lobo no quartel do Recife, em março de 1936. Durante uma conversa, o militar diz ao prisioneiro: "Não concordo com as suas ideias, mas respeito-as". Mais adiante, o escritor reflete:

> Se ele condenava minhas ideias, sem conhecê-las direito, por que me trazia aquele apoio incoerente? [...] Difícil era conceber que alguém se despojasse voluntariamente, em benefício de um adversário... Achava-me diante de uma incrível apostasia, não me cansava de admirá-la, arrumava no interior palavras de agradecimento que não tinha sabido expressar. Realmente a desgraça nos ensina muito: sem ela, eu continuaria a julgar a humanidade incapaz de verdadeira nobreza.

O MEIO E O HOMEM COMO VERTENTES DE SOFRIMENTO E HUMILHAÇÃO

Há na obra do autor duas vertentes que geram sofrimento e humilhação: uma, consequência do meio físico e da exploração e opressão dos mais fortes, como Paulo Honório, o soldado amarelo, Julião Tavares; a outra vertente é fruto de uma maldade difícil de explicar: as chicotadas sem motivo que o menino recebe do pai na cena do cinturão (em *Infância*), a atitude de Chico Brabo, e tantos outros exemplos de violência e crueldade gratuitas que lemos nas memórias de *Infância*. Às vezes, a violência é causada pelo ressentimento ou pela vingança de uma opressão antiga, como se lê no capítulo "Adelaide", em que a professora Maria do O, uma "mulata fosca", castiga Adelaide, filha de um fazendeiro e prima do narrador. A professora e suas três tias reduzem a menina branca à condição de criada: "Essas fúrias boçais vinham de classe muito baixa, tinham decerto adquirido em senzalas o veneno que destilavam. Da subserviência antiga passavam às ordens brutais, vingavam-se numa possível descendente de senhores remotos." Mas no trabalho doméstico, a negra Vitória e Maria Moleca eram "voluntariamente escravas porque não tinham em que empregar a liberdade".

Detalhe de *Städtische Galerie – Lenbauschhaus*

Vingança e servidão voluntária: heranças terríveis da escravidão, faces de um mesmo rosto monstruoso. Aliás, Machado já havia escrito crônicas sobre a situação degradante dos negros depois da Abolição: homens livres, é verdade. Mas homens e mulheres desempregados: "voluntariamente escravos porque não tinham em que empregar a liberdade".

O ESCRITOR, IRMÃO DE FABIANO

A autocrítica de Graciliano era obsessiva e implacável até a soberba; a autoindulgência, nula, e o olhar crítico para as iniquidades, agudo, sem laivos de sentimentalismo. A postura ética, que subjaz à visão crítica, está a anos-luz do cinismo, da indiferença, da alienação e da empáfia, que ele criticou na figura de alguns personagens. Assim, igualava-se com humildade a Fabiano, um herói diminuído, sem qualquer grandeza intelectual ou material. Como bem notou João Luiz Lafetá, vários personagens se encontram "numa posição de absoluta inferioridade com relação aos fatos e acontecimentos narrados, ou com relação à própria posição do leitor". Em *Memórias do cárcere*, o autor escreveu com ironia: "Não desejo ultrapassar meu tamanho ordinário".

Nesta justíssima homenagem que a Flip presta a Graciliano, seria também justo terminar com o parágrafo final do discurso do escritor, quando foi homenageado por amigos e admiradores num jantar no hotel Lido, no Rio de Janeiro, no dia 27 de outubro de 1942:

> Mas por que estamos aqui? É preciso descobrirmos um motivo para esta reunião. Penso, meus senhores e amigos, que a devemos à existência de algumas figuras responsáveis pelos meus livros – Paulo Honório, Luís da Silva, Fabiano. Ninguém dirá que sou vaidoso referindo-se a esses três indivíduos, porque não sou Paulo Honório, não sou Luís da Silva, não sou Fabiano. Apenas fiz o que pude por exibi-los, sem deformá-los, narrando, talvez com excessivos pormenores, a desgraça irremediável que os açoita. É possível que eu tenha semelhança com eles e que haja, utilizando os recursos de uma arte capenga adquirida em Palmeira dos Índios, conseguido animá-los. Admitamos que artistas mais hábeis não pudessem apresentar direito essas personagens, que, estacionando em degraus vários da sociedade, têm em comum o sofrimento. Neste caso aqui me reduzo à condição de aparelho registrador – e nisto não há mérito. Acertei? Se acertei, todo o constrangimento desaparecerá. Associo-me aos senhores numa demonstração de solidariedade a todos os infelizes que povoam a terra.

REFERÊNCIAS ARRIGUCCI Jr., Davi, *O guardador de segredos*. São Paulo: Companhia das Letras, 2010.◖ BOSI, Alfredo, Conferência "Seminário Graciliano Ramos: estilo e permanência". IEB-USP, 20.03.2013.◖ BRAGA, Rubem, "Vidas secas", *Teresa: Revista de Literatura Brasileira*. São Paulo, n. 2, USP/Editora 34, 2001.◖ CANDIDO, Antonio, *Ficção e confissão: ensaios sobre Graciliano Ramos*. 4ª ed. Rio de Janeiro: Ouro sobre Azul, 2012.◖ CARPEAUX, Otto Maria, "Visão de Graciliano Ramos", *in* Elizabeth Ramos (org.), *Angústia, edição comemorativa, 75 anos*. Rio de Janeiro: Record, 2011.◖ ____, "Graciliano e seu intérprete", *Teresa: Revista de Literatura Brasileira*. São Paulo, n. 2, USP/Editora 34, 2001.◖ CHIAPPINI, Ligia, "Um método de leitura raramente equilibrado", *in* Luiz Baggio (org.), *Homenagem a João Luiz Lafetá*. São Paulo: Nova Alexandria, 1999.◖ GIMENEZ, Erwin Torralbo, conferência "S. Bernardo". Ciclo de conferências sobre o "romance de formação". São Paulo, Biblioteca Mário de Andrade, 25.05.2013.◖ HOLANDA, Lourival, *Sob o signo do silêncio*. São Paulo: Edusp, 1992.◖ LAFETÁ, João Luiz, *A dimensão da noite* (org. de Antonio Arnoni Prado). São Paulo: Duas Cidades/Editora 34, 2004.◖ ____, *1930: A crítica e o modernismo*. 2ª ed. São Paulo: Duas Cidades/Editora 34, 2000.◖ MIRANDA, Wander Melo, "A permanência de *Angústia*", *in* Elizabeth Ramos (org.), *Angústia, edição comemorativa, 75 anos*. Rio de Janeiro: Record, 2011.◖ MELO NETO, João Cabral de, *Obra completa*. Rio de Janeiro: Nova Aguilar, 1994.◖ MORAES, Dênis de, *O velho Graça: uma biografia de Graciliano Ramos*. São Paulo: Boitempo, 2012.◖ RAMOS, Ricardo, *Graciliano: retrato fragmentado*. 2ª ed. São Paulo: Globo, 2011.

Desde *Relato de um certo Oriente*, livro com que estreou em 1989, **MILTON HATOUM** (1952) firmou-se um dos nomes fundamentais da literatura brasileira. É autor, entre outros, do já clássico *Dois irmãos* (2001), *Cinzas do Norte* (2005), *Órfãos do Eldorado* (2008) e, mais recentemente, da coletânea de crônicas *Um solitário à espreita* (2013). Impregnada por referências da região amazônica, onde nasceu, e da cultura libanesa, da qual descende, sua obra funde com originalidade e rigor o local e o universal, estando hoje traduzida em diversas línguas. A longa admiração por Graciliano Ramos, em quem identifica traços fundamentais de seu universo ficcional, resultou neste ensaio, lido na abertura da 11ª Festa Literária Internacional de Paraty, que neste ano homenageou o escritor alagoano.

Um dos mais destacados artistas de sua geração, **DANIEL SENISE** (1952) começou a realizar nos anos 2000 experiências de colagens de tecidos e acrílico sobre madeira, procedimento de todas as obras que acompanham este ensaio.

RETRATO DA RUA

Para flagrar os protestos que varreram o Brasil em 2013, a ***serrote*** reuniu três vozes bem definidas e centenas de outras com e sem dono. Às primeiras, propôs especulações sobre três dos "Rs" em jogo nas ruas. Revolta, repressão e radicalismo são temas de verbetes-ensaios regidos pela dissonância de pontos de vista de intelectuais dispostos a enfrentar o aberto e o indefinido no calor da hora. Acompanha estas interpretações uma algaravia de **PALAVRAS DE ORDEM**, **CARTAZES** e **MANCHETES DE JORNAL** recolhidos pelo jornalista e editor Paulo Werneck. Em sua desordem e cacofonia, eles demonstram o espectro de questões postas à sociedade – cuja variedade dá testemunho de seu vigor e, também, da impossibilidade de respondê-las de forma unívoca ou conclusiva.

Revolta

CARLA RODRIGUES

Peripécia é uma mudança para a direção contrária, é aquilo que promove uma reviravolta, o elemento surpreendente a partir do qual a narrativa gira, em um movimento que provoca a mudança no rumo da história. Pensada por Aristóteles como um recurso da tragédia, é o momento em que da complicação surge o desenlace, a solução que depende dessa peripécia, dessa reviravolta. Da Grécia Antiga ao romantismo alemão, é "no fato de o homem sucumbir no caminho que tomou justamente para fugir da ruína"[1] que está o componente trágico, que chegará a Nietzsche sendo pensado como sinônimo de alegria. Na revolta das ruas, o que se vê nos cartazes, nos rostos dos jovens, nas diversas formas de resistência, é a alegria trágica de quem acredita poder enfim fugir da ruína da exclusão, marca indelével da sociedade brasileira. Que essa alegria trágica da revolta ainda seja privilégio de poucos é também o componente trágico da política brasileira.

Recorrer ao trágico para falar da revolta das ruas – palavra que está contida em reviravolta – é também uma forma de peripécia, uma forma de fazer girar nossa percepção sobre as manifestações políticas. Um dos significados possíveis para o verbo *revoltar-se* – reflexivo, cuja conjugação exige um sujeito (político) – é revirar, remexer, e, portanto, alterar, mudar, movimentar, mobilizar. Um dos motes dos protestos é a expressão mobilidade urbana – trazida como a principal pauta do Movimento Passe Livre –, em grande medida porque, na sociedade brasileira, exclusão, imobilidade e falta de legitimidade formam um nó em torno do qual se amarram as pontas dessa nossa tragédia democrática. Mobilidade vem de móvel – no sentido daquilo que se move –, mas também de móbil, como causa, motivo, razão. Móbil como vontade de que as coisas mudem, deem uma reviravolta. As reivindicações são por mais mobilidade – urbana, sim, mas também mobilidade social, o termo clássico com o qual a sociologia se refere à capacidade de um indivíduo se mover de determinada situação social para outra.

Quem diz revolta também diz rebeldia, rebelião, revolução. Revoltar-se é derivado do latim *revoltus*, do italiano *rivoltare*, do francês *révolter*, idioma no qual o dicionário define o verbo como ato de se sublevar com violência contra a autoridade para tentar se libertar. Da França da Revolução Francesa, marco inaugural da modernidade política, momento fundador da figura política do cidadão, aprendemos que toda revolta é contra o poder, é peripécia a fim de

SE A TARIFA NÃO BAIXAR, A CIDADE VAI PARAR! SE A TARIFA NÃO BAIXAR, A CIDADE VAI PARAR! 3,20 É ROUBO SE A TARIFA NÃO BAIXAR, A CIDADE VAI PARAR! SE A TARIFA NÃO BAIXAR, A CIDADE VAI PARAR! QUEM NÃO PULA QUER TARIFA! QUEM NÃO PULA QUER TARIFA! 3,20 É ROUBO VEM! VEM! VEM PRA RUA, VEM! CONTRA O AUMENTO! Ô MOTORISTA! Ô COBRADOR! QUERO SABER SE O SALÁRIO AUMENTOU! CONTRA TARIFA, MANIFESTANTES VANDALIZAM CENTRO E PAULISTA "É REVOLTA POPULAR, SEM CONTROLE", DIZ MOVIMENTO BRASIL INICIA LA CUENTA ATRÁS PARA SU MUNDIAL A MARCHA DA INSENSATEZ – MANIFESTANTES CONTRA AUMENTO DE PASSAGENS, NO RIO, CAUSAM DANOS AO PATRIMÔNIO HISTÓRICO BRASIL SE LEVANTA EN PROTESTA CONTRA EL AUMENTO DE LOS PRECIOS DEL TRANSPORTE GOVERNO DE SP DIZ QUE VAI SER MAIS DURO CONTRA VANDALISMO

SE A TARIFA NÃO BAIXAR, A CIDADE VAI PARAR! SE A TARIFA NÃO BAIXAR, A CIDADE VAI PARAR! BUS-FARE PROTESTS HIT BRAZIL'S TWO BIGGEST CITIES MOVIMENTO PROPÕE SUSPENDER REAJUSTE ALCKMIN QUER COBRAR PREJUÍZOS DE "VÂNDALOS" QUEM NÃO PULA QUER TARIFA! 3,20 É ROUBO VEM! VEM! VEM PRA RUA, VEM! CONTRA O AUMENTO! QUEM NÃO PULA QUER TARIFA! SE A TARIFA NÃO BAIXAR, A CIDADE VAI PARAR! VEM! VEM! VEM PRA RUA, VEM! CONTRA O AUMENTO! Ô MOTORISTA! Ô COBRADOR! QUERO SABER SE O SALÁRIO AUMENTOU!

promover uma reviravolta na história, na política. De volta a Aristóteles, política como aquilo capaz de proporcionar uma forma de vida melhor, a ser exercida na ágora, a praça da pólis grega.

A definição francesa para revolta segue a brasileira, em que o verbo revoltar-se é definido como amotinar, insurgir, indignar, agitar, revirar. Se eu me revolto, tu te revoltas, ele se revolta; nós nos revoltamos, vós vos revoltais, eles se revoltam; sujeitos políticos que, ao conjugar o verbo revoltar-se, o fazem contra um aparato de poder, no caso brasileiro, o mesmo que também foi às ruas para nos desqualificar como revoltados. Na primeira pessoa, quando eu me revolto, também me confundo com o adjetivo revolto, aquele que diz respeito à agitação, turbulência, tumulto, e também pode significar furioso, irado, sentimento de indignação, ódio, rancor. Fomos às ruas revoltados contra a autoridade diante da qual reivindicamos e ao mesmo tempo à qual estamos subjugados. Que essa autoridade tenha muitos nomes, a diversidade dos cartazes não cessou de nos mostrar. Estamos nas ruas, revoltados, promovendo uma reviravolta na história trágica da democracia brasileira, insistentemente confundida com demofobia.

Medo de povo que se manifestou, desde a primeira hora, em um tipo de divisão repetida à exaustão como se fosse óbvia, por trás da qual se esconde um problema que não é um entre outros na política brasileira. Nessa distinção, subjaz o caráter normativo da categoria "sujeito político de direitos", cuja definição já é em si um ato de exclusão. Seu funcionamento depende da existência de uma categoria política fora da norma – neste momento, também chamada de vândalo –, da qual depende a própria instituição da norma. Desde a primeira manifestação, nós, os revoltados, estamos sendo divididos entre pacíficos e baderneiros, manifestantes e infiltrados, indivíduos e arruaceiros. Muitos discursos estiveram impregnados dessa dicotomia e classificação que pretende dizer quem pode e quem não pode se manifestar nas ruas, como um manual de etiqueta que extrai de si mesmo as regras de certo e errado.

Vândalo, bárbaro, selvagem são aqueles que não têm cultura. Nos termos políticos dos discursos que pretendem desqualificá-lo, vândalo é aquele que não tem cultura política e, portanto, não se manifesta segundo a etiqueta. Mas vândalo, numa das definições do dicionário, é aquele que destrói sem propósito o que não lhe pertence. Se entendido num

Ô MOTORISTA! Ô COBRADOR! QUERO SABER SE O SALÁRIO AUMENTOU! POLÍCIA REAGE COM VIOLÊNCIA A PROTESTOS E SP VIVE NOITE DE CAOS BOMBAS E BALAS DE BORRACHA DEIXAM CENTRO EM PÂNICO JORNALISTAS SÃO FERIDOS POR DISPAROS DE POLICIAIS MILITARES MAIORIA NA CIDADE É A FAVOR DOS ATOS, MOSTRA DATAFOLHA

SEU GUARDA, NÃO ME BATA. EU NÃO GOSTO DE 50 TONS DE CINZA SE A TARIFA NÃO BAIXAR, A CIDADE VAI PARAR! SE A TARIFA NÃO BAIXAR, A CIDADE VAI PARAR!

EU SOU BRASILEIRO! COM MUITO ORGULHO! COM MUITO AMOR! TEM TANTA COISA ERRADA QUE NEM CABE EM UM CARTAZ O GIGANTE ACORDOU FORA RENAN CALHEIROS SE A TARIFA NÃO BAIXAR, A CIDADE VAI PARAR! OU PARA A ROUBALHEIRA OU PARAMOS O BRASIL QUEREM CALAR O MINISTÉRIO PÚBLICO SE A CACHORRA É LAIKA O ESTADO TAMBÉM PODE SER ESTAMOS FAZENDO HISTÓRIA SE A TARIFA NÃO BAIXAR, A CIDADE VAI PARAR! TODOS A LAS CALLES POR UN PAÍS MEJOR SIN VANDALISMO FUERZA BRASILEÑOS QUEM NÃO PULA QUER TARIFA! QUEM NÃO PULA QUER TARIFA!

SÃO PAULO SITIADA – TROPA DE CHOQUE AVANÇA SOBRE MANIFESTANTES E JORNALISTAS; MOVIMENTO PEDE NOVAS AÇÕES SE A TARIFA NÃO BAIXAR, A CIDADE VAI PARAR! EL MALESTAR SOCIAL SE EXTIENDE EN BRASIL

CONVOCAN NUEVAS PROTESTAS CONTRA EL ALZA DE AUTOBUSES EN BRASIL TRAS LOS CONFLICTOS

sentido mais amplo, vândalo é aquele que destrói a *res publica*, a coisa pública na sua acepção grega, aquela que por excelência é de todos para não ser privilégio de ninguém. Vândalo, então, é aquele que se percebe excluído da *res publica* e a destrói como forma de protestar pelo fato de que a coisa pública não seja, estranhamente, de todos. É nesse sentido que a destruição pode ser entendida como forma de expressão política daquilo que causa revolta no sujeito político, como a denúncia da exclusão, como a violência do retorno do recalcado, impensável em um simples esquema dualista pacíficos *versus* violentos.

A tipificação do vândalo passa a ser em si um problema político, porque funciona como forma de reiterar, repetir e naturalizar uma norma que é, ela mesma, o objeto dos protestos. Por esse caminho, também se pode pensar que, na história política brasileira, muitas reviravoltas se fizeram apenas em torno de si mesmas, a fim de promover sempre o mesmo desenlace, evitando a catarse na qual Aristóteles via a purificação do espírito. No caso brasileiro, a catarse seria uma forma de nos livrarmos do espírito de purificação, permitindo a entrada na cena política de outros sujeitos políticos de direitos. Girar em torno de si mesmo é pretender sustentar essa separação entre os manifestantes legítimos – que supostamente extraem sua legitimidade do pacifismo que os caracteriza – e os vândalos – que perdem sua legitimidade como manifestantes por usar de violência contra bens públicos e privados. É uma falsa dicotomia que performatiza aquilo mesmo contra o que as ruas se insurgiram, fazendo do recurso à marginalidade o ponto de apoio da distinção entre o que é e o que não é legítimo.

Distinção que tem sido sustentada pelo aparato de Estado de forma paradoxal. De um lado, a divisão tem servido para que a Polícia Militar aja contra o que não é considerado legítimo, mesmo que, para isso, esta mesma Polícia Militar recorra a práticas ilegais, como tiros, bombas, agressões e todo tipo de arbitrariedade. No Estado democrático, em que há o direito legal à livre manifestação política, esse mesmo Estado não tem o direito de impedir manifestações políticas usando métodos ilegais, a menos que se institua um estado de exceção. Daí o recurso ao ilegítimo, em mecanismos de repressão que paradoxalmente buscam sua legitimidade na classificação dos manifestantes como vândalos e, portanto, sem legitimidade política.

BRASIL YA TIENE SUS INDIGNADOS CONFRONTO SE
AGRAVA EM SP, COM MAIS PRISÕES E FERIDOS
BRASIL, EDUCAÇÃO, SAÚDE E SEGURANÇA
PADRÃO FIFA VEM! VEM! VEM PRA RUA, VEM!
CONTRA O AUMENTO!
QUEM NÃO PULA QUER TARIFA! QUEM NÃO
PULA QUER TARIFA! ALCKMIN DEFENDE PM E DIZ QUE
PROTESTO TEM VIÉS POLÍTICO FOTÓGRAFO BALEADO
NO OLHO POR POLICIAL PODE PERDER VISÃO VEM!
VEM! VEM PRA RUA, VEM! CONTRA O AUMENTO!

APÓS SEMANA DE BATALHA, HADDAD PEDE NEGOCIA-
ÇÃO BRASIL ESTREIA HOJE E INCENDEIA COPA
DAS CONFEDERAÇÕES LAS PROTESTAS POR EL
PRECIO DEL TRANSPORTE LLEGAN A BRASILIA Y ROZAN
EL FÚTBOL LAS PROTESTAS CALLEJERAS SE EXTIEN-
DEN A 23 CIUDADES DE BRASIL Y SALTAN AL EXTERIOR

HEY, POLÍCIA! VINAGRE É UMA DELÍCIA! CONMOCIÓN
EN SAN PABLO POR LA REPRESIÓN A LAS PROTESTAS
QUEM NÃO PULA QUER TARIFA! ROUSSEFF,
RECIBIDA CON SILBIDOS EN EL ESTADIO DE BRASILIA
ESTADO NEGOCIA COM LÍDERES DE PROTESTO;
METRÔ CERCA ESTAÇÃO
HEY, POLÍCIA! VINAGRE É UMA DELÍCIA!
BRASILEÑOS QUE VIVEN EN AMÉRICA Y EUROPA SE SUMAN
A LAS PROTESTAS EN SU PAÍS QUEM NÃO PULA
QUER TARIFA! SIGUEN LAS PROTESTAS EN BRA-
SIL: AHORA ATACARON EL PARLAMENTO DE RÍO CON
BOMBAS MOLOTOV ... DOS FILHOS DESTE
SOLO ÉS MÃE GENTIL, PÁTRIA AMADA, BRASIL!

Essa divisão só se sustenta se a sociedade estiver disposta a entregar a uma instância de poder o direito de discernir perfeitamente entre o que é e o que não é legítimo na esfera da política. Se o Estado, em todas as suas formas, é por definição a instância definidora dos critérios de legalidade, o que causa estranheza na política brasileira é pensar que haja – ainda que invisível – uma instância que pretenda afirmar o que é ou não legítimo como forma de manifestação política. E, mais, que as próprias instituições do Estado se valham do critério da legitimidade – e não da legalidade – como parte de uma estratégia que permita ao Estado agir, ele mesmo, à margem da lei.

A Polícia Militar que diz ser necessário coibir o vandalismo é a que comete todo tipo de abuso policial em nome do direito legítimo – porém não legal – de repressão violenta das manifestações. Nas ruas, o manifestante que quebra uma, duas, três vidraças de agências bancárias é qualificado como vândalo, em nome do critério da ilegitimidade do ato como forma de protesto político. Para reprimir o que chama de vandalismo, o Estado poderia alegar a ilegalidade do ato – destruição do patrimônio público ou privado –, mas não o faz, porque é um ato político condenar o ato político do outro pela sua suposta ilegitimidade, produzindo assim uma dupla exclusão: não reconhecer naquele que luta contra a exclusão a legitimidade da sua reivindicação e não reconhecê-lo como sujeito político do seu ato.

É nesse estranho vácuo de separação entre legalidade e legitimidade que se escrevem os discursos contra o vândalo, que só pode ser pensado na lógica de oposição entre o próprio do político *versus* o impróprio do político. Nomear, nos ensina a psicanálise, é um ato político. Considerar ilegítimo e nomear de vandalismo a decisão de um manifestante de quebrar as vidraças das agências bancárias é desqualificar o ato como político. É, portanto, exercer uma nova violência – tão simbólica quanto o ataque aos bancos pode ser símbolo de luta contra a opressão do capitalismo – contra aquele que protesta, entendido como apolítico, mais uma vez excluído da categoria "sujeito político de direitos", mesmo quando vai às ruas protestar contra essa exclusão. Ou, pior, por isso mesmo.

A figura política do cidadão, que nasce com a Declaração dos Direitos do Homem e do Cidadão, é resultado da passagem do estado de natureza para o estado de sociedade. Na primeira, os valores culturais são dados pela tradição. Na segunda, típica

LAS PROTESTAS EN RÍO LLEVAN MIEDO Y VIOLENCIA AL MARACANÁ

BALAS DE BORRACHA E GÁS – CARTÃO VERMELHO PRA POLÍCIA MILITAR

EU SOU BRASILEIRO! COM MUITO ORGULHO! COM MUITO AMOR!

TIRO! PORRADA! BOMBA! POVÃO BOTA O PAU NA MESA E TOCA O ZARALHO NAS RUAS DO CENTRO

VEM! VEM! VEM PRA RUA, VEM! CONTRA O AUMENTO!

LES DÉPENSES POUR LE MONDIAL 2014 ONT ATTISÉ LA FRUSTRATION DES BRÉSILIENS

HEY, POLÍCIA! VINAGRE É UMA DELÍCIA!

EU SOU BRASILEIRO! COM MUITO ORGULHO! COM MUITO AMOR!

LA CONTESTATION SOCIALE ENFLAME LE BRÉSIL

THOUSANDS GATHER FOR PROTESTS IN BRAZIL'S LARGEST CITIES

OLHA QUE LEGAL: O BRASIL PAROU E NEM É CARNAVAL!

HEY, POLÍCIA! VINAGRE É UMA DELÍCIA!

"PRIMAVERA CARIOCA" LEVA MULTIDÃO DE MANIFESTANTES AO CENTRO

VEM! VEM! VEM PRA RUA, VEM! CONTRA O AUMENTO!

PROTESTS EXPAND IN BRAZIL, FUELED BY VIDEO OF POLICE BRUTALITY

... DOS FILHOS DESTE SOLO ÉS MÃE GENTIL, PÁTRIA AMADA, BRASIL!

EU SOU BRASILEIRO! COM MUITO ORGULHO! COM MUITO AMOR!

BRASIL ¿UN SUEÑO O UNA PESADILLA?

O GIGANTE ACORDOU!

NÓS EXISTIMOS #HOMOFOBIANÃO #MACHISMONÃO #RACISMONÃO #FELICIANONÃO

MEU CU É LAICO

VEM! VEM! VEM PRA RUA, VEM! CONTRA O AUMENTO!

VEM! VEM! VEM PRA RUA, VEM! CONTRA O AUMENTO!

... DOS FILHOS DESTE SOLO ÉS MÃE GENTIL, PÁTRIA AMADA, BRASIL!

HOJE É DIA DE MUDANÇA #VEMPRARUA

dos Estados nacionais que se formam na modernidade, os valores culturais são resultado de um contrato social, artifício formal cuja validade depende de ele ser respeitado por todos. No Brasil, é como se o recurso à categoria do vândalo quisesse manter uma separação – os vândalos são aqueles que, nas trevas do estado de natureza, são incapazes de compreender as regras mínimas do contrato social. Contrato, no entanto, que confere o estado de sociedade apenas a alguns poucos, que precisam, para reafirmá-lo, negar, renegar, denegar a existência do que está fora, sem nunca interrogar as razões que mantêm o dentro/fora do pacto.

Por fim, reunir sob a denominação "Revoltas de Junho" o conjunto de manifestações que eclodiram no país é útil para se reconhecer todo o potencial revolucionário dos protestos. Mas tentar localizá-los apenas em junho pode ser uma forma de esvaziá-los da sua força de resistência. Se, como ensina o filósofo Jacques Derrida, toda democracia é uma democracia por vir, porque todo regime democrático depende de uma promessa de representação de infinitas singularidades, que sempre se renovarão nesse futuro por vir, as revoltas brasileiras não começaram em junho e não se esgotarão tão cedo. Revoltar-se tem a ver com reviravolta, com revolução, mas também com resistência, termos inspirados pelo prefixo "re" – esse que usamos quando queremos indicar necessidade de repetir, mas que, paradoxalmente, também indica renovação. Re-voltar, re-volucionar, sem re-negar – aqui como sinônimo de rejeitar, negar-se a reconhecer – e sem denegar, referência ao termo com o qual Freud pensa a neurose como inexorável condição de divisão do sujeito. Na vida política brasileira, a denegação tem sido condição de manutenção da divisão entre "nós" e "eles", sendo "nós" aqueles que ocupam o lugar legítimo de sujeito político de direitos e "eles" aqueles que existem apenas como excluídos, para reafirmar o suposto poder dos nós que nos embaraçam.

—

1. Peter Szondi, *Ensaio sobre o trágico*. Rio de Janeiro: Jorge Zahar, 2004, p. 89.

CARLA RODRIGUES (1961) é doutora em filosofia pela PUC-Rio, onde é professora no Departamento de Comunicação Social. Jornalista e escritora, é autora dos ensaios *Coreografias do feminino* (Editora Mulheres, 2009) e *Duas palavras para o feminino: hospitalidade e responsabilidade* (Editora Nau, 2013).

HEY, POLÍCIA! VINAGRE É UMA DELÍCIA!
#CHANGEBRAZIL VEM! VEM! VEM PRA RUA,
VEM! CONTRA O AUMENTO! PRO-
TESTO SE ESPALHA PELO PAÍS E POLÍTICOS VIRAM
ALVO TETO DO CONGRESSO É OCUPADO; GRUPO
TENTA INVADIR SEDE DO GOVERNO DE SP SR. PM! MINHA
MÃE DISSE PARA NÃO ACEITAR BALAS DE BORRACHA DE
ESTRANHOS CANSEI DE SER MANIPULADO! O BRASIL
ESTÁ ENTRANDO NA PRIMEIRA GRANDE REVOLUÇÃO
DO SÉC. 21 E O FELICIANO PREOCUPADO COM MEU CU!
EU SOU BRASILEIRO! COM MUITO ORGULHO! COM
MUITO AMOR! POR UMA VIDA SEM CATRACAS SE
VOCÊ NÃO ESTÁ ORGANIZADO, ESTÃO ORGANIZANDO
VOCÊ ENFIA OS 20 CENTAVOS NO SUS EU SOU BRASI-
LEIRO! COM MUITO ORGULHO! COM MUITO AMOR!

POLÍTICOS AGORA APOIAM MANIFESTAÇÕES BRA-
SIL DESPLIEGA FUERZAS DE ÉLITE TRAS LAS PROTES-
TAS O GIGANTE ACORDOU! ... DOS FILHOS DESTE
SOLO ÉS MÃE GENTIL, PÁTRIA AMADA, BRASIL! HOJE
É DIA DE MUDANÇA #VEMPRARUA #CHANGEBRAZIL
VEM! VEM! VEM PRA RUA, VEM! CONTRA
O AUMENTO! + BRASIL – BRAZIL PELO FIM DO
FUNK ALTO NO BUSÃO EU SOU BRASILEIRO! COM
MUITO ORGULHO! COM MUITO AMOR! A GERAÇÃO
COCA-COLA ACORDOU #VEMPRARUA ERA UM PAÍS
MUITO ENGRAÇADO, NÃO TINHA ESCOLA, SÓ TINHA
ESTÁDIO. NINGUÉM PODIA PROTESTAR NÃO! PORQUE
A PM SENTAVA A MÃO O POVO UNIDO NÃO PRECISA DE
PARTIDO NÃO É PELO BUSÃO É PELA NAÇÃO VEM!
VEM! VEM PRA RUA, VEM! CONTRA O AUMENTO!

Repressão

TALES AB'SÁBER

Continuar!
(Única palavra do túmulo de
Herbert Marcuse, no cemitério
Dorotheenstädtischer, em Berlim)

Repressão. Pressão. Re pressão. Tudo parece indicar que a palavra foi construída pela necessidade de alguma redundância, de no mínimo repetir mais uma vez, ou reencenar, sua própria natureza. Também é assim em outras línguas. Mas que dimensão das coisas seria essa em que toda pressão deve ser duplicada, reafirmada, concentrada ou, ainda, deve acontecer ao menos duas vezes? A palavra dá sinais claros, em sua própria estrutura, de que essa força, seja qual for seu sentido, é coisa intensa, multiplicada, de que essa força é, necessariamente, uma força fortificada, *reforçada*.

Para uma lógica um pouco mais clássica do sentido – para uma ideia de razão balanceada e serena –, a palavra expressaria, em suas camadas mais íntimas e interiores, nos limites da sua significação, um mundo em pleno desequilíbrio, um espaço do sentido de intensa turbulência, o risco mais claro de que as coisas escorreguem mesmo para o excesso, de que se expressem no choque, e de que a luta, enfim, seja a sua verdadeira medida, e mais nenhuma outra razão. Quem diria: no fundo do dado primeiro de civilização – como entendem o termo alguma psicanálise e também alguma filosofia política –, a força ordenadora do pacto social primordial, a universal repressão, parece habitar uma verdadeira fantasia trágica e dionisíaca, um fantasma.

Pressão, repressão, força multiplicada, dobrada, triplicada, força exercida pelo menos duas vezes, ou ainda constantemente, durante todo o tempo. A dimensão constante do conflito e o seu momento mais agudo. Mas qual é a outra potência, a força contrária, a outra intensidade, aquela sem nome, sem forma e sem por quê, diante da qual é necessária não uma força igual, um equilíbrio, ou um tipo de produção, com o perdão da palavra, *dialética*, mas é necessária sempre uma força maior, força desproporcional, uma pressão ainda mais, uma outra pressão, uma *repressão*?

Lidando com a ideia mais pura da presença da força *na vida humana*, a noção é evidentemente política, desde sempre, e envolve claramente algo da prática primordial da guerra, do direito natural autofundado de exercer alguma força sobre algum outro, e, num plano um grau mais elevado, a de qual

KEREMU EDUCASSÃO DESSENTE VEM! VEM! VEM PRA RUA, VEM! CONTRA O AUMENTO! VOCÊS NÃO CONTAVAM COM A NOSSA ASTÚCIA ENTRE OUTRAS MIL, ÉS TU BRASIL A + ROUBADA É UM ABSURDO! É UMA VERGONHA! O BUSÃO TÁ MAIS CARO QUE A MACONHA!
ATO EM SP TEM ATAQUE À PREFEITURA, SAQUE E VANDALISMO; PM TARDA A AGIR HADDAD AGORA ADMITE REVER TARIFA DE ÔNIBUS CAPITAIS JÁ BAIXAM TARIFA DE ÔNIBUS; PROTESTOS CONTINUAM

VEM! VEM! VEM PRA RUA, VEM! CONTRA O AUMENTO! TEAR GAS FIRED OUTSIDE STADIUM IN BRAZIL, BUT PROTEST STILL SPREADS INSIDE PROTESTOS DE RUA DERRUBAM TARIFAS MILHARES NAS RUAS OBRIGAM ALCKMIN E HADDAD A RECUAR GRUPO MANTÉM ATO NA PAULISTA E DIZ LUTAR PELA TARIFA ZERO PROTESTO EM JOGO DO BRASIL TEM 18 FERIDOS PROTESTOS DERRUBAM AUMENTOS EM SÃO PAULO E NO RIO DE JANEIRO PROTESTS SPREAD ACROSS BRAZIL BRAZIL'S LEFTIST RULING PARTY, BORN OF PROTESTS, IS PERPLEXED BY REVOLT BRÉSIL: DES CENTAINES DE MILLIERS DE MANIFESTANTS, UN MORT BRAZIL PROTESTS PULL IN ARRAY OF GRIEVANCES TRIUNFAN LAS MOVILIZACIONES: RÍO Y SAN PABLO BAJAN LAS TARIFAS BRAZIL'S WORLD CUPWINNERS SUPPORT PROTESTS LOS SERVICIOS SECRETOS BRASILEÑOS COMIENZAN A VIGILAR LAS REDES SOCIALES PROTESTOS VIOLENTOS SE ESPALHAM E DILMA CHAMA REUNIÃO

seria a lógica legítima do exercício do poder. A noção de repressão não existe sem a pergunta fundamental: quem, ou *o que*, reprime? Um dos pontos notáveis da literatura de Kafka é o de elidir ao máximo o *sentido* da repressão, mas até mesmo ele, quando deixou essa força absolutamente mecânica e automática, em *Na colônia penal*, por exemplo, precisou inscrever, junto com o extermínio do corpo, o nome da lei desconhecida, o sentido final do crime. Uma das definições famosas e sintéticas de Estado é a da instância social que tem o monopólio, *legítimo*, do uso da força. Repressão também é sempre uma afirmação sobre a qualidade do poder. Embora tenha produzido belas obras de arte e ótima literatura, a ideia de uma repressão vazia, apesar da redundância compulsiva que habita o interior da palavra, é uma ideia sociologicamente absurda: a repressão é também, de um modo mais amplo que acaba por implicar todo o desdobramento da linguagem e da cultura, uma *relação social*.

Assim, não é de repressão o caso do Deus primitivo que devora os filhos – uma imagem de protofantasia humana que crianças muito doentes de fato apresentam no consultório psicanalítico. Mas é *repressivo* o Deus que exige, por amor a ele, que o pai sacrifique o próprio filho, e que por fim desiste magnanimamente da prova, porque ela lhe foi dada de fato, *como desejo*. O pai que precisou *reprimir os próprios afetos e direitos* encontra o Deus, que também reprimiu o próprio impulso à totalidade e à exclusividade, mas que continua sendo o ponto de fuga de todo poder. Entre o primeiro Deus, imagem do terror e da força pura da natureza, e o segundo, potência política que quer desenhar seu filho, e súdito, à sua imagem, temos o sentido dos *dois tempos da repressão*, algo entre a força absoluta e algum sentido das coisas humanas. Um momento é o exercício puro da força, real, do terror; o outro é o exercício simbólico da força, que precisa se justificar como algum ato de sentido, também uma declaração de amor. A verdadeira repressão, apesar do automatismo sempre latente, deseja *ser amada*; como relação de poder, ela guarda elementos também de uma relação sexual primitiva.

A tentativa de transformar o poder real em amor pelo poder é a verdadeira natureza do poder da *repressão*. Por isso ela é duplicada, porta sua compulsão à repetição como sutil diferença: em seu primeiro tempo, exterior, ela é poder

LA COLÈRE SOCIALE MET DILMA ROUSSEFF SOUS
PRESSION BRASIL VIVE LA MAYOR PROTESTA
PESE A LA RETIRADA DEL ALZA DEL TRANSPORTE
R$ 3,00 AINDA É OSSO
CADEIA PARA OS MENSALEIROS NOSSA REVOLUÇÃO
SERÁ TELEVISIONADA JOGARAM MENTOS NA
GERAÇÃO COCA-COLA SE A CACHORRA É LAIKA O
ESTADO TAMBÉM PODE SER EU SOU BRASILEIRO!
COM MUITO ORGULHO! COM MUITO AMOR!
PEC 37 ESTAMOS FAZENDO HISTÓRIA R$ 3,20
SÓ SE FOR OPEN BAR NÃO SÃO SÓ 20 CENTAVOS –
ACORDA BRASIL MENOS ÔNIBUS MAIS TRILHOS
E A ALTA BURGUESIA DA CIDADE NÃO ACREDITOU NA
HISTÓRIA QUE ELES VIRAM NA TV NÓIS É CAIPIRA
MAS NÃO É BOBO

QUASE 60 CIDADES JÁ REDUZIRAM PREÇO DA TARIFA
MANIFESTAÇÕES FAZEM DILMA CANCELAR VIAGEM
AO JAPÃO DA COPA EU ABRO MÃO EU QUERO
É EDUCAÇÃO O GIGANTE ACORDOU OU PARA A
ROUBALHEIRA OU PARAMOS O BRASIL
FORA RENAN CALHEIROS QUEREM CALAR O
MINISTÉRIO PÚBLICO PAÍS TEM 1A. MORTE DESDE
O INÍCIO DOS PROTESTOS, EM RIBEIRÃO PRETO

SEM CONTROLE – EM NOITE DE NOVOS CONFLI-
TOS, DEPREDAÇÕES E SAQUES, ITAMARATY E PREFEI-
TURA DO RIO SÃO ATACADOS MANIFESTAÇÃO
NO RIO REÚNE 300 MIL E ACABA EM CONFUSÃO GENE-
RALIZADA SP: PARTIDOS HOSTILIZADOS
EM PROTESTO PACÍFICO

real, ou poder do real; em seu segundo tempo, duplicado, ela é inscrição, amorosa, do próprio poder, poder simbólico, sustentado por vínculos eróticos. Repressão.

Tudo isso é muito antigo. Embora tenha sido Hobbes o grande pensador do direito e do sentido do lugar da repressão na vida humana, a função última e primeira do Estado – e por isso muitos comentaristas costumam ler Freud com Hobbes, como pensadores que entendiam o fundamento da civilização em uma violência de fundo, estruturada exteriormente, mas incorporada –, foi Maquiavel quem sem dúvida melhor escreveu a respeito da verdadeira duplicidade do sentido escorregadio da repressão. Com o seu ponto de fuga político *aberto*, em que ações violentas ou generosas não têm valor por si próprias, mas pela capacidade de manutenção, fortificação e integração do poder do príncipe e da comunidade, foi o secretário florentino quem multiplicou as possíveis razões existentes entre o governo, a forma e o valor do poder, e o povo, os governados e sua satisfação. E, em um conjunto espantoso de investigação das possibilidades de conflito e das formas do poder real, ele chegou àquela que talvez seja a pergunta essencial da ação política, que envolve o cerne da sua duplicidade: *o príncipe deve ser temido ou amado*?

Com Maquiavel, a força de ação e o direito à força talvez pela primeira vez tenham se perguntado sobre o sentido da sua *legitimidade*, e cabe o lugar, tão importante na modernidade, no discurso e na avaliação sobre o poder, sobre qual o sentido *de ser amado* no interior do gesto, sádico ou estratégico, do uso da força pelo governante. E em um primeiro momento Maquiavel diz que, *não podendo garantir ser temido e ser amado ao mesmo tempo*, o príncipe deve preferir *ser temido* – ou seja, manter a integridade do que o define como poder, de poder usar o próprio poder –, embora, ao final da exposição, ele refine muito a situação da duplicidade do poder que quer ser legítimo, resolvendo que um príncipe sábio *ama* os homens *como eles querem*, e é *temido* por eles *como ele quer*.

Também Freud, ao estudar o estranho e poderoso efeito sobre ele próprio da escultura de Moisés do túmulo de Júlio II em San Pietro in Vincoli – o mesmo Júlio II que deu tanto trabalho a Michelangelo quanto dificuldades a Maquiavel –, retirou dos detalhes formais da obra, da posição das

FOI MAL SÓ QUEREMOS UM FUTURO MELHOR #VEMPRARUA SOU PROFESSORA MAS QUERO SALÁRIO DE PUTA NÃO ESTAMOS EM ORDEM, MAS ESTAMOS EM PROGRESSO TODO CARNAVAL TEM SEU FIM

MPL SAI DE PROTESTO E NÃO LEVANTA BANDEIRAS GARI MORRE AO INALAR GÁS APÓS PROTESTO EM BELÉM DILMA CONDENA "MINORIA AUTORITÁRIA E VIOLENTA" E DIZ QUE VAI "MANTER A ORDEM" GRUPO DEPREDA E SAQUEIA LOJAS NA ZONA OESTE DO RIO DILMA, BOLADA TÔ EU! BAIXEM OS IMPOSTOS DO MEU WHEY, SEUS FRANGOS CORRUPTOS SEXO É AMOR SACANAGEM É R$ 2,95 SR. POLICIAL, SORRIA! VOCÊ ESTÁ SENDO FILMADO :) PAI, NÃO ATIRA EM MIM VERÁS QUE UM FILHO TEU NÃO FOGE À LUTA! SOMOS OS FILHOS DA REVOLUÇÃO EM PROGRESSO – CARREGANDO 25% ME CHAMA DE COPA E INVESTE EM MIM – ASS. EDUCAÇÃO ASS. SAÚDE IA IXCREVE AUGO LEGAU, MAIX FAUTÔ EDUKASSÃO SEU GÁS DE RECALQUE BATE NO MEU VINAGRE E VOLTA FIFA GO HOME! LAS PROTESTAS MASIVAS DEJAN A BRASIL PERPLEJO BELTRAME NÃO DESCARTA AÇÃO DO EXÉRCITO VERÁS QUE UM FILHO TEU NÃO FODE A LUTA PELO DIREITO DE FICAR PARADO DILMA THE WINTER IS COMING! ABAIXA A TARIFA E PÕE NA CONTA DA FIFA! MANIFESTANTES FIZERAM ATOS EM 438 MUNICÍPIOS BRASILEIROS DILMA PROPÕE PACTO POLÍTICO E CHAMA LÍDERES DE PROTESTOS EX-OTÁRIA ENQUANTO MUITOS GRITAM GOL, A SAÚDE, A EDUCAÇÃO E A SEGURANÇA GRITAM SOCORRO

mãos, da barba, das tábuas esculpidas da lei, da cabeça e da expressão do patriarca, a ideia muito superior de que Michelangelo esculpia o mais alto feito político e social humano, a capacidade do próprio poder de *conter-se*, do patriarca Moisés de reter, *reprimir*, a própria ira diante do movimento regressivo e escandaloso de seu povo, que, na planície próxima, voltava a adorar um ídolo. De modo que o poder desse príncipe, general ou rei tinha bases éticas mais profundas, na própria capacidade de inverter os impulsos, o seu direito à violência, transformando a própria turbulência e o impulso à força em algum outro grau de pensamento.

Esse era o ideal freudiano da relação necessária entre o poder e o sentido, ou, como diria Marcuse um pouco mais tarde, *a relação de verdade* entre impulsos e repressão. É a inscrição daquele que tem o direito ao poder em um segundo grau de contenção, e de reflexão, *a própria repressão do poder*, que o eleva de fato à legitimidade, ou ao sublime, como, na leitura de Freud, dizia o artista ao papa.

Em um país que teve origem na mais brutal repressão, de fato em algo que escapa amplamente ao sentido de toda legitimidade *política* da força, que foi a escravidão brasileira/europeia de 300 anos, os sentidos democráticos – regidos por algum pacto entre os seus cidadãos, pelo poder *instituinte* da legitimidade da força no Estado de direito, muito tardio – são constantemente embaralhados, frente à *razão prática* do que é a repressão verdadeira na vida pública. A relação entre as formas do poder do passado e do presente é, nesse caso, verdadeiramente confusa e contraditória. Quem *reprimiu*, por exemplo, a entrada de 750 mil escravos africanos no país, após a lei da proibição do tráfico de 1831, em um movimento ilegal de massa que ameaçou tornar o Brasil um verdadeiro país pirata? Certa vez tive um sonho em que Tom Jobim, justo ele, me dizia, diante de uma garrafa de cerveja: "Em países que se formaram com escravidão, a escravidão se repete, e se repete...".

No Brasil, a ação policial cotidiana da força responde a alguma lei ou responde de fato à lei mais profunda dos costumes autoritários nacionais, de desprezo sistemático pelo direito popular, ainda mais quando jovem, pobre e negro? A polícia brasileira está mais próxima da norma, *a repressão da repressão*, baseada nos acordos internacionais de direitos humanos e na Constituição

PEC NA MINHA E BALANCE RIP ARNALDO
JABOR BRASIL VAI ACORDAR! PROFESSOR VALE
MAIS QUE O NEYMAR! ATÉ QUANDO? THE
JERIPOCA IS GOING TO PEWPEW - #OCCUPYBRASIL
#OCCUPYGEZI FUCK FIFA VÂNDALOS DA CONCES-
SIONÁRIA DÃO MARCHA A RÉ PARA A CADEIA
LAS PROTESTAS PROSIGUEN EN BRASIL PESE AL
DIÁLOGO PROPUESTO POR ROUSSEFF
CONFUSION ET MOBILISATION LORS DU RASSEMBLEMENT
DES EXPATRIÉS BRÉSILIENS À PARIS
EM CLIMA DE CALÇADÃO, PAULISTA REÚNE 30 MIL CON-
TRA PEC 37 QUEREMOS HOSPITAIS PADRÃO FIFA
A COPA CHEGOU E NADA DE METRÔ! #VEMPRARUA O
POVO NÃO É BOBO! ABAIXO A REDE GLOBO! BRASIL,
PAÍS DE TODOS, NÃO DE TOLOS GRUPO ACAMPA EM
FRENTE À CASA DE SÉRGIO CABRAL
EM RESPOSTA ÀS RUAS, DILMA FAZ PACOTE CONTRA
CORRUPÇÃO EI! CABRAL! VAI TOMAR NO CU! EI!
CABRAL! VAI TOMAR NO CU! VIOLÊNCIA MARCA
PROTESTOS EM PORTO ALEGRE E BRASÍLIA ME
CHAMA DE MARACANÃ E ME REFORMA INTEIRA. ASS.
EDUCAÇÃO #OCUPACABRAL VERBA PADRÃO
FIFA PARA A CULTURA BRAZIL PROTESTS BACK
DESPITE PROPOSED REFORMS FESTINHA DA SELEÇÃO
SÓ TINHA NOVINHA "PADRÃO FIFA" LOS MANIFES-
TANTES TRAS LA REUNIÓN CON ROUSSEFF: "NO ESTA-
MOS SATISFECHOS" #OCUPACABRAL 648 FORAM
DETIDOS EM PROTESTOS NAS CAPITAIS EI! CABRAL!
VAI TOMAR NO CU! EI! CABRAL! VAI TOMAR NO CU!
CÂMARA DERRUBA PEC 37 E DESTINA ROYALTIES PARA
EDUCAÇÃO E SAÚDE

Cidadã, ou da opacidade de exceção da nossa última ditadura militar, não criticada o bastante ou transformada exatamente nesse ponto, do sentido e da ação da polícia *militar*, e do exército entre nós? Ou o policial brasileiro pode ainda funcionar como uma espécie de *capitão do mato* diante dos jovens negros, em uma lógica mais própria do século 19, de *Pai contra mãe*, de Machado de Assis, por exemplo, do que de qualquer lei de garantias firmadas entre o povo e as elites?

Nesse sentido profundo das coisas, a vitória em São Paulo nos levantes de junho, do Movimento Passe Livre e de setores sociais que sustentaram a *verdade* da crítica à repressão brasileira, sobre a polícia de exceção que tratava movimentos por direitos como movimentos criminosos, sem os limites e rigores da lei para a própria força, é uma boa notícia sobre o desenvolvimento interno da consciência e da democracia, sobre o nível de exigência e de legitimidade do que pode ser uma ação de governo entre nós hoje.

Em um Estado democrático, *a repressão* não é uma ação cega e ilimitada. É uma ação de sentido social, que está sob o escrutínio do todo, que deve reconhecer amplamente os direitos em jogo e os próprios limites. Em São Paulo, um movimento político amplo, democrático de verdade, venceu outra posição social, também forte, expressa mesmo em grandes jornais e revistas, de que a força pública deveria barrar as manifestações *a qualquer custo*, o que de fato sinalizava para uma virtual *barbárie policial estatal* na cidade. Tardiamente, no Brasil, a repressão pública se torna relação de sentido político, duplicada também como um campo simbólico, e não apenas um gesto frio do direito do poder, que nada deve considerar sobre o mundo da vida nacional que de fato produz.

TALES AB'SÁBER (1965), psicanalista e ensaísta, escreveu, entre outros, *Lulismo, carisma pop e cultura anticrítica* (Hedra, 2011) e *A música do tempo infinito* (Cosac Naify, 2012).

DESCULPE O TRANSTORNO – ESTAMOS MUDANDO
O PAÍS PEC 37, NÃO! PET AOS 43
THESNAKEISGONNASMOKE REDUÇÃO COM SUBSÍ-
DIO NÃO ABAIXO A REDE GLOBO
#OCUPACABRAL THESNAKEISGONNASMOKE
MAIS AMOR, MENOS JABOR PELO FIM DA
ENCOXADA NO ÔNIBUS – RESPEITO ÀS MULHERES
NO TRANSPORTE PÚBLICO EI! CABRAL! VAI
TOMAR NO CU! EI! CABRAL! VAI TOMAR NO CU!
MÃE, TÔ BEM! PELA LEGALIZAÇÃO DO
VINAGRE #OCUPACABRAL VINAGRE É
VIDA V DE VINAGRE YES PACMAN NO PEC 37
O MOVIMENTO É SEXY FELICIANO, A GENTE NÃO TE
ESQUECEU!!! SÓ ESTAMOS ARRUMANDO UMA MERDA
POR VEZ! O GOVERNO É A DOENÇA NÓS SOMOS
A CURA SOU CONTRA A PEC 37 E O LUAN SAN-
TANA FORA CABRAL TÔ TÃO PUTO QUE FIZ UM
CARTAZ #OCUPACABRAL NA ARÁBIA SAUDITA
OS LADRÕES SÃO AMPUTADOS. NO BRASIL, SÃO DEPU-
TADOS E QUEM DISSE QUE NÃO EXISTE AMOR EM
SP ESTÁ MUITO ENGANADO! NA MINHA PÁTRIA EU
NÃO FICO MAIS CALADO SPRAY DE PIMENTA EM
BAIANO É TEMPERO BEM-VINDO À COPA DAS MANI-
FESTAÇÕES – CORRUPÇÃO + RUIVAS RECALQUE
DE DITADURA BATE NA MINHA GERAÇÃO E VOLTA
EU QUERO ( ) TCHU ( ) TCHA (X) 10% DO PIB PARA
A EDUCAÇÃO

LAS FAVELAS DE RÍO SE UNEN PACÍFICAMENTE A LA PRO-
TESTA INFERNO NA MARÉ – 9 MORTOS – POVÃO TÁ
BOLADO: "NA FAVELA, A BALA NÃO É DE BORRACHA"

Radicalismo

RUY FAUSTO

O que há de novo na mobilização de junho é que ela reúne três tipos de reivindicações ou posições que raramente andam juntas: 1) postura ética de repúdio a toda sorte de corrupção e de desonestidade administrativa; 2) bandeiras "culturais", do tipo direito ao aborto, ou legislação favorável à liberdade sexual; 3) exigências que implicam, direta ou indiretamente, redistribuição de renda, e que se abrem para um questionamento da desigualdade econômica brutal que existe no país.

Ora, essas três coisas (ou quatro, caso se acrescente o compromisso com a democracia) dificilmente aparecem juntas. Na esquerda oficial, se é favorável, pelo menos em teoria, à redistribuição de renda, acolhem-se muitas vezes, embora não sempre, as reivindicações progressistas "de sociedade", mas raramente se leva a sério o tema da honestidade administrativa, que é remetido à direita. A extrema-esquerda quer redistribuir renda e até mais do que isso, e hoje é também, em geral, aberta aos avanços em matéria de costumes; mas em geral dá de ombros diante das questões de moralidade administrativa, além de ser bem pouco exigente em matéria de garantias democráticas. Os "verdes", pelo menos se pensarmos nas posições da sua figura mais carismática no Brasil, assinam a carta da honestidade e assumem a luta contra a desigualdade. Em matéria de costumes, entretanto, dizem amém – se ouso empregar o termo – à ética retrógada do catolicismo tradicional e do protestantismo evangélico. O centro-direita é às vezes avançado em matéria de costumes e, em princípio, exigente em termos de luta contra a corrupção, mas não se pode dizer que o empenho pela redução das desigualdades seja o seu forte.

Estamos assim diante de uma constelação original. Ela já seria visível em movimentos anteriores? Vejamos. Em 1968 havia uma bandeira de liberdade de costumes, embora mais limitada do que a que se vê hoje (o feminismo estava quase ausente, por exemplo); e, sem dúvida, lutava-se contra as injustiças econômicas. Porém, a honestidade administrativa, reduzida a simples epifenômeno do capitalismo, não era o que levava os estudantes a sair às ruas. As chamadas "primaveras árabes" foram um fenômeno bem mais complicado, dada a presença dos grupos fundamentalistas entre as forças que se mobilizaram contra os governos autoritários. O exemplo mais próximo das manifestações de junho é provavelmente o das mobilizações dos chamados "indignados". Tratava-se de movimentos antiautoritários, por uma democracia "real", e alérgicos à corrupção. Mas há diferenças entre o junho brasileiro e os acontecimentos da Europa.

STOP CORRUPTION – WE WANT HEALTH, SECURITY AND EDUCATION

SYSTEM ERROR – DESEJA FORMATAR O BRASIL? SIM

IT'S NOT ONLY 20 CENTS BUT 69 BILLION STOLEN FROM THE PUBLIC COFFERS

PRESSIONADO, HADDAD CANCELA LICITAÇÃO BILIONÁRIA DE TRANSPORTE E ACEITA CPI

ATO EM BH TERMINA EM CONFRONTO E MORTE

MÉDICOS ESTRANGEIROS SERÃO ALVO DE PROTESTO

MEU PARTIDO É MEU PAÍS

QUANTAS ESCOLAS VALEM UM MARACANÃ?

TAMBÉM QUERO RESPEITO AOS DIREITOS INDÍGENAS

OS JOVENS DE 1968 APOIAM OS JOVENS DE 2013

SOB PRESSÃO, SENADO TORNA CORRUPÇÃO CRIME HEDIONDO

CABRAL RECEBE MANIFESTANTES DE GRUPO DESCONHECIDO

ENFRENTAMENTO NO ENTORNO DO ESTÁDIO FERE 7 EM FORTALEZA

ENFRENTAMIENTOS ENTRE RADICALES Y LA POLICÍA DURANTE EL BRASIL-URUGUAY

UN MUERTO DURANTE UNA BATALLA ENTRE MANIFESTANTES Y POLICÍA EN FORTALEZA

MUERE UN JOVEN EN LAS PROTESTAS EN BELO HORIZONTE

APROVAÇÃO A DILMA DESPENCA DE 57% A 30% EM 3 SEMANAS

PERDEMOS OPORTUNIDADE COM A COPA, DIZ PAES

POLÍCIA E MANIFESTANTES SE ENFRENTAM NO RIO

TRANSPORTE PÚBLICO PIOR QUE A TIM!

FELICIANO, SAI DO GRINDR E VEM PRA RUA!

#MECURA

MAIS EDUCAÇÃO MENOS FESTA DE PEÃO

EI, ESTADO! CANSEI DE SER SEU GADO!

Isso posto, pela própria originalidade do movimento, apareceram problemas e ambiguidades. Diria que há principalmente duas questões a serem discutidas. Uma é a da caracterização política geral do movimento. A outra é a da violência. Sobre o primeiro ponto: pode-se dizer que as mobilizações foram "de esquerda"? Ou, como pretendem alguns, teriam sido "de direita"? Ou, tudo somado, elas se situariam para além da esquerda e da direita? A partir do que escrevi acima, e do que acrescentarei, eu diria que elas foram majoritária e mesmo essencialmente "de esquerda". Porém – e aí está o ponto principal –, de uma esquerda nova, de uma esquerda com outro caráter. Mas, já passando ao segundo ponto, que se imbrica com o primeiro: qual a relação que o movimento teve, ou deve ter – duas perguntas difíceis de separar –, com a prática da violência? Pelo que sei, os "indignados" se posicionaram claramente contra ela. No caso brasileiro, não foi muito diferente, mas em tudo mais complicado.

Houve violências, mas elas parecem ter sido de três ordens: a) respostas à repressão policial; b) violências provocadas, e em parte assumidas, por grupos neoanarquistas; c) violências de marginais. Ao que parece, não houve violência provocada voluntariamente por parte de membros dos grupos que organizaram as manifestações. Entretanto, de evento em evento, o peso das ocorrências que se situam nos casos b e c foi aumentando. Marginais conseguiram, com sucesso crescente, intervir nos protestos. Mas sobretudo grupos radicais, partidários da violência, e assumindo cada vez mais abertamente as suas posições, danificaram veículos, vitrines e caixas eletrônicos.

É esse último caso que me interessa, em especial, porque nos conduz ao tema do *radicalismo*. Entrevistados pela imprensa, os responsáveis pelas depredações disseram que se tratava de atos de violência simbólica contra o regime, e assumiram de forma quase teórica a legitimidade daquelas práticas. Uma das entrevistadas disse que era impossível enfrentar o regime pacificamente e que por isso era preciso recorrer a atos "revolucionários". Aqui aparece a pergunta: é imaginável supor que esses manifestantes, jovens ou não, acreditem de fato na eficácia das suas ações violentas? Ou estas se fundam em outros motivos? Porque é difícil imaginar, levando em conta a experiência histórica, nacional e internacional, das últimas décadas – para não dizer, dos últimos 100 anos –, que alguém possa supor que enfrente de modo eficaz o regime quebrando vitrines e incendiando automóveis. A ineficácia – no melhor dos casos – desse tipo de iniciativa é patente. Em geral, o resultado é pior do

O POVO UNIDO É GENTE PRA CARALHOOO!

PROTESTOS DE PEQUENO PORTE MULTIPLICAM-
-SE NA PAULISTA LAS PROTESTAS
EN BRASIL SE EXTIENDEN POR TODO EL PAÍS
BRAZILIAN POLICE BREAK UP A PROTEST

NÓS EXISTIMOS FORA TODOS OS PARTIDOS
NÃO SOU BACON PRA MORRER QUEIMADO

UMA CIDADE MUDA NÃO MUDA POUCO CARTAZ PRA
MUITO PROBLEMA! #OBRASILACORDOU FORA
DITADORES

“QUE NOS DEVUELVAN EL MARACANÁ”, PIDEN LOS
BRASILEÑOS EN LAS CALLES POPULARIDADE DE
ALCKMIN CAI; 40% REJEITAM HADDAD
A SELEÇÃO VOLTOU EM DIA DE FINAL NO
MARACANÃ, PROTESTOS TOMAM CONTA DA TIJUCA
CERIMÔNIA DE ENCERRAMENTO TEM PROTESTO
NO GRAMADO IMPORTAÇÃO DE MÉDICOS DIVIDE
OPINIÕES NO PAÍS DILMA MANDA HOJE
PROPOSTA DE PLEBISCITO SOBRE REFORMA PRE-
SIDENTE, QUE RECEBERÁ SELEÇÃO, DIZ QUE GOVERNO
É “PADRÃO FELIPÃO” FOTÓGRAFO DA FOLHA É
FERIDO NO ROSTO DURANTE ATO EM BRASÍLIA MARÉ
OCUPA A AVENIDA BRASIL PARA EXIGIR PAZ E RES-
PEITO – PROTESTO CONTRA AÇÃO DO BOPE NA NOVA
HOLANDA REUNIU MAIS DE 5 MIL PESSOAS PRAZO
LEGAL E REAÇÃO DO CONGRESSO PÕEM PLEBISCITO EM
XEQUE CÂMARA ARQUIVA PROPOSTA DA
“CURA GAY” ROYALTIES PARA A EDUCAÇÃO
E A SAÚDE OBTÊM AVAL DO SENADO PARA PAPA,
PROTESTOS ESTÃO DE ACORDO COM EVANGELHO

que este: o quebra-quebra desmoraliza o movimento – o movimento pacífico, com o qual ele acaba sendo confundido –, oblitera qualquer possibilidade de apoio mais amplo aos protestos por parte das camadas médias da população, torna fácil a infiltração do movimento por agentes da repressão etc. etc. Os seus autores tentam justificar-se dizendo que não se trata de violência, porque não atacam pessoas, mas coisas. Porém, além do fato de se passar facilmente, de forma voluntária ou não, de uma coisa a outra, é claro que a destruição de veículos, de caixas eletrônicos ou de vitrines entra na categoria das ações violentas. De qualquer modo, é assim que o grande público a percebe – esse grande público sem cujo apoio, hão de convir, manifestações de rua contra o governo têm pouca possibilidade de obter sucesso. Alguns dos violentos, já disse, reivindicam abertamente a condição de herdeiros do movimento anarquista. Ora, se no interior do anarquismo há elementos muito diversos (um Kropótkin tem pouco a ver com um Netcháiev), é difícil fazer um balanço muito positivo do conjunto das práticas anarquistas dos últimos 150 anos. Não é porque a herança marxista se revelou muito problemática que o anarquismo se sai muito melhor. Bakunin, sua figura mais conhecida, teve o mérito de insistir, contra Marx, sobre o destino muito incerto de um eventual poder revolucionário. Mas ele próprio, Bakunin, por paradoxal que pareça à primeira vista, era muito autoritário na sua ação, e não foram menos autoritários os anarquistas em outras situações. Poderíamos lembrar que os anarquistas têm corresponsabilidade bem precisa na liquidação das liberdades no período que se segue à chamada Revolução de Outubro (que na realidade foi muito menos revolução do que golpe de Estado). Enquanto foram aliados dos bolcheviques – a aliança não durou mais que alguns meses –, tiveram responsabilidade direta em alguns episódios liberticidas, em particular no fechamento da recém-eleita Assembleia Constituinte, peça-chave – fruto de eleições honestas, como não houve outras no país – para a constituição de um Estado russo socialista e democrático. Esse é o balanço de uma parte considerável do movimento anarquista, que aliás praticou um terror inútil, senão criminoso, nos séculos 19 e 20.

Infelizmente, essa não é a única forma de pseudorradicalismo que se manifesta no nosso meio. Não faz muito tempo, li na internet um artigo de um intelectual ligado ao PT em que se faz um elogio indisfarçado e indisfarçável do regime da... Coreia do Norte! E o autor é um intelectual, e ainda por cima historiador. Um historiador de esquerda tecendo loas à Coreia do Norte

ACAMPADOS PERTO DA CASA DE CABRAL SÃO EXPULSOS
MANIFESTANTES INVADEM PRÉDIOS EM TRÊS
ESTADOS PARTIDOS ALIADOS DIZEM NÃO A DILMA,
E PLEBISCITO É ADIADO PROTESTO TERMINA EM
CONFRONTO PERTO DA CASA DO GOVERNADOR

TARIFAS CAEM PARA 70% DA POPULAÇÃO DAS GRANDES
CIDADES BELO HORIZONTE RECUA E GOIÂNIA
CRIA PASSE LIVRE BERÇO DO MPL,
FLORIANÓPOLIS MANTÉM VALOR FORA CABRAL
DITADOR DEPOIS DE CONFRONTO, VIZINHOS QUEREM
CABRAL FORA DO LEBLON

CABRAL SUA CASA É EM BANGU ABAIXO A
REDE GLOBO RESISTIR É PRECISO

PM DIZ APURAR ABUSO DE POLICIAIS EM SP,
MAS NÃO DIVULGA DETALHES DILMA TENTA
RECONSTRUIR ELO COM OS MOVIMENTOS SOCIAIS
ÍNDIOS PROMETEM AÇÃO CRIMINAL CONTRA
GILBERTO CARVALHO EI! CABRAL! VAI TOMAR NO CU!
EI! CABRAL! VAI TOMAR NO CU!

PAPA DIZ QUE ESTÁ SE PREPARANDO PARA JORNADA
DA JUVENTUDE NO RJ PROMOTORIA APURA USO
DE HELICÓPTERO POR SÉRGIO CABRAL
CÂMARA ENTERRA PLEBISCITO SOBRE
A REFORMA POLÍTICA PM PRETENDE
USAR JATOS DE ÁGUA E TINTA EM PROTESTOS
NO RIO, GRUPO ANARQUISTA ATACA PM COM
PEDRAS EI! CABRAL! VAI TOMAR NO CU!

em pleno século 21! Se esse historiador se dispusesse a refletir um momento que fosse, se daria conta de que o regime norte-coreano é claramente *regressivo* em termos de uma história crítica. Se ele tiver em mente o que ocorreu no ano de 1789, eu lhe diria que o poder norte-coreano representa, em termos de liberdade e também de igualdade (pelo menos de igualdade política), uma regressão de uns 100 anos em relação aos princípios de 1789. E, no entanto, o historiador reconhece esse regime como socialista, e sua ideologia é legitimada porque estaria a serviço da autonomia econômica e da soberania política do país. Enfim, o regime é implícita ou explicitamente incorporado como um componente respeitável do campo "progressista". Trocada em miúdos, a razão desse enorme engano político parece estar em um raciocínio vicioso que, ainda por cima, articula uma premissa de verdade duvidosa. Assim: os maiores adversários do progresso social seriam os americanos, a Coreia do Norte é um dos regimes que mais se chocam com o governo americano, logo a Coreia do Norte encarna bem o progresso social, e por isso merece ser defendida... Acho que não é difícil explicar o que não funciona nesse raciocínio. Sem dúvida, os americanos não são, como dizem os franceses, "*des enfants de coeur*", mas no contexto atual eles representam apenas um dos poderes na cena internacional. Poder que não é bom, como não são bons os demais, mas que provavelmente não é o pior deles. Em segundo lugar, há aí um vício de raciocínio. A inferência em questão se funda no princípio do terceiro excluído. Ora, o princípio do terceiro excluído nunca valeu em matéria de política, e hoje vale menos do que nunca. Os inimigos dos nossos – eventuais – inimigos não são necessariamente, nem mesmo em geral, nossos amigos. Não há apenas uma força reacionária ou antiprogressista na história contemporânea. Há várias, e de conteúdo múltiplo.

O que unifica esses "radicalismos"? Eu diria, simplificando um pouco, que na base deles há uma concepção retilínea das posições políticas. Ou, em outros termos, que se supõe aí que essas posições se dispõem num espaço "euclidiano". De fato, nessa hipótese, poder-se-ia dizer que, quanto mais "radicalizamos" nossa posição, mais crítica e revolucionária ela será. De fato, nessa hipótese, quanto mais "radical" (sem excluir nenhum meio) for a nossa política, maior será a sua distância em relação à dos nossos adversários. Assim, no tempo da luta contra a ditadura, havia quem supusesse que a ação revolucionária por excelência era, por exemplo, a dos que planejavam lançar automóveis carregados de dinamite para dentro dos

REDE GLOBO VIRA ALVO DE MANIFESTANTES EM SP
ANISTIA CRITICA VIOLÊNCIA DA PM EM MANIFES-
TAÇÃO E ACENDE DISCUSSÃO SOBRE O TEMA
PROTESTO EM FRENTE AO PALÁCIO GUANABARA
FECHA RUA PINHEIRO MACHADO POR TRÊS HORAS

CABRAL CULPA ADVERSÁRIOS POR PROTESTOS NA
ESQUINA DE SUA RUA, NO LEBLON MANIFESTAÇÃO
CONTRA CABRAL TEM CONFRONTO NO LEBLON

EI! CABRAL! VAI TOMAR NO CU! EI! CABRAL!
VAI TOMAR NO CU! MORADORES DA ROCINHA
FECHAM AUTOESTRADA E ACUSAM UPP DE DESAPARE-
CER COM MORADOR CLIMA É TENSO PERTO
DA CASA DO GOVERNADOR POLÍCIA COLOCA 13
CARROS DO BATALHÃO DE CHOQUE NA RUA DE CABRAL

EI! CABRAL! VAI TOMAR NO CU! AVENIDA AMARILDO
DIAS DE SOUZA CADÊ O BONDE? FORA CABRAL
ALDEIA RESISTE! RIO: CIDADE EMPRESA

ATOR DE HUMOR ACUSA PM DE DETÊ-LO ARBITRARIA-
MENTE E FORJAR PROVAS CABRAL CONVOCA REU-
NIÃO DE EMERGÊNCIA NO PALÁCIO GUANABARA PRO-
TESTO DE MORADORES DA ROCINHA AFETA O TRÂNSITO
NA ZONA SUL E NA BARRA

EI! CABRAL! VAI TOMAR NO CU! FORA
CAVEIRÃO! MAIS SAÚDE E EDUCAÇÃO! CADÊ O
AMARILDO? CADÊ O AMARILDO? CADÊ O AMA-
RILDO? CADÊ O AMARILDO?

quartéis. Foi, aliás, o que alguns tentaram fazer, com os resultados que conhecemos. Os responsáveis pelas violências atuais – que, não esqueçamos, não lutam contra uma ditadura odiosa, como no passado, mas enfrentam um regime democrático, embora arquiduvidoso – dirão, como já mencionei, que eles não atacam indivíduos, mas coisas inertes. Porém a diferença de objeto não é tão grande, além do fato de que, na luta contra a ditadura, as ações visando a pessoas foram, na realidade, excepcionais.

A essa concepção de "radicalismo" se opõe uma outra. A que entende que o espaço da política não é euclidiano, mas curvo, e que por isso mesmo não se trata de ir para a esquerda "tão longe quanto possível". Num espaço curvo, como aquele em que a política efetivamente se apresenta, quem vai "até o fim" no caminho da esquerda – ou que supõe seja o da esquerda – acaba... na direita, se não na extrema-direita. Isso não é uma hipótese de salão. Essa passagem não só ocorreu, muitas vezes, na primeira metade do século passado, em particular nos anos 1930, mas também depois, nos anos 1990 e no início do nosso século, e continua ocorrendo. Um bom posicionamento político exige outra mirada. Saber que os caminhos da luta política são complexos, e que as soluções "extremas", como as que apregoam a violência – contra pessoas ou contra coisas – levam a um resultado contrário àquele que é visado. (A propósito, os ativistas pretendem mesmo mudar o país, ou estão em busca de emoções fortes? Se o objetivo é "viver" estas últimas, eles estão no caminho certo.)

E aqui introduzo o que, principalmente, gostaria de dizer: que as manifestações de junho – refiro-me aos atos pacíficos contra o aumento do preço do transporte em São Paulo e a outros do mesmo tipo, atos que foram perturbados pelos neoanarquistas – representaram, elas sim, autênticas manifestações *radicais*, no melhor sentido. Por isso mesmo não foram entendidas. Aquelas ações foram radicais pelos seus objetivos, por pontuais que estes possam ter sido no plano mais imediato; foram radicais nos métodos; radicais na atitude geral. Ser radical é buscar soluções novas e corajosas, a contrapelo da mediocridade, do dogmatismo, do carreirismo e das práticas de corrupção vigentes. Ser radical é recusar a direita e o centro-direita, em cuja política investem as classes dominantes que não querem dizer adeus às desigualdades escandalosas que dominam a vida social-econômica do país. Mas ser radical é também recusar o dogmatismo neototalitário de certa extrema-esquerda; e ainda o semipopulismo duvidoso da esquerda oficial. Mas como esse radicalismo pode se manifestar hoje?

CADÊ O AMARILDO?

Precisamente saindo à rua, sem bandeiras político-partidárias, sem violência, lutando por medidas que parecem minúsculas, mas a partir das quais se abre um leque de reivindicações maiores, e rejeitando *in limine* toda concessão aos corruptos ou aos que sonham com a limitação das liberdades públicas. Se não sou otimista demais, foi o que tentaram fazer aqueles jovens (e menos jovens).

Há um texto célebre de Kant em que ele fundamenta sua confiança no progresso ético-político da humanidade – não na Revolução Francesa, mas *na atitude de simpatia* que tiveram observadores desinteressados pelos ideais daquela revolução. (Quanto a ela mesma, Kant, que a aprecia por um lado, não se furta a denunciar seus horrores.) Se o leitor permite que eu me ponha à sombra imensa do "chinês de Königsberg", diria que as manifestações de junho, apesar de todas as ambiguidades, me fazem acreditar na possibilidade, embora problemática, do progresso social. Num mundo em que os fundamentalismos religiosos reaparecem com o seu cortejo de violências, em que o capitalismo se manifesta na sua forma mais selvagem, apesar das conquistas obtidas em termos de previdência social e de liberdades, em que do lado da esquerda as coisas vão muito mal – a social-democracia se esgota, a extrema-esquerda não se liberta dos seus antigos fantasmas, o movimento ecológico se mostra frequentemente incapaz de uma política independente e corajosa –, a gente respira ao ver que existe quem se disponha a buscar *outros caminhos*. De que essas tentativas tenham continuidade, de que elas não venham a ser afogadas pela repressão ou pelos donos da verdade teórica ou prática, de que não se trate de um fogo de palha a extinguir-se com a primeira chuva – disso não tenho certeza. Diria, mesmo: infelizmente, acho mais provável que venha a acontecer o pior. De qualquer modo, entretanto, e guardadas as proporções, os manifestantes de junho parecem representar – como os espectadores generosos da Revolução Francesa para o grande autor das três críticas – aquele mínimo não só de lucidez mas sobretudo de boa vontade, que manifesta às vezes uma parcela diminuta da população humana, mínimo de uma fragilidade extrema, mas que, num instante pelo menos, aparece como suficiente para que não se perca de vez a confiança no progresso ético e político da humanidade.

RUY FAUSTO (1935) é professor emérito da USP e doutor em filosofia pela Universidade de Paris I. É autor de *A esquerda difícil – Em torno do paradigma e do destino das revoluções do século XX* (Perspectiva, 2007), entre outros.

Cartazes pesquisados em fotos publicadas na internet e na imprensa, em portais e sites de notícias. Compilação de manchetes e notícias retiradas dos jornais *Clarín* (DC), *El País* (EP), *Folha de S.Paulo* (FSP), *Le Monde* (LM), *Meia Hora* (MH), *O Estado de S. Paulo* (OESP), *O Globo* (OG) e *The New York Times* (NYT), publicadas entre 12 de junho e 19 de julho de 2013: FSP 12/6; FSP 12/6; EP 12/6; OG 12/6; EP 12/6; FSP 13/6; NYT 13/6; FSP 13/6; FSP 13/6; FSP 14/6; FSP 14/6; FSP 14/6; FSP 14/6; OG 14/6; EP 14/6; EP 14/6; EP 14/6; OG 14/6; FSP 15/6; OG 15/6; OG 15/6; MH 15/6; EP 15/6; EP 15/6; DC 15/6; EP 16/6; FSP 17/6; EP 17/6; DC 17/6; EP 17/6; MH 17/6; MH 18/6; LM 18/6; LM 18/6; NYT 18/6; OG 18/6; NYT 18/6; EP 18/6; OESP 18/6; FSP 18/6; FSP 18/6; EP 19/6; FSP 19/6; OESP 19/6; OG 19/6; NYT 19/6; FSP 20/6; FSP 20/6; FSP 20/6; FSP 20/6; OG 20/6; NYT 20/6; NYT 20/6; LM 20/6; NYT 20/6; DC 20/6; NYT 21/6; EP 21/6; FSP 21/6; LM 21/6; EP 21/6; OG 21/6; OG 21/6; OG 21/6; OG 21/6; OG 21/6; OG 21/6; OG 21/6; FSP 22/6; FSP 22/6; FSP 22/6; EP 22/6; OG 22/6; OG 22/6; OG 22/6; MH 23/6; EP 23/6; LM 23/6; FSP 23/6; FSP 23/6; OESP 24/6; FSP 25/6; NYT 25/6; MH 25/6; EP 25/6; FSP 26/6; OG 26/6; EP 26/6; MH 26/6; FSP 27/6; FSP 27/6; FSP 27/6; OG 27/6; FSP 28/6; FSP 28/6; EP 28/6; EP 28/6; DC 28/6; FSP 29/6; FSP 29/6; FSP 1/7; FSP 1/7; EP 1/7; NYT 1/7; EP 1/7; FSP 1/7; FSP 1/7; OG 1/7; FSP 1/7; FSP 1/7; FSP 2/7; FSP 2/7; FSP 2/7; MH 3/7; FSP 3/7; FSP 3/7; FSP 3/7; FSP 3/7; FSP 3/7; FSP 3/7; FSP 5/7; OG 5/7; FSP 6/7; FSP 6/7; FSP 6/7; FSP 6/7; FSP 6/7; FSP 8/7; FSP 8/7; FSP 8/7; OG 9/7; FSP 10/7; FSP 10/7; FSP 12/7; FSP 12/7; OG 12/7; OG 15/7; OG 17/7; OG 17/7; OG 17/7; OG 17/7; OG 17/7; OG 18/7; OG 18/7; OG 19/7.

CLÁSSICO É na morte do pai que as humilhações sofridas em toda uma vida decantam-se na tomada de consciência racial rigorosa, mas livre de ódio

Notas de um filho desta terra

JAMES BALDWIN

Jacob Lawrence
Housing was a serious problem
Painel 48
Imagens de *The Migration Series*, 1940-1941
© 2013, The Museum of Modern Art, Nova York/Scala, Florença

UM

No dia 29 de julho de 1943, meu pai morreu. No mesmo dia, horas depois, nasceu seu último filho. Mais de um mês antes disso, quando todas as nossas energias se concentravam na espera desses fatos, acontecera em Detroit um dos mais sangrentos distúrbios raciais do século. Poucas horas depois da cerimônia fúnebre de meu pai, enquanto seu corpo jazia em câmara-ardente na capela da funerária, um distúrbio racial rebentou no Harlem. Na manhã de 3 de agosto, levamos meu pai para o cemitério em meio a um deserto de lojas vandalizadas.

O dia do enterro de meu pai foi também o dia em que fiz 19 anos. Enquanto o levávamos ao cemitério, víamos por todo lado as ruínas da injustiça, da anarquia, da insatisfação e do ódio. Era como se o próprio Deus tivesse composto, para marcar o fim de meu pai, a mais prolongada e dissonante das codas. E parecia-me também que a violência em ebulição à nossa volta, enquanto meu pai deixava o mundo, tinha sido imaginada como um corretivo para o orgulho de seu filho mais velho. Eu havia me recusado a acreditar naquele apocalipse que fora fundamental na visão de meu pai. Era como se a vida dissesse muito bem, eis aqui uma coisa que decerto será vista como um apocalipse até que a coisa de verdade aconteça. Eu me inclinara a desprezar meu pai devido às condições de sua vida, devido às condições de nossa vida. Quando a vida dele acabou, comecei a refletir sobre aquela vida e, também, de uma forma nova, a ficar apreensivo quanto à minha.

Não conheci meu pai muito bem. Nós nos dávamos mal, em parte por termos em comum, cada qual a seu modo, o vício do orgulho obstinado. Depois que ele morreu, me dei conta de que praticamente nunca falara com ele. Ele já estava morto havia muito tempo quando comecei a desejar que isso tivesse acontecido. Parece típico da vida nos Estados Unidos, onde as oportunidades, reais ou fantasiadas, são mais abundantes do que em qualquer outro lugar no mundo, que a segunda geração não tenha tempo de conversar com a primeira. Ninguém, inclusive meu pai, parece ter sabido exatamente qual era a sua idade, mas a mãe dele tinha nascido durante a escravidão. Meu pai pertenceu à primeira geração de homens livres. Ele, com milhares de outros negros, veio para o Norte depois de 1919, e eu fiz parte daquela geração que nunca viu a paisagem que os negros às vezes chamam de Terra Velha.

Ele nasceu em Nova Orleans, era bem jovem no tempo em que o menino Louis Armstrong fazia pequenos serviços de mensageiro para as espeluncas e casas de jogo daquela que sempre me foi descrita como a mais iníqua das cidades – até hoje, quando penso em Nova Orleans, penso também, inevitavelmente, em Sodoma e Gomorra. Meu pai nunca pronunciava o nome de Louis Armstrong, a não ser para proibir que tocássemos seus discos. Contudo, durante muito tempo, houve uma fotografia dele em nossa parede. Uma parente de meu pai, mulher de temperamento forte, a colocara ali e proibira que ele a tirasse. Ele nunca a tirou, mas por fim deu um jeito de pôr essa parente para fora da casa, e, quando anos depois ela esteve mal e perto da morte, ele se recusou a mover uma palha para ajudá-la.

Ele era, acho, muito bonito. Deduzo isso por fotografias e por minhas próprias lembranças dele, quando eu era pequeno, com seu traje domingueiro, indo pregar um sermão em algum lugar. Bonito, orgulhoso e "encravado como uma unha do pé", disse alguém. Mas, à medida que eu crescia, achava que ele lembrava fotos de chefes tribais africanos que eu tinha visto: eu o via nu, usando pintura de guerra e enfeites bárbaros, de pé entre lanças. Ele sabia ser assustador no púlpito e de uma crueldade indescritível na vida pessoal, e era, com certeza, o homem mais amargo que eu já tinha visto. No entanto, devo dizer que havia outra coisa nele, sepultada nele, que lhe conferia sua força tremenda e, até, um certo encanto opressor. Tinha a ver, acho, com sua negritude – ele era muito preto –, com sua negritude e sua beleza, e com o fato de ele saber que era preto, mas não saber que era bonito. Afirmava ter orgulho de sua negritude, mas ela fora também a causa de muita humilhação e impusera limites sombrios à sua vida. Ele não era jovem quando estávamos crescendo, e já sofrera muitos tipos de ruína. A seu modo absurdamente exigente e protetor, amava os filhos, pretos como ele e, também como ele, ameaçados. E tudo isso às vezes aparecia em seu rosto, quando ele tentava, ao que eu saiba sempre sem sucesso, estabelecer contato com algum de nós. Quando ele punha um dos filhos nos joelhos para brincar, a criança sempre ficava nervosa e começava a chorar; quando ele tentava ajudar um de nós com o dever de casa, a tensão incessante que emanava dele fazia com que nosso cérebro e nossa língua travassem, de modo que ele, mal sabendo por que, se enraivecia, e a criança, sem saber por que, era castigada. Se um dia lhe ocorria a ideia de levar uma surpresa para os filhos, era, pode-se dizer sem medo de errar, a surpresa errada, e até as grandes melancias que ele costumava trazer nas costas, no verão, levavam a cenas terríveis. Não me lembro, em todos aqueles anos, que um de seus filhos expressasse alegria ao vê-lo chegar em casa. Pelo que pude saber de sua juventude, parece que sua incapacidade de estabelecer contato com outras pessoas sempre o marcara e fora um dos motivos que o levaram embora de Nova Orleans. Por isso, havia alguma coisa nele, tateante e titubeante, que nunca se manifestava e que foi enterrada com ele. Via-se isso com mais clareza quando ele estava diante de pessoas que não conhecia e às quais queria impressionar. Entretanto, nunca conseguia, não por muito tempo. Passávamos de uma igreja pequena para outra menor e mais inverossímil; ele se via cada vez menos chamado a pregar e, quando morreu, fazia muito tempo que nenhum de seus amigos vinha vê-lo. Ele viveu e morreu num amargor intolerável, e me assustei, enquanto o levávamos ao cemitério, pelas ruas inquietas e em ruínas, ao perceber como esse amargor podia ser forte e transbordante – e ao entender que esse amargor agora era meu.

Quando ele morreu, já fazia pouco mais de um ano que eu tinha saído de casa. Tivera tempo, durante esse ano, para entender o significado das amargas advertências de meu pai, descobrira o segredo de seus lábios orgulhosamente apertados e de sua postura rígida. Eu descobrira o peso dos brancos no mundo. Entendi que isso tinha sido para meus ancestrais e agora seria para mim uma coisa terrível com a qual viver, e que o amargor que ajudara a matar meu pai mataria também a mim.

Ele passou muito tempo doente – no espírito, como agora nos dávamos conta, revivendo exemplos de sua fantástica intransigência à nova luz de seu tormento e procurando sentir por ele uma tristeza que nunca chegava de verdade. Não tínhamos percebido que ele estava sendo devorado pela paranoia – e descobrir que sua crueldade, com nosso corpo e nossa mente, fora um dos sintomas de sua doença não bastou para que pudéssemos perdoá-lo. As crianças mais novas só sentiam alívio pelo fato de ele não voltar mais para casa. A observação de minha mãe, de que fora ele, afinal,

que nos tinha mantido vivos durante todos aqueles anos, nada significava, porque os problemas de manter crianças vivas não são reais para as crianças. Sem meu pai presente, os filhos mais velhos sentiam que podiam chamar os amigos para a nossa casa sem medo de que os amigos fossem insultados ou, como às vezes acontecera comigo, sem ouvi-lo dizer que os amigos tinham parte com o diabo e pretendiam roubar de nossa família tudo o que possuíamos. (Eu sempre ficava pensando, e aquilo me levava a odiá-lo, que diabos possuíamos que pudesse despertar a cobiça de alguém.)

A doença de meu pai não tinha mais possibilidade de cura quando percebemos que ele estava doente. Ele sempre fora muito estranho e vivera, como um profeta, numa comunhão tão inacreditavelmente próxima ao Senhor que nunca nos pareciam estranhos seus longos silêncios, pontuados de gemidos, aleluias e trechos de hinos antigos, quando ele se sentava junto à janela da sala. Só quando ele se recusou a comer, porque, disse, sua família estava tentando envenená-lo, foi que minha mãe se obrigou a aceitar, como realidade, um fato que até então não passara de uma suspeita indesejada. Quando ele foi internado, descobriu-se que estava com tuberculose e que a doença de seu espírito permitia que a de seu corpo o destruísse, pois tampouco os médicos podiam obrigá-lo a comer, e, embora ele fosse alimentado por via intravenosa, logo ficou claro que estava desenganado.

Eu o via, na imaginação, sentado à janela, trancado em seus terrores, odiando e temendo todas as almas viventes, inclusive os filhos, que o haviam traído, já que se interessavam por um mundo que o desprezara. Éramos nove. Comecei a pensar como se sentia aquele homem com nove filhos que mal conseguia alimentar. Ele fazia piadinhas sobre a nossa pobreza, sem que nunca, é claro, achássemos graça. Tampouco podiam ser engraçadas para ele, pois de outra forma nossas débeis reações a elas não lhe causariam tanta cólera. Ele despendia muita energia e conseguia, para nossa decepção, nos manter distantes das pessoas que nos cercavam, pessoas que passavam a noite toda em festas de músicos contratados e a que prestávamos atenção quando devíamos estar dormindo. Essas pessoas praguejavam, bebiam e exibiam navalhas na

The railroad stations in the South were crowded with northbound travelers
Painel 32

avenida Lenox. Ele não conseguia entender a razão pela qual, se tinham tanta energia para gastar, não a usavam para melhorar de vida. Ele tratava quase todo mundo em nosso quarteirão com uma aspereza muito mesquinha, que nem eles, nem, é claro, seus filhos, demoravam a retribuir.

Os únicos brancos que vinham à nossa casa eram assistentes sociais e cobradores. Era quase sempre minha mãe que tratava com eles, pois o gênio de meu pai, sempre à mercê de seu orgulho, nunca merecia confiança. Era claro que ele achava que a presença dessas pessoas em sua casa era uma violação: isso era transmitido por sua postura, quase risivelmente rígida, e pela voz, dura e de uma polidez vingativa. Quando eu estava com nove ou dez anos, escrevi uma peça que foi dirigida por uma professora jovem e branca. Ela se interessou por mim, deu-me livros para ler e, a fim de desenvolver meu pendor para o teatro, resolveu me levar para ver o que, com certa falta de tato, chamou de peças "de verdade". Frequentar teatros era proibido em nossa casa, mas, com a intuição realmente cruel de uma criança, suspeitei que a cor da pele dessa moça garantiria minha ida ao teatro. Quando, na escola, ela propôs levar-me ao teatro, não procurei um meio de desencorajá-la a fazer isso, como poderia ter feito se ela fosse negra, mas concordei que me buscasse em casa numa noite. A seguir, com habilidade, deixei todo o resto a cargo de minha mãe, que sugeriu a meu pai, como eu sabia que ela faria, que não seria muito gentil permitir que essa bondosa moça fizesse o percurso até nossa casa à toa. Além disso, como se tratava de uma professora, imagino que minha mãe neutralizou a ideia de pecado com a ideia de "educação", palavra que, mesmo para meu pai, continha uma espécie de peso amargo.

Antes que a professora chegasse, meu pai me chamou a um canto para perguntar *por que* ela estava vindo, que *interesse* ela podia ter por nossa casa, por um menino como eu. Respondi que não sabia, mas também dei a entender que tinha alguma coisa a ver com educação. E percebi que meu pai estava esperando que eu dissesse alguma coisa – eu não sabia o quê. Talvez pedir que ele me protegesse dessa professora e de sua "educação". Eu não disse nada disso, a professora veio e saímos. Ficou claro, durante a breve conversa na sala, que meu pai estava concordando muito contra a vontade e que teria negado permissão se ousasse fazê-lo. O fato de ele não se atrever a isso fez com que eu o desprezasse. Eu não tinha como saber que ele estava enfrentando naquela sala uma situação totalmente sem precedentes e assustadora.

Mais tarde, quando meu pai foi afastado do emprego, essa moça tornou-se muito importante para nós. Era de fato uma mulher das mais doces e generosas e não poupou esforços para nos ajudar, principalmente durante um inverno terrível. Minha mãe se referia a ela pelo nome mais sublime que conhecia: dizia que ela era uma "cristã". Meu pai não tinha como discordar, mas durante os quatro ou cinco anos de nossa ligação, relativamente estreita, ele nunca confiou nela e estava sempre procurando surpreender, em seu rosto franco do Meio-Oeste, sua motivação autêntica e medonha, escondida com astúcia. Mais tarde, sobretudo quando começou a ficar claro que essa minha "educação" iria me levar à perdição, ele se tornou mais explícito e advertiu-me que meus amigos brancos no colégio não eram na verdade meus amigos e que eu veria, quando fosse mais velho, que os brancos fariam qualquer coisa para manter um negro por baixo. Alguns podiam ser simpáticos, ele admitia, mas nenhum merecia confiança e a maioria nem era simpática. O melhor a fazer era ter o mínimo possível de contato com eles. Eu não pensava assim e tinha certeza, em minha inocência, de que nunca pensaria.

Não obstante, o ano anterior ao da morte de meu pai tinha provocado uma enorme mudança em minha vida. Eu estava morando em Nova Jersey, empregado em fábricas de material bélico, trabalhando e vivendo entre sulistas, brancos e negros. Eu tinha informações sobre o Sul, naturalmente, sabia como os sulistas tratavam os negros e como esperavam que eles se comportassem, mas nunca tinha passado pela minha cabeça que olhassem para mim esperando que *eu* me comportasse daquela forma. Aprendi em Nova Jersey que ser negro significava, exatamente, que a gente nunca era olhado, mas estava, simplesmente, à mercê dos reflexos que a cor da pele causava em outras pessoas. Eu agia em Nova Jersey como sempre tinha agido, ou seja, como se eu me tivesse em alta conta – eu tinha de *agir* assim –, com resultados simplesmente inacreditáveis. Assim que cheguei já fui ganhando a inimizade de quase todos os meus colegas de trabalho. No começo, para piorar as coisas, eu nem sabia o que estava acontecendo. Não sabia o que tinha feito, e logo comecei a me perguntar o que *alguém* poderia vir a fazer para causar essa hostilidade tão unânime, ativa e insuportavelmente escancarada. Eu sabia da existência das Jim Crow Laws,[1] mas nunca as sofrera na própria pele. Fui ao mesmo restaurante de *self-service* três vezes e fiquei ao lado de todos os rapazes de Princeton diante do balcão, esperando um hambúrguer e um café; sempre se

1. Leis que estiveram em vigor entre 1877 e a década de 1950 e que estabeleciam os princípios de discriminação racial nos Estados Unidos. [N. do E.]

passava um tempo longuíssimo até que alguma coisa fosse posta diante de mim; mas só na quarta visita eu me dei conta de que, na verdade, nada tinha sido posto diante de mim: eu apenas pegara alguma coisa. Ali não serviam negros, disseram-me, e esperavam que eu percebesse ser sempre o único negro presente. Depois que me disseram isso, decidi que iria sempre lá. Mas agora estavam preparados para mim, e, embora algumas cenas horrendas fossem posteriormente encenadas naquele restaurante, nunca mais comi ali.

A mesma história se repetia em toda Nova Jersey, em bares, pistas de boliche, lanchonetes, moradias. Eu era sempre obrigado a sair, em silêncio ou com imprecações mútuas. Logo me tornei bastante conhecido. Crianças davam risadinhas às minhas costas quando eu passava, e os adultos murmuravam ou xingavam – na verdade, achavam que eu era louco. E aquilo começou a atuar em minha mente, é claro. Comecei a ter medo de ir a qualquer lugar, e, para compensar isso, ia a lugares aonde não deveria ir e onde, Deus sabe, eu não tinha a menor vontade de estar. Minha reputação na cidade acentuou, naturalmente, minha reputação na fábrica, e meu dia de trabalho tornou-se uma longa série de acrobacias destinadas a evitar problemas. Não posso dizer que tais acrobacias fossem bem-sucedidas. Comecei a ter a impressão de que a máquina da organização em que eu trabalhava estava girando, dia e noite, com um só objetivo: pôr-me para fora. Fui despedido, mas consegui, com a ajuda de um amigo de Nova York, retornar à folha de pagamento. Fui demitido de novo, e posto, mais uma vez, para dentro. Demorou um pouco para eu ser despedido pela terceira vez, mas agora com êxito. Não havia mais brechas em parte alguma. Eu não conseguia nem transpor o portão.

Aquele ano em Nova Jersey persiste em minha memória como o ano em que, tendo uma insuspeita predileção por ela, pela primeira vez contraí uma doença crônica e temida, cujo sintoma infalível é uma espécie de febre cega, uma bateção na cabeça e um fogo nas entranhas. Depois de contrair essa doença, nunca mais a pessoa pode viver realmente despreocupada, pois a febre, sem nenhum aviso prévio, pode voltar a qualquer instante. Pode devastar coisas mais importantes do que relações raciais. Não existe um negro vivo que não tenha essa raiva no sangue. Ele só tem uma única opção: viver com ela, conscientemente, ou render-se a ela. Quanto a mim, essa febre repetiu-se, ainda se repete e há de repetir-se até o dia de minha morte.

Em minha última noite em Nova Jersey, um amigo branco de Nova York me levou à cidade grande mais próxima, Trenton, para irmos ao cinema e beber um pouco. E também me salvou de, no mínimo, uma surra violenta. Quase todos os detalhes daquela noite estão gravados a fogo em minha memória. Lembro-me até do nome do filme que vimos, porque

TICKETS

seu título me impressionou, de tão irônico. Era um filme sobre a ocupação alemã da França, com Maureen O'Hara e Charles Laughton, *Esta terra é minha*. Lembro o nome do restaurante em que entramos quando o filme acabou: era o American Diner. Ao entrarmos, o balconista perguntou o que queríamos, e eu me lembro de ter respondido com a aspereza casual a que me habituara: "Queremos um hambúrguer e uma xícara de café, o que você acha que queremos?". Não sei por que, depois de um ano dessas reações rudes, não fui capaz de prever a resposta do rapaz, que foi, é claro: "Não servimos negros aqui". Essa resposta não me desconcertou, ao menos no momento. Fiz algum comentário sardônico a respeito do nome do restaurante, e saímos para a rua.

Isso aconteceu na época do chamado *brownout*, quando as luzes em todas as cidades americanas eram muito fracas. Quando voltamos para a rua, aconteceu comigo uma coisa que teve a força de uma ilusão de óptica ou de um pesadelo. As ruas estavam muito cheias de gente, e eu caminhava para o norte. As pessoas se moviam em todas as direções, mas tive a sensação, naquele momento, de que todos os que eu via e muitos mais se deslocavam em minha direção, contra mim, e de que todos eram brancos. Lembro-me de como seus rostos brilhavam. E senti como uma sensação física, um *clique* na nuca, como se um cabo interior, ligando a cabeça ao corpo, tivesse sido cortado. Comecei a andar. Ouvi meu amigo me chamar, mas não lhe dei atenção. Só Deus sabe o que se passava na cabeça dele, mas ele teve o bom senso de não me tocar – não sei o que teria acontecido se ele tivesse feito isso – e de me manter à vista. Não sei o que se passava em minha cabeça também. Decerto não tinha nenhum plano consciente. Eu queria fazer alguma coisa para esmagar aqueles rostos brancos que estavam me esmagando. Caminhei um quarteirão ou dois até chegar a um restaurante enorme, resplandecente e elegante, onde, eu sabia, nem mesmo a intercessão da Virgem faria com que eu fosse servido. Empurrei a porta e me sentei na primeira cadeira vazia que vi, numa mesa posta para duas pessoas, e esperei.

The railroad stations were at times so crowded with people leaving that special guards had to be called in to keep order
Painel 12

Não sei quanto tempo esperei, e fico pensando, até hoje, qual poderia ser o meu aspecto. Qualquer que fosse o meu aspecto, assustei a garçonete que logo apareceu, e, no momento em que ela surgiu, toda a minha fúria se concentrou nela. Odiei-a por causa de seu rosto branco e por seus olhos grandes, atônitos, assustados. Senti que, se ela achava um negro tão assustador, eu faria com que ela se assustasse de verdade.

Ela não perguntou o que eu queria, mas repetiu, como se houvesse aprendido a frase em algum lugar: "Não servimos negros aqui". Não disse isso com a hostilidade brusca e escarninha com que eu já me acostumara, mas com um tom de desculpa na voz – e medo. Isso me deixou mais frio e mais furioso do que nunca. Tinha a sensação de ter de fazer alguma coisa com as mãos. Queria que ela se aproximasse o bastante para tomar-lhe o pescoço entre as mãos.

Por isso fingi não entender o que ela dissera, esperando que ela se aproximasse mais. E ela de fato deu um passinho minúsculo à frente, com o lápis posto sobre o bloco, e repetiu a fórmula: "Não servimos negros aqui".

De algum modo, com a repetição daquela frase, que já ressoava em minha cabeça como mil sinos de um pesadelo, compreendi que ela nunca se aproximaria mais e que eu teria de atacar de longe. Não havia nada sobre a mesa além de um jarro de água pela metade, que agarrei e atirei com toda a minha força contra ela. Ela se desviou, e o jarro foi bater, despedaçando-se, no espelho atrás do balcão. Com aquele barulho, meu sangue, congelado, degelou de repente, eu voltei de onde estivera e vi, pela primeira vez, o restaurante, as pessoas boquiabertas, já se pondo de pé, assim me pareceu, e compreendi o que tinha feito, onde estava, e me assustei. Levantei-me e saí correndo para a porta. Um homem gorducho e barrigudo me agarrou pelo pescoço quando cheguei à porta e pôs-se a me dar tapas no rosto. Chutei-o, me soltei e saí para a rua. Meu amigo murmurou "corra!", e eu corri.

Meu amigo ficou na frente do restaurante o tempo necessário para despistar meus perseguidores e a polícia, que, como ele me contou, chegou rapidamente. Não sei o que lhe disse quando ele foi ao meu quarto naquela noite. Não posso ter dito muita coisa. Eu sentia, de maneira muito estranha e horrível, que de alguma forma eu o traíra. Revivi aquela cena vezes sem conta, como se revive um acidente de carro quando ficamos sozinhos e em segurança. Eu não conseguia tirar da cabeça dois fatos, ambos igualmente difíceis para a imaginação apreender. Um deles era que eu poderia ter sido assassinado. Mas o outro era que eu estivera pronto para cometer um assassinato. Eu não entendia nada com muita clareza, mas uma coisa eu vi: a minha vida, a minha vida real, corria perigo, e não por causa de alguma coisa que outras pessoas pudessem fazer, mas por causa do ódio que eu carregava em meu próprio coração.

DOIS

Voltei para casa por volta da segunda semana de junho – com muita pressa porque, ao que parecia, a morte de meu pai e a internação de minha mãe ocorreriam em questão de horas. No caso de minha mãe, logo ficou claro que ela havia feito um cálculo errado. Ela sempre tivera essa tendência, e não acredito que um só de nós tenha chegado ao mundo – ou que depois disso tenha chegado a algum lugar – no dia marcado. No entanto, nenhum de nós remanchou tanto nessa questão do nascimento como a minha irmã caçula. Às vezes nos divertíamos, naquelas semanas intermináveis e sufocantes, imaginando a neném, sentada na escuridão segura e morna, lamentando a necessidade de se tornar parte de nosso caos e adiando sua chegada ao máximo possível. Eu a entendia muito bem e a parabenizava por demonstrar esse bom senso tão cedo. A morte, porém, esperava, com a mesma determinação, na beira da cama de meu pai, enquanto a vida vibrava no ventre de minha mãe, e era mais difícil entender por que ele demorava tanto naquela longa sombra. Aparentemente, ele havia orientado, durante muito tempo, todas as suas energias para morrer. Agora, com a morte à sua espera, ele hesitava.

Todo o Harlem, na verdade, parecia contagiado pela espera. Nunca antes eu vira tanta violência reprimida na área. Em todo o país, os primeiros anos da guerra tinham exacerbado as tensões raciais, em parte porque o mercado de trabalho juntara centenas de milhares de pessoas malpreparadas, e em parte porque os soldados negros, a despeito de onde tivessem nascido, recebiam treinamento militar no Sul. O que acontecia em indústrias ligadas à guerra e em acampamentos do exército repercutia, naturalmente, em todos os guetos negros. A situação no Harlem piorara tanto que clérigos, policiais, educadores, políticos e assistentes sociais afirmavam, a uma só voz, que não havia uma "onda de crime" e propunham, logo em seguida, ideias para combatê-la. Dava a impressão de que essas sugestões sempre envolviam áreas de lazer, embora os choques raciais estivessem ocorrendo também nas áreas de lazer. Com ou sem áreas de lazer, com ou sem onda de crime, a força policial do Harlem fora ampliada em março, mas a intranquilidade só fazia

They also worked on the railroads
Painel 38

crescer, em parte, quem sabe, por causa do ódio instintivo do gueto à polícia. Em meio à infindável lista de relatos de assaltos, facadas, tiros, agressões, guerras entre gangues e acusações de brutalidade policial, talvez a notícia mais reveladora tenha sido o ataque de seis moças negras a uma branca no metrô, porque, como todas expressaram com muita precisão, ela estava pisando em seus calos. Realmente, isso estava acontecendo, e em todo o país.

Eu nunca tinha visto tantos policiais, a pé, a cavalo, nas esquinas, em toda parte, sempre em duplas. Também nunca havia visto tantos grupinhos de pessoas. Estavam em varandas de casas, em esquinas e em portais, e o que era mais notável, acho, é que elas pareciam não conversar entre si. Nunca, quando eu passava por esses grupos, ouvia o som habitual de um palavrão ou de uma risada, nem se via sinal de fofoca. Por outro lado, com certeza essas pessoas se comunicavam com extraordinária intensidade. Outro fato que chamava a atenção era a inesperada diversidade das pessoas que formavam esses grupos. Era comum, por exemplo, ver um grupo de pilantras, de pé numa esquina, mexendo com as garotas que passavam; ou um grupo de homens mais velhos, em geral perto de uma barbearia, sabe-se lá por que, falando de resultados de jogos de beisebol, dos números sorteados na loteria clandestina ou fazendo comentários de arrepiar sobre mulheres que tinham conhecido. As mulheres, de modo geral, eram vistas juntas com menos frequência – a não ser indo à igreja, ou quando se tratava de meninas muito pequenas ou de prostitutas reunidas num momento de folga. Naquele verão, entretanto, eu via as combinações mais estranhas: matronas rechonchudas, respeitáveis, carolas, de pé nas varandas das casas ou em esquinas, com o cabelo preso, junto de uma garota cujo rosto tinha marcas de gim ou de navalha, num vestido surrado de cetim, ou homens mais velhos, corpulentos, ásperos e prosaicos, na companhia de alguns dos mais mal-afamados e fanáticos rapazes "da raça", ou esses mesmos rapazes "da raça" com os pilantras, ou mesmo esses pilantras com as carolas. Adventistas do Sétimo Dia, metodistas e espíritas pareciam agora ser unha e carne com pentecostais, e todos eles, sem distinção, eram vistos com os mais impenitentes hereges; alguma coisa pesada na atitude deles parecia indicar que todos, o que era inacreditável, tinham tido uma mesma visão, e em cada rosto parecia haver a mesma sombra, estranha e soturna.

As carolas e os homens ásperos e prosaicos tinham filhos no exército. As moças vulgares com quem eles conversavam tinham amantes no exército, os pilantras e os rapazes "da raça" tinham amigos e irmãos no exército. Teria sido necessário um patriotismo incondicional, por sorte, neste país, tão raro quanto indesejável, para que essas pessoas não se perturbassem com as cartas tristonhas que recebiam, com as notícias que liam nos jornais, para que não se enfurecessem com os cartazes, na época espalhados por toda Nova York, que se referiam aos japoneses como "japas de barriga amarela". Eram apenas os homens "da raça", por certo, que falavam sem parar de se vingar – ainda que não estivesse claro como se vingariam das indignidades e dos perigos sofridos por rapazes negros mobilizados, mas todo mundo sentia uma raiva sem direção e sem esperança, bem como aquele pânico que dificilmente se pode reprimir quando se sabe que um ser humano querido está fora de nosso alcance e em perigo. Essa impotência e essa tranquilidade corrosiva têm algum efeito, por fim, mesmo sobre a mente mais dura. Talvez a melhor forma de resumir isso tudo seja dizer que as pessoas que eu conhecia sentiam, principalmente, um tipo especial de alívio quando sabiam que seus filhos estavam sendo embarcados, no Sul, para combater do outro lado do mundo. Talvez fosse como sentir que a parte mais perigosa de uma viagem já tinha passado e que agora, mesmo se a morte sobreviesse, ela viria com honra e sem a cumplicidade de seus compatriotas. Uma morte assim seria, em suma, um fato com o qual uma pessoa poderia esperar conviver.

Foi no dia 28 de julho – creio que uma quarta-feira – que visitei meu pai pela primeira vez durante sua doença e pela última vez em sua vida. No momento em que o vi, entendi que tinha adiado demais essa visita. Eu havia dito à minha mãe que não queria vê-lo porque o odiava. Mas isso não era verdade. O que acontecia era que eu antes o odiara e queria conservar em mim esse ódio. Não queria vê-lo como uma ruína: o que eu odiava não era uma ruína. Imagino que as pessoas se aferram a seus ódios com tanta teimosia porque, entre outras coisas, percebem que, assim que o ódio desaparecer, serão obrigadas a enfrentar a dor.

Acho que viajamos para vê-lo, sua irmã mais velha e eu, até o fim de Long Island, uma ilha muito comprida. Fazia calor e havia muita poeira, e discutimos o tempo todo, minha tia e eu, porque eu tinha começado a fumar e, como ela dizia, a ficar prosa. Mas eu sabia que ela estava brigando comigo porque não conseguia enfrentar o fato de seu irmão estar morrendo. Tampouco eu era capaz de suportar a realidade do desespero de minha tia, sua perplexidade taciturna diante do que acontecera à vida do irmão e à dela. Por isso brigávamos, eu fumava e de vez em quando ela mergulhava num devaneio grave. Eu disfarçava e observava seu rosto, o rosto de uma velha. Seus traços tinham desabado, os olhos estavam afundados e sem brilho. Em breve, também ela morreria.

Quando era pequeno, e isso não fora há tanto tempo, eu a achava bonita. Era espirituosa, ativa e muito generosa com todas as crianças, e cada visita sua era uma festa. Uma vez, um de meus irmãos e eu tínhamos pensado em fugir e ir morar com ela. Agora ela não podia mais tirar da bolsa uma lembrancinha inesperada, mas, ainda assim, familiar. Causava-me pena, repulsa e medo. Era terrível compreender que eu não lhe tinha mais afeição. Quanto mais perto chegávamos do hospital, mais ranzinza ela se tornava, e, ao mesmo tempo, naturalmente, mais dependente de mim. Diante da piedade, da culpa e do medo, comecei a sentir que havia outro eu, preso em minha cabeça como um boneco de mola capaz de fugir a meu controle a qualquer momento e encher o ar de gritos.

Ela começou a chorar no momento em que entrou no quarto e o viu deitado ali, encarquilhado e imóvel, como um macaquinho preto. A aparelhagem grande e reluzente que o alimentava e que o manteria imóvel mesmo que ele pudesse se mexer fazia pensar não em caridade, mas em tortura; os tubos que entravam em seus braços fizeram-me lembrar de imagens que eu vira, na infância, de Gulliver amarrado pelos pigmeus naquela ilha. Minha tia chorava sem parar; da garganta de meu pai saía um silvo; nada foi dito; ele não podia falar. Quis pegar sua mão, dizer alguma coisa. Mas não sei o que poderia ter dito, mesmo que ele pudesse me escutar. Ele na verdade nem estava naquele quarto conosco; tinha, enfim, embarcado para sua viagem. E, embora minha tia me contasse que ele tinha dito que iria se encontrar com Jesus, só ouvia aquele sibilo de sua garganta. O médico voltou e saímos, subindo de novo no trem insuportável, de volta para casa. De manhã chegou o telegrama informando que ele morrera. De repente, a casa se encheu de parentes, amigos, histeria e confusão, e logo deixei minha mãe e as crianças aos cuidados daquelas mulheres eficientes, que, pelo menos nas comunidades negras, aparecem automaticamente em momentos de luto, armadas com linimentos, provérbios e paciência, além da disposição de cozinhar. Fui ao centro da cidade. Quando voltei, no mesmo dia, minha mãe tinha sido levada para o hospital e o bebê já nascera.

TRÊS

Eu não tinha roupa preta para usar no enterro de meu pai, e isso foi um problema irritante o dia inteiro. Era um daqueles problemas, simples ou de solução impossível, a que a mente se apega insanamente a fim de evitar sua verdadeira dificuldade. Passei a maior parte daquele dia no apartamento de uma conhecida, no centro da cidade, comemorando o meu aniversário com uísque e pensando no que usaria naquela noite. Quando se planeja uma comemoração de aniversário, não se espera, naturalmente, que ela venha a concorrer com um enterro, e essa moça tinha pensado em sair comigo naquela noite, para um jantar e uma boate depois. Em algum momento daquele longo dia, decidimos que iríamos sair de qualquer jeito, quando acabasse o serviço fúnebre de meu pai. Imagino que essa decisão tenha sido minha, uma vez que, à medida que se aproximava a

2

3
4

hora do enterro, ficava cada vez mais claro que eu não saberia o que fazer de mim quando a cerimônia terminasse. A moça, sufocando sua intensa preocupação com os possíveis efeitos do uísque sobre um dos principais participantes do enterro, concentrou-se em ser conciliadora e em ajudar com coisas práticas. Achou uma camisa preta para mim em algum lugar, passou-a a ferro e me vestiu com a calça e o paletó mais escuros que eu tinha, e, um pouco ébrio, segui para o enterro de meu pai.

A capela estava cheia, mas não lotada, e bem silenciosa. Havia lá, principalmente, parentes de meu pai e seus filhos, e aqui e ali eu dava com rostos que não via desde a meninice, rostos de velhos amigos de meu pai. Estavam muito sombrios e solenes, como dando a entender que sabiam o tempo todo que uma coisa daquele tipo havia de acontecer. Entre os que mais pareciam enlutados destacava-se minha tia, que brigara com meu pai durante toda a vida. Não quero dizer com isso que sua dor fosse insincera, ou que ela não o amasse. Acho que ela era uma das poucas pessoas no mundo que o amavam, e as brigas incessantes dos dois eram precisamente a prova da força do laço que os unia. Pelo que eu sabia, só havia no mundo mais uma pessoa cuja relação com meu pai rivalizasse em profundidade com a de minha tia: era minha mãe, que não estava ali.

O enterro me pareceu, claro, muito longo. Na realidade, porém, foi mais breve que a maioria. E, como não houve manifestações de dor constrangedoras e descontroladas, tampouco poderia ser chamado – atrevo-me a usar essa palavra – de bem-sucedido. O pastor que fez o sermão fúnebre era um dos poucos com quem meu pai ainda se dava ao se aproximar do fim. Ele retratou em sua prédica uma pessoa que nenhum de nós jamais tinha visto – um homem ponderado, equânime e tolerante, uma inspiração cristã para todos que o conheceram, um modelo para os filhos. E sem dúvida os filhos, naquele estado de perturbação e culpa, estavam quase dispostos a crer nisso. Ele se mostrara distante a ponto de poder ser qualquer coisa, e, fosse como fosse, o choque do incontestável – era sem dúvida nosso pai que estava ali naquele ataúde – predispunha a mente a qualquer coisa. Sua irmã se lamentava, e seu lamento pesaroso era tomado como

In the North the African American had more educational opportunities
Painel 58

corroboração. Os outros rostos tinham uma expressão neutra de seriedade e reflexão. Aquele não era o homem que tinham conhecido, porém não haviam imaginado *enfrentá-lo*; num sentido mais profundo do que questões de verdade ou falsidade, aquele era o homem que não tinham conhecido, e o homem que não tinham conhecido podia ser o homem real. O homem real, fosse ele quem fosse, tinha sofrido e agora estava morto: isso era tudo o que se sabia com certeza, e tudo o que importava agora. Todos os presentes na capela esperavam que, quando chegasse a sua hora, também fossem louvados, o que significaria ser perdoados, e que todos os seus deslizes, ambições, erros e afastamentos da verdade fossem investidos de coerência e vistos com caridade. Isso era, talvez, a última coisa que os seres humanos podiam dar uns aos outros, e, afinal, era isso que eles pediam ao Senhor. Só o Senhor via as lágrimas à meia-noite, só Ele estava presente quando um de Seus filhos, lamentando-se e torcendo as mãos, caminhava de um lado para outro no quarto. Quando um pai, raivoso, estapeava o filho, o horror no coração reverberava no céu e se fundia à dor do universo. E, quando os filhos estavam famintos, agastados e céticos, e se via que a cada dia se tornavam mais arredios, distantes e se precipitavam de cabeça no perigo, era o Senhor que sabia o que o coração pesado suportava quando o relho feria as costas; só o Senhor sabia o que a pessoa teria dito se tivesse, como Ele, o dom da palavra viva. Era o Senhor que conhecia a impossibilidade com que cada pai naquela capela se confrontava: como preparar o filho para o dia em que o filho seria desprezado? E como criar no filho – por que meio – um antídoto mais forte para esse veneno do que aquele que o pai achara para si mesmo? As avenidas, as ruas secundárias, os bares, os salões de sinuca, os hospitais, as delegacias de polícia e até as áreas de lazer do Harlem – para não falar dos centros de correção, das cadeias e do necrotério – atestavam a potência do veneno, enquanto guardavam silêncio quanto à eficácia de qualquer antídoto, levantando irresistivelmente a questão de saber se tal antídoto existia ou não; levantando, o que era pior, a questão de saber se era desejável um antídoto; talvez veneno devesse ser tratado com veneno. Com todos esses desacordos na mente e com mais terrores no coração do que podiam ser nomeados, era melhor não julgar o homem que se abatera sob uma carga insuportável. Era melhor recordar: *Tu conheces a queda deste homem; mas não conheces a sua luta.*

Enquanto o pastor falava e eu observava as crianças – os anos em que eu trocara suas fraldas, lhes dera banho, lhes dera palmadas, as levara à escola e as repreendera tinham tido o resultado inevitável de fazer com que eu as amasse, embora eu não tenha certeza de que soubesse disso na época –, minha mente se ocupava de livrar-se de uma onda de impressões desconexas. Trechos de músicas populares, piadas sujas,

pedaços de livros que eu tinha lido, sequências de filmes, rostos, vozes, questões políticas – achei que estava enlouquecendo; todas essas impressões flutuavam, por assim dizer, na leve náusea produzida em mim pelo calor e pela bebida. Por um momento, tive a impressão de que meu hálito de álcool, mal disfarçado com chiclete, enchia toda a capela. Foi então que alguém começou a cantar um dos hinos preferidos de meu pai, e de súbito eu estava com ele, sentado em seu joelho na igreja quente, imensa, apinhada, a primeira que frequentamos. Era a Igreja Batista Abissínia, na rua 138. Não a frequentamos muito tempo. Essa imagem trouxe muitas outras. Eu esquecera, na raiva de meu crescimento, como meu pai se orgulhara de mim quando eu era pequeno. Ao que parece, eu tinha boa voz, e meu pai gostava de me exibir para os fiéis da igreja. Eu tinha esquecido de seu aspecto quando ele estava feliz, mas agora me lembrei de que ele sempre ria de prazer quando meus solos terminavam. Lembrei-me até de certas expressões em seu rosto quando ele caçoava de minha mãe... Teria ele a amado? Eu nunca saberia. Quando foi que tudo começou a mudar? Agora eu tinha a impressão de que ele nem sempre fora cruel. Lembrei-me da vez em que ele me levou para cortar o cabelo e eu esfolei o joelho no descanso de pé da cadeira do barbeiro, e lembrei-me do rosto de meu pai enquanto ele acalmava meu choro e aplicava iodo, ardido, no machucado. Depois me lembrei de nossas brigas, brigas que tinham sido do pior tipo possível, porque minha técnica era o silêncio.

Lembrei-me da única vez, em toda a nossa vida em comum, em que tínhamos realmente falado um ao outro.

Foi num domingo, e deve ter sido pouco antes de eu sair de casa. Caminhávamos, só nós dois, no silêncio habitual, indo para a igreja ou voltando para casa. Eu estava no ensino médio, vinha escrevendo bastante e era, mais ou menos nessa época, o editor da revista do colégio. Mas era também um jovem pastor, e vinha pregando no púlpito. Nos últimos tempos, estava aceitando menos convites e pregava o mais raramente possível. Dizia-se na igreja, com toda a razão, que eu estava "esfriando".

Meu pai me perguntou, de repente: "Você prefere escrever a pregar, não é?".

They were very poor
Painel 10

Fiquei atônito com a pergunta, porque era uma pergunta autêntica. Respondi: "Prefiro, sim".

Isso foi tudo o que dissemos. Era terrível lembrar que isso foi tudo o que dissemos um ao outro, em *toda* a vida.

O caixão foi aberto, e as pessoas começaram a ser conduzidas pelo corredor para lançar um último olhar ao morto. Presumia-se que os familiares estivessem muito arrasados pela dor para fazer esse percurso sozinhos, e vi minha tia ser levada até o caixão e, vestida de preto, trêmula, ser levada de volta à sua cadeira. Não aprovei que as crianças fossem obrigadas a olhar para o pai morto, uma vez que o choque de sua morte, ou, mais verdadeiramente, o choque da morte como realidade, já era um pouco mais do que uma criança podia suportar, mas minha opinião sobre essa questão fora rejeitada, e lá estavam elas, confusas, assustadas e muito pequenas, sendo levadas, uma a uma, até o caixão. Contudo, as crianças se mostram muito corajosas nesses momentos. Isso tem algo a ver com o silêncio e a gravidade delas, e com o fato de que não há como ajudá-las. Suas pernas, de algum modo, parecem *expostas*, de modo que é incrível e terrivelmente claro, ao mesmo tempo, que suas pernas sejam tudo o que elas têm para mantê-las de pé.

Eu não queria ir até o caixão, e, muito menos, ser levado até ele, mas não havia meio de evitar os dois ritos. Um dos diáconos me acompanhou, e olhei para o rosto de meu pai. Não posso dizer, de modo algum, que aquele corpo parecia com ele. Sua negritude tinha sido atenuada com pó de arroz, e não havia naquele caixão nada que indicasse qual fora ou podia ter sido a sua força. Era simplesmente um velho morto, e era difícil acreditar que ele algum dia já houvesse causado alegria ou dor a alguém. Entretanto, sua vida enchia aquela sala. Na mesma avenida, não muito longe dali, sua mulher embalava a filha recém-nascida. O fato de a vida e a morte estarem tão próximas, como também o amor e o ódio, o certo e o errado, me disse algo que eu não queria escutar em relação ao homem, sobre a vida do homem.

Depois do enterro, quando eu estava no centro da cidade comemorando com excessos meu aniversário, um soldado negro, no saguão do Hotel Braddock, brigou com um policial branco por causa de uma garota negra. Garotas negras, policiais brancos, com ou sem uniforme, e homens negros faziam parte do dia a dia do saguão do Hotel Braddock, e essa não foi, decerto, a primeira vez que ocorreu um incidente desse tipo. Contudo, o incidente desse dia estava destinado a receber uma publicidade sem precedentes, pois a luta entre o policial e o soldado acabou com o soldado baleado. Segundo o boato, que correu imediatamente pelas ruas próximas, o soldado tinha levado um tiro nas costas, uma invencionice instantânea e reveladora, e morrera protegendo uma negra. Os fatos eram um tanto diferentes – o soldado, por exemplo, não levara um tiro pelas costas, não tinha morrido, e a garota parecia um símbolo tão dúbio de feminilidade como em geral é sua congênere branca na Geórgia –, mas ninguém estava interessado nos fatos. As pessoas preferiam a invenção, pois essa invenção expressava e corroborava seus ódios e temores de forma perfeita. Vale a pena lembrar que as pessoas sempre fazem isso. Talvez muitas das lendas a que o mundo se apega, inclusive o cristianismo, tenham começado a conquistar o mundo apenas por causa dessa preferência conjunta pela distorção. O efeito dessa lenda em particular no Harlem foi semelhante ao de um fósforo aceso atirado numa lata de gasolina. A multidão reunida diante das portas do Hotel Braddock começou a crescer e a se espalhar em todas as direções, e o Harlem explodiu.

A multidão não cruzou os limites do gueto. Teria sido fácil, por exemplo, transpor o Morningside Park, no lado oeste, ou atravessar os trilhos da ferrovia Grand Central na rua 125, no lado leste, para promover desordens em bairros brancos. Ao que parece, a multidão se interessou sobretudo por uma coisa mais significativa e real do que o rosto branco, ou seja, ela visou ao poder branco, e o principal alvo do quebra-quebra durante os distúrbios do verão de 1943 foram os estabelecimentos comerciais de brancos no Harlem. A história poderia ter sido muito mais sangrenta, é claro, se na hora em que os distúrbios começaram esses estabelecimentos ainda estivessem abertos. A partir do Hotel Braddock, a multidão se espalhou pela rua 125, para leste e para oeste, ocupando toda a extensão das avenidas Lenox, Sétima e Oitava. Nessas três avenidas, assim como nas principais ruas transversais – a 116, a 125, a 135 etc. –, bares, mercearias, lojas, restaurantes e até pequenas lanchonetes foram arrombados, invadidos e saqueados – saqueados, cabe dizer, com mais pressa que eficiência. Na verdade, parecia que uma bomba devastara as prateleiras. Havia latas de feijão, de sopa, de sardinhas e de ração canina, além de papel higiênico, pacotes de flocos de cereais e de leite espalhados por todo lado, enquanto caixas registradoras e caixas de cerveja saíam de janelas destruídas e enchiam as ruas. Lençóis, cobertores e toda espécie de roupas formavam um tipo de caminho, como se largados pelas pessoas que corriam. Na verdade, eu não me dera conta de que o Harlem tinha tantas lojas até vê-las todas arrasadas. A primeira vez que a palavra *riqueza* entrou em minha cabeça aplicada ao Harlem foi quando a vi dispersa pelas ruas. Mas a primeira impressão incongruente de abundância foi imediatamente neutralizada por uma impressão de desperdício. Nada daquilo fazia bem algum a quem quer que fosse. Teria sido melhor terem deixado as vidraças e as portas de vidro como estavam e as mercadorias dentro das lojas.

Teria sido melhor, mas também impossível, pois o Harlem tivera necessidade de alguma coisa para quebrar. Quebrar coisas é a necessidade crônica do gueto. Na maior parte do tempo, os habitantes do gueto quebram uns aos outros e a si mesmos. Mas, enquanto as paredes do gueto estiverem de pé, sempre chegará um momento em que essas válvulas de escape não vão funcionar. Naquele verão, por exemplo, não bastava um sujeito arrumar uma briga na avenida Lenox ou esculachar os amigos nas barbearias. Se algum dia, de fato, a violência que enche as igrejas, os salões de sinuca e os bares do Harlem irromper de uma maneira mais direta, é provável que o Harlem e seus habitantes desapareçam numa inundação apocalíptica. O fato de não ser provável que isso aconteça se deve a grande número de razões, na maioria ocultas e fortes, entre elas a relação real do negro com o branco americano. Essa relação simplesmente proíbe uma coisa tão descomplicada e satisfatória como o ódio puro e simples. Para odiar de verdade os brancos, o negro precisa apagar tanta coisa na mente – e no coração – que esse ódio se torna, ele próprio, uma pose exaustiva e autodestrutiva. Mas isso não quer dizer, por outro lado, que o amor venha com facilidade: o mundo branco é demasiado poderoso, complacente e ágil com humilhações gratuitas e, sobretudo, demasiado ignorante e inocente para isso. As pessoas são forçadas a fazer ressalvas perpétuas, e suas próprias reações estão sempre se anulando mutuamente. É isso, na verdade, que tem levado todos, brancos e negros, à loucura. As pessoas estão sempre na situação de decidir entre a amputação e a gangrena. A amputação é rápida, mas o tempo pode mostrar que ela não era necessária – ou pode-se protelar demais a amputação. A gangrena é lenta, mas é impossível ter certeza de que se está lendo direito os sintomas. A ideia de passar o resto da vida aleijado é insuportável, como é da mesma forma intolerável o risco de inchar lentamente, e com agonia, devido ao veneno. E o problema, enfim, é que os riscos são reais, mesmo que não haja opções.

"Porém eu e a minha casa", dizia meu pai, "serviremos ao Senhor". Fiquei pensando, enquanto o levávamos para seu descanso final, no que essa frase significava para ele. Eu o vira usá-la, em sermões, muitas vezes. Eu mesmo no passado a utilizara em pregações, orgulhoso por dar-lhe uma interpretação diferente da de meu pai. Agora tudo me voltava à memória, como se meu pai e eu estivéssemos a caminho da escola dominical e eu procurasse memorizar o texto áureo: "Porém, se vos parece mal aos vossos olhos servir ao Senhor, escolhei hoje a quem sirvais: se os deuses a quem serviram vossos pais, que estavam além do rio, ou os deuses dos amorreus, em cuja terra habitais: porém eu e a minha casa serviremos ao Senhor." Desconfiei que havia nessas linhas, tão familiares, um sentido que eu nunca percebera. Todos os textos e os hinos de meu pai, que eu decidira serem destituídos de sentido, estavam dispostos diante de mim, em sua morte, como garrafas vazias esperando conter o sentido que a vida lhes daria para mim. Essa era a sua herança: nada foge, jamais. Naquela

manhã lúgubre e inesquecível, eu odiei as ruas inacreditáveis e os negros e os brancos que as tinham, na mesma proporção, transformado no que eram. Mas eu sabia que era insensatez, como teria dito meu pai, essa amargura era insensatez. Era necessário apegar-se às coisas que importavam. O morto importava, a vida nova importava; ser branco ou ser preto não importava; acreditar que importava era aquiescer com nossa própria destruição. O ódio, capaz de tanta destruição, nunca deixava de destruir o homem que odiava, e essa era uma lei imutável.

Comecei a crer que as pessoas teriam de manter na cabeça, para sempre, duas ideias aparentemente antagônicas. A primeira ideia era a aceitação, a aceitação, totalmente sem rancor, da vida como ela é, e dos homens como eles são: à luz dessa ideia, é desnecessário dizer que a injustiça é coisa trivial. Mas isso não queria dizer que se poderia ser complacente, pois a segunda ideia era de igual força: a pessoa nunca deve, em sua própria vida, aceitar essas injustiças como coisas triviais, mas deve lutar contra elas com todas as suas forças. Essa luta começa, entretanto, no coração, e agora me fora cometida a tarefa de manter meu próprio coração livre de ódio e desespero. Essa injunção fez pesar meu coração, e, agora que meu pai estava irrecuperável, desejei que ele estivesse a meu lado para que eu pudesse buscar em seu rosto as respostas que agora só o futuro me daria.

A luta pelos direitos civis que permeia toda a obra de JAMES BALDWIN (1924-1987) tem lugar central em seu ensaísmo. Antes de consagrar-se por romances como *Giovanni* (1956) e *Numa terra estranha* (1962), Baldwin lançou *Notas de um filho desta terra* (1955), coletânea batizada por este ensaio, que aqui se publica pela primeira vez no Brasil. A mistura exata de autobiografia e de militância e a fúria, que é uma das marcas registradas do autor, são a tônica do ensaio, considerado um dos 100 melhores textos de não ficção do século 20 pela prestigiada coleção Modern Library.
Tradução de DONALDSON M. GARSCHAGEN

Criado no Harlem, JACOB LAWRENCE (1917-2000) é considerado uma das principais referências entre os artistas afro-americanos pela sofisticação que imprime à sua pintura engajada, na qual um crítico como Robert Hughes via os ecos do cubismo e de Matisse. As imagens aqui reunidas fazem parte das seminais *The Migration Series*, conjuntos de telas que retratam a migração dos negros libertos do Sul para o Norte dos Estados Unidos.

The Migration Gained in Momentum
Painel 18

OPTIMIS . FORTISSIMISQVE . PRINCIPIBVS
INSIGNIBVS . VIRTVTIBVS . EORVM . DOMI FORISQVE . S . P . Q . R .

MODERNIDADE A obsessão contemporânea pelas paisagens desoladas oculta a nostalgia de uma época que ainda conseguia imaginar outros futuros

Nostalgia de ruínas

ANDREAS HUYSSEN

O dicionário define nostalgia como "saudades do lar" ou um "anseio por algo que está muito longe ou que aconteceu há muito tempo".[1] A palavra é composta do grego *nóstos* = casa e *álgos* = dor. O significado primordial de nostalgia tem a ver com a irreversibilidade do tempo: algo no passado não está mais acessível. Desde o século 17 europeu, com o surgimento de um novo sentido de temporalidade cada vez mais caracterizado pelas assimetrias radicais de passado, presente e futuro, a nostalgia como saudade de um passado perdido se tornou a doença moderna *per se*.[2] Essa codificação predominantemente negativa de nostalgia na modernidade é fácil de ser explicada: ela neutraliza, até mesmo enfraquece, as noções lineares de progresso, estejam elas enquadradas dialeticamente como filosofia da história ou sociológica e economicamente como modernização. Mas o anseio nostálgico por um passado também é sempre um anseio por outro lugar. A nostalgia pode ser uma utopia ao contrário. A temporalidade e a espacialidade estão necessariamente ligadas ao desejo nostálgico. A ruína arquitetônica é um exemplo da combinação indissolúvel de desejos espaciais e temporais que ativam a nostalgia. No corpo da ruína, o passado está, ao mesmo tempo, presente em seus resíduos e não mais acessível, tornando a ruína um gatilho poderosíssimo da nostalgia.

1. *Webster's New Twentieth Century Dictionary*, 2. ed. Nova York: Simon and Schuster, 1983, p. 1.223.

2. Svetlana Boym, *The Future of Nostalgia*. Nova York: Basic Books, 2001.

Obras de Giovanni Battista Piranesi
Arco di Settimio Severo
Entre 1740 e 1778

O culto de ruínas tem acompanhado a modernidade ocidental desde o século 18. Mas, ao longo da última década e meia, uma estranha obsessão por ruínas se desenvolveu nos países do norte transatlântico como parte de um discurso muito mais amplo sobre memória e trauma, genocídio e guerra. Essa obsessão contemporânea por ruínas oculta a nostalgia de uma época anterior que ainda não tinha perdido seu poder de imaginar outros futuros. Em jogo, está uma nostalgia da modernidade que não ousa dizer seu nome depois de reconhecer as catástrofes do século 20 e as lesões prolongadas da colonização interna e externa. No entanto, essa nostalgia persiste, buscando arduamente algo que se perdeu com o fim de uma forma anterior de modernidade. A chave para essa nostalgia é a ruína.

A MANIA DE RUÍNAS

Numa época em que as promessas da era moderna jazem esfaceladas como tantas ruínas, quando falamos com uma frequência cada vez maior, literal e metaforicamente, sobre as ruínas da modernidade, uma questão fundamental se apresenta para a história cultural: o que molda o nosso imaginário das ruínas no início do século 21, e como foi seu desenvolvimento histórico? Como *podemos* falar de uma nostalgia de ruínas quando nos lembramos das cidades bombardeadas da Segunda Guerra Mundial (Roterdã e Coventry, Hamburgo e Dresden, Varsóvia, Stalingrado e Leningrado)? Bombardeios, afinal, não produzem ruínas. Produzem entulho. Mas o mercado foi recentemente inundado por livros de fotografias e filmes surpreendentes (documentários e ficção; como *A queda! As últimas horas de Hitler*, 2004) que mostram as ruínas da Segunda Guerra Mundial. Neles, o entulho é realmente transformado, até mesmo estetizado, em ruínas.

A nostalgia está em pauta no norte transatlântico quando se olha para os resíduos decadentes da era industrial e para suas cidades que se contraem nos polos industriais na Europa, na ex-União Soviética, nos Estados Unidos e em outros lugares: as fábricas de automóveis abandonadas em Detroit; os monstruosos altos-fornos de antigas siderúrgicas no Ruhr, agora incorporados a parques públicos; os gigantescos conglomerados de carvão e aço da Europa oriental cercados por cidades-fantasmas, símbolos do fim do socialismo, e assim por diante. Essas ruínas e suas representações em livros de fotos, filmes e mostras são sinais da nostalgia em relação aos monumentos da arquitetura industrial de uma época passada, que estava amarrada a uma cultura pública de trabalho industrial e sua organização política. Nós temos nostalgia das ruínas da modernidade porque elas ainda parecem manter uma promessa que desapareceu da nossa época: a promessa de um futuro alternativo. Essa nostalgia em relação às ruínas do moderno pode ser chamada de reflexiva no sentido dado por Svetlana Boym, e refuta a incisiva declaração do historiador Charles Maier de que a nostalgia está para a memória assim como

3. *Ibidem*, p. xiv.

4. *Ibidem*, pp. 49-50.

o kitsch está para a arte.[3] "A nostalgia reflexiva preza fragmentos estilhaçados de memória e temporaliza o espaço [...]. Revela que o pensamento crítico e a saudade não são opostos, da mesma forma que as memórias afetivas não desobrigam alguém de compaixão, discernimento ou reflexão crítica."[4]

O atual fascínio por ruínas industriais suscita outras questões. Em que medida o caso de amor contemporâneo dos países do norte transatlântico com ruínas ainda é energizado por uma imaginação anterior que se prendia às ruínas da antiguidade clássica? E qual é a relação desse imaginário de ruínas com a obsessão pela preservação urbana, por *remakes* e remodelações, que parecem expressar um medo ou negação do arruinamento pelo tempo? Nosso imaginário de ruínas pode ser lido como um palimpsesto de vários eventos históricos e de representações, e a intensa preocupação com ruínas é um subconjunto da atual postura de privilegiar a memória e o trauma, dentro e fora da academia.

Tendo em vista essa sobredeterminação na maneira pela qual imaginamos e conceituamos ruínas, será que algo como uma ruína "autêntica" da modernidade pode ser objeto de nostalgia reflexiva? Uma resposta pode ser encontrada no imaginário de ruínas que se desenvolveu na *querelle des anciens et des modernes* do século 18 e que foi levado adiante no romantismo e privilegiado na busca do século 19 por origens nacionais, só para acabar no turismo de ruínas do presente. A obra de Giovanni Battista Piranesi se destaca como uma das mais radicais articulações da problemática da ruína *dentro* da modernidade e não *depois* dela. Meu interesse por Piranesi e suas ruínas pode muito bem ser, ele próprio, nostálgico, o interesse em uma modernidade secular que teve uma profunda compreensão dos estragos do tempo e do potencial do futuro, da destrutividade da dominação e das falhas trágicas do presente; uma compreensão da modernidade que – de Piranesi e os românticos até Baudelaire, a vanguarda histórica e além – resultou em formas enfáticas de compromisso, crítica e expressão artística arrebatadoras. Aqui, como em qualquer forma de nostalgia, é difícil andar na linha entre o lamento sentimental sobre uma perda e a recuperação crítica de um passado com o propósito de construir futuros alternativos. Mas Piranesi pode nos apresentar algumas lições quando refletimos sobre a perda de uma modernidade inicial e de suas visões de futuros alternativos.

Meu interesse em acoplar o conceito abstrato de autenticidade com a concretude das ruínas e seu imaginário se baseia na ideia de que tanto a ruína em seu sentido enfático quanto a noção do autêntico são *topoi* fundamentais da própria modernidade em vez de simples preocupações do final do século 20. A modernidade, *como* ruína era um *topos* bem anterior ao século 20, e certamente anterior ao pós-modernismo. A ruína autêntica não deve ser entendida como uma espécie de essência ontológica de ruínas, mas como uma constelação conceitual e arquitetônica significativa que aponta para momentos de decadência, desmoronamento e arruinamento, já presentes nos primórdios da modernidade, no século 18. Da mesma forma que o imaginário das ruínas foi criado no início da modernidade, em vez de ser seu produto final, a noção de autenticidade é, por completo, um conceito histórico produzido pela modernidade, como a própria nostalgia, em vez de se referir a uma essência transcendental atemporal ou a algum estado de graça pré-moderno. Ligada, na literatura e na arte, às noções do século 18 de autoria, genialidade, originalidade, individualidade, singularidade e subjetividade, a ideia de autenticidade acumulou desejos e intensidades quanto mais foi ameaçada por alienação, inautenticidade e reprodutibilidade no decurso da modernização. Nesse campo semântico mais amplo, a *autenticidade* como termo teve seu auge na segunda metade do século 20, junto com o incremento de nostalgias de todos os tipos, e hoje tem sua aceitação associada à "retroautenticidade", aos "*remakes* autênticos" e à "consultoria de autenticidade" da web, todos fenômenos que implicitamente negam o que afirmam ser. Ao mesmo tempo, a autenticidade tem enfrentado tempos difíceis no discurso intelectual. De Adorno a Derrida, ela tem sido menosprezada como ideologia ou metafísica e vinculada a um jargão de *Eigentlichkeit*, pseudoindividualização e ilusões de autopresença.

No entanto, eu não estou pronto a abandonar o conceito por completo, e me consolo com o fato de que mesmo Adorno, um dos críticos mais radicais de uma forma específica de *Eigentlichkeit* pós-1945, ainda falava sobre a autenticidade da arte modernista como negação radical. Sua ideia é a do conhecimento autêntico da sua própria historicidade. De maneira semelhante, vou localizar a "ruína autêntica" da modernidade no século 18 e vou sugerir que esse primeiro imaginário de ruínas ainda assombra nosso discurso sobre as ruínas, da modernidade em geral. Ao mesmo tempo, reconheço que o século 20 produziu um imaginário muito diferente de ruínas, que tornou obsoleta aquela ruína anterior. Até mesmo ruínas genuínas ("*echt*" [reais], em vez de autênticas) sofreram uma metamorfose. O elemento de degradação, de desgaste, e de consequente retorno à natureza, tão central para as ruínas do século 18 e seu atrativo nostálgico, é eliminado quando as ruínas romanas são higienizadas e usadas como *mise-en-scène* para espetáculos de ópera ao ar livre (as Termas de Caracalla, em Roma);

quando ruínas de um castelo medieval ou propriedades dilapidadas de séculos posteriores são restauradas para produzir centros de convenções, hotéis, imóveis de aluguel para férias (os Paradores, na Espanha, o Landmark Trust, no Reino Unido); quando ruínas industriais são transformadas em centros culturais; ou quando um museu como a Tate Modern se instala em uma usina desativada na margem sul do Tâmisa. A autenticidade parece ter se tornado parte da preservação e da restauração museológica, fato que só intensifica a nostalgia.

"Ruínas autênticas", como ainda existiam nos séculos 18 e 19, parecem já não ter lugar na cultura da memória e da mercadoria do capitalismo tardio. As mercadorias, como as coisas em geral, não envelhecem bem. Tornam-se obsoletas, são descartadas ou recicladas. Edifícios são derrubados ou restaurados. A chance de as coisas envelhecerem e se tornarem ruínas diminuiu na era do turbocapitalismo, ironicamente em sintonia com o contínuo aumento da idade média da população. As ruínas do século 21 são detritos ou velhice restaurada. Nesse último caso, a idade real foi eliminada por meio de um *lifting* facial reverso. Faz-se parecer que o novo é velho, em vez de o antigo parecer jovem. Os estilos retrô e reprô tornam cada vez mais difícil reconhecer o que é realmente velho nessa cultura de preservação e da restauração. O escritor e cineasta alemão Alexander Kluge falou certa vez de maneira reveladora sobre "o ataque dos presentes no resto do tempo".[5]

5. Ver o filme de Alexander Kluge intitulado *Der Angriff der Gegenwart auf die übrige Zeit* (1985).

AUTENTICIDADE E NOSTALGIA

Se no fim do século 20, como afirmou Lyotard, a arquitetura e a filosofia estavam em ruínas, deixando-nos apenas a opção de uma "escrita das ruínas", como uma espécie de micrologia, surge então a questão de saber se toda a tradição do pensamento modernista até o pós-modernismo não é eclipsada por uma imaginação catastrófica e um imaginário de ruínas que têm acompanhado a trajetória da modernidade desde o século 18.[6] A arquitetura em decadência ou em estado de destruição parece ser um *topos* indispensável para essa tradição. Ruínas reais de diferentes tipos funcionam como telas de projeção para a articulação de temporalidades assíncronas da modernidade e para seu temor e obsessão em relação à passagem do tempo.[7] Se, como disse Benjamin, a alegoria

6. Jean-François Lyotard, *Heidegger and the Jews*, tradução de Andreas Michel e Mark Roberts. Minneapolis: University of Minnesota Press, 1990, p. 43. [Ed. brasileira: *Heidegger e os judeus*. Petrópolis: Vozes, 1994.]

7. Para uma discussão minuciosa sobre temporalidades assíncronas e assimétricas, ver Reinhart Koselleck, *Futures Past: On the Semantics of Historical Time*. Nova York: Columbia University Press, 2004 [Ed. brasileira: *Futuro passado: Contribuição à semântica dos tempos históricos*. Rio de Janeiro: Contraponto, 2010]; e Reinhart Koselleck. *Zeitschichten: Studien zur Historik*. Frankfurt am Main: Suhrkamp, 2000.

no domínio do pensamento corresponde à ruína no domínio das coisas, então isso implica um princípio de produção de arte, literatura e arquitetura modernas que é, *a priori*, direcionado para o ruinoso.[8] Para Adorno, de forma análoga, as obras mais autênticas da modernidade são aquelas objetiva e formalmente determinadas pelo estado ruinoso do presente. A ruína arquitetônica parece pairar no pano de fundo de uma imaginação estética que privilegia o fragmento e o aforismo, a colagem e a montagem, a libertação do ornamento e a redução do material. Talvez este seja o classicismo secreto do modernismo que, embora diferente do classicismo do século 18 em sua codificação de temporalidade e espaço, ainda se baseia em um imaginário de ruínas. O classicismo nas épocas de Winckelmann e Goethe se constituiu por meio das ruínas da Antiguidade, mas visava à totalidade do estilo, em vez de privilegiar montagem, dispersão e fragmentariedade, como faria o modernismo mais tarde. Não é preciso aceitar uma metafísica da história para que se perceba o campo de modernismo clássico como uma paisagem fascinante e oscilante de ruínas resultantes da tentativa fracassada de criar um tipo alternativo de totalidade que, na arquitetura, recebeu o nome de estilo internacional.

8. Walter Benjamin, *The Origin of German Tragic Drama*. Londres: New Left Books, 1977, p. 178. [Ed. brasileira: *A origem do drama trágico alemão*. Belo Horizonte: Autêntica, 2011.]

Como produto da modernidade, em vez de fenômeno oriundo de um passado pré-moderno profundo, a autenticidade é análoga à aura de Benjamin. Originalidade e singularidade, que caracterizam a obra de arte aurática em Benjamin, se tornaram categorias privilegiadas na era romântica, já inundada por reproduções, traduções e cópias de todos os tipos. De maneira análoga, o valor ideológico da autenticidade aumentou em relação à tendência inerente da cultura impressa à reprodução e à repetição. Mesmo na transição de um modo de produção fordista para um pós-fordista, podemos detectar a tentativa de devolver a aparência de autenticidade e singularidade a mercadorias por meio de personalização. Aura e autenticidade são análogas. Ambas têm de ser situadas historicamente, em vez de ontologicamente. O decisionismo modernista as declarou mortas e enterradas, mas ambas se mostraram bastante resistentes a todo tipo de crítica ideológica. O desejo pelo aurático e pelo autêntico sempre refletiu o medo de inautenticidade, a falta de significado existencial e a ausência de originalidade individual. Quanto mais aprendemos a entender todas

***Veduta del Tempio di Antonino e Faustina in Campo Vaccino* 1748?**

as imagens, palavras e sons como sempre já mediados, mais, ao que parece, desejamos o autêntico e o imediato. O modo desse desejo é a nostalgia. Uma lacuna se abre entre a percepção intelectual para a obsolescência do conceito e o desejo pelo autêntico. O anseio por autenticidade vem da mídia e da busca romântica por seu outro, típica da cultura de mercadoria. Os *reality shows* na TV são a sua patética expressão. Culinária autêntica, roupas autênticas, identidades autênticas de todos os tipos acabam seguindo o exemplo. O postulado de origens estáveis e de um *télos* histórico nunca está longe quando a melodia da autenticidade está sendo executada. O mesmo é verdade para o discurso das ruínas, que tem desempenhado um papel tão central na legitimação das reivindicações de poder dos Estados-nação modernos.

De fato, as ruínas românticas asseguravam as origens e prometiam autenticidade, proximidade e autoridade. No entanto, existe um paradoxo. No caso das ruínas, aquilo que se acredita presente e transparente sempre que a autenticidade é reivindicada está presente apenas como ausência, é o presente imaginado de um passado que agora só pode ser apreendido em sua decadência. Isso faz com que a ruína esteja sujeita à nostalgia. Mesmo que a ruína moderna não seja exaurida pela semântica de sua condição de passado, sua temporalidade, que aponta para a glória e a grandeza do passado, é diferente das reivindicações de plenitude e presentidade que invariavelmente estão em jogo no discurso de autenticidade. Reivindicações de autenticidade, no entanto, são muitas vezes contaminadas por dúvidas que depois têm de ser compensadas com a elaboração adicional de mitos. Assim, alguns afirmariam que a autêntica autenticidade só foi possível em épocas passadas, quando o mundo seria ainda mais transparente e não estaria sob a sombra das representações e distorções dos meios de comunicação. Nós conhecemos o tipo de fantasmas ideológicos que tais projeções de autenticidade têm despertado em antropologia e em outras ciências culturais – a autenticidade do arcaico e do primitivo, a regalia da comunidade autêntica, a anomia e a artificialidade das sociedades modernas. Especialmente na invenção pós-iluminista de origens e identidades nacionais, o presente da modernidade apareceu (com bastante frequência) como uma ruína de autenticidade e de um passado melhor e mais simples. Contra essa ideia de autenticidade profunda incorporada às ruínas de um passado glorioso, eu postulo a ideia da ruína autêntica como produto da própria modernidade, e não como o caminho real que leva a alguma origem não contaminada.

A nostalgia nunca está longe quando falamos sobre autenticidade ou sobre ruínas românticas. A crítica política da nostalgia das ruínas simplesmente como regressão corresponde à crítica filosófica da autenticidade como um fantasma fundando identidades estáveis. Mas essa crítica não percebe a ambiguidade fundamental da ruína, da nostalgia e do autêntico. Por mais justificado que seja criticar os mercados da nostalgia e sua instrumentalização ideológica das reivindicações de autenticidade, de nada vai adiantar a simples identificação do desejo de autenticidade com a nostalgia e sua rejeição como doença cultural, como argumenta Susan Stewart em seu livro *On Longing*.[9] Também não adianta compreender a imaginação moderna das ruínas e sua ligação com o sublime apenas como expressão de fantasias de poder e dominação, embora esse seja, de fato, o caso da teoria de Albert Speer sobre o valor da ruína. A dimensão presente em qualquer imaginário de ruínas, mas ausente em tais críticas redutoras, é a consciência pouco nostálgica da transitoriedade de toda grandeza e de todo poder, o aviso da arrogância imperial, e a lembrança da natureza em qualquer cultura.

9. Durham: Duke University Press, 1993.

Em jogo com a "ruína autêntica da modernidade" não está simplesmente a autenticidade (*Echtheit*) de ruínas específicas; nem se trata de um *memento mori* supra-histórico. A autenticidade como naturalidade, em oposição à artificialidade e ao falso – um *topos* central para a estética e a cultura de classe média do século 18 –, é um critério empiricamente verificável da ruína, e a dimensão do *memento mori* não se limita à modernidade. Podemos falar da autenticidade moderna de ruínas apenas se olharmos para a ruína estética e politicamente como um *chiffre* arquitetônico para as dúvidas temporais e espaciais sobre si mesma que a modernidade sempre abrigou. Na ruína, a história aparece espacializada e temporalizada no espaço construído. Um imaginário de ruínas é central para qualquer teoria da modernidade que deseja ser mais que triunfalismo do progresso e democratização ou anseio por um poder passado de grandeza. Contra o otimismo do pensamento do Iluminismo, o imaginário moderno de ruínas permanece consciente sobre o lado obscuro da modernidade, o que Diderot descreveu como as inevitáveis "devastações de tempo" visíveis nas ruínas. Ele articula o pesadelo do Iluminismo de que toda a história pudesse vir a ser dominada pela natureza, um temor representado de forma sucinta na famosa gravura de Goya *El sueño de la razón produce monstruos.*

GIOVANNI BATTISTA PIRANESI

A ambiguidade do título de Goya é bem conhecida. *El sueño de la razón* significa tanto o sonho quanto o sono da razão, apontando, assim, para o que mais tarde veio a ser conhecido como a dialética do esclarecimento. No entanto, uma terceira leitura é possível. Imagine que a figura, sonhando ou tendo adormecido em sua mesa, sobre a qual vemos os utensílios de sua escrita, é o artista imaginando o outro da razão, imaginando aquilo que a gravura vai se tornar – o enxame de monstros abomináveis e semelhantes a corujas abarrotando sua imaginação. Suponha que a figura de Goya seja Piranesi no momento de sonhar as ruínas na forma como vão ganhar vida em suas gravuras. Pôr ênfase em *sueño* como fantasia e representação, em vez de simplesmente sono ou expectativa utópica, permite uma leitura de Piranesi como criador de um autêntico imaginário de ruínas, que revela algo central para a modernidade e suas representações.

As gravuras de Piranesi a partir de meados da época do Iluminismo apontam para um entendimento crítico e alternativo da modernidade que sempre se posicionou contra a crença ingênua no progresso e no aperfeiçoamento moral da humanidade. Embora o mundo de imagens de pesadelo de Piranesi tivesse forte influência na literatura romântica, as imagens românticas de ruínas no século 19, em sua maioria, tendiam à domesticação e ao embelezamento das mesmas por meio do pitoresco. Não por acaso, a obra de Piranesi foi enfaticamente redescoberta no século 20, com frequência no contexto de redutoras afirmações realistas de que sua série de gravuras, *Carceri*, prenunciou o *univers concentrationnaire* do fascismo ou o *gulag* do comunismo, ou que suas gravuras articulavam a exposição existencial e a condição de pária do indivíduo moderno diante dos sistemas esmagadores, como descrito nos romances de Kafka. Ignorada por essas leituras estava a ligação íntima entre as fantasias de Piranesi sobre encarceramento e a maior parte de sua obra: sua documentação arquivística sobre as ruínas arquitetônicas do Império Romano. Os historiadores de arte tenderam a ler os *Carceri* como a estranha obra do artista quando jovem, ao mesmo tempo que se concentraram no papel de Piranesi na discussão do século 18 sobre qual arquitetura, a de Atenas ou a de Roma, deveria ser considerada a mais importante. Essa questão foi certamente fundamental para o trabalho arquivístico de Piranesi nos arredores de Roma, mas o foco exclusivo sobre esse debate não faz jus ao fato de que as diversas reelaborações dos *Carceri* ocuparam a maior parte da vida ativa do arquiteto. Também não leva em conta o fato de que as versões posteriores dos *Carceri* são visualmente mais próximas das gravuras das ruínas romanas. Com o auxílio de um grupo de estudos alternativos sobre Piranesi, sobretudo o trabalho de Ulya Vogt-Göknil, o imaginário de ruínas de Piranesi só pode ser adequadamente compreendido se suas gravuras das ruínas romanas, orientadas por uma perspectiva arquivística, forem lidas em conjunto com os espaços de orientação fantasiosa de sua arquitetura de encarceramento. Só então se poderá falar de um imaginário autêntico de ruínas em um sentido histórico preciso. As ruínas de Piranesi e suas prisões são artifícios completos. Isso é o que lhes confere autenticidade em sua visão bastante sombria de uma modernidade ainda muito envolta nas sombras de um glorioso passado romano. É uma autenticidade que é captada por Adorno: "A prova do *tour de force*, a realização do irrealizável, poderia ser apresentada nas mais autênticas obras".[10] O que são os *Carceri*, além de irrealizáveis como arquitetura e *tour de force* como desenho? Para Piranesi e para Adorno, que nunca escreveu sobre esse artista italiano, a recusa da totalidade e do fechamento clássico é o sinal de autenticidade. As ruínas autênticas em Piranesi e as obras de arte autênticas em Adorno apontam para uma ausência, a utopia que é inominável em Adorno, a distopia aterrorizante que está inscrita na utopia do neoclassicismo em Piranesi. O *tour de force* na arte de Piranesi aponta para aquele momento de coerção e violência implícitas em toda autenticidade como portadora de autoridade. As obras autênticas, para Adorno, são obras fragmentárias cuja realização deve ser localizada em sua falta de conclusão e cujo "fracasso [é] a medida do seu sucesso",[11] obras como as de Lenz, Hölderlin, Kleist, Büchner, "que sucumbiram ao desdém do terror do idealismo".[12] Populares a princípio na França e na Inglaterra, as gravuras de Piranesi, tanto as dos *Carceri* quanto as das ruínas antigas, acabaram por ter um destino semelhante, e caíram no esquecimento para serem redescobertas só depois da Segunda Guerra Mundial. Para os ideólogos da tradição clássica do século 19, elas não eram compatíveis com uma ideia pós-winkelmanniana de classicismo e não levaram em consideração a visão de Matthew Arnold da Antiguidade como suavidade e luz.

O auge da arquitetura autêntica para Piranesi foram os monumentais templos romanos, palácios, arcos triunfais e sepulcros da Via Ápia. Em seus muitos volumes de gravuras, desde *Prima Parte di Architetture, e Prospettive* (1743) e *Varie Vedute* (1745) até os quatro volumes de *Le Antichità Romane* (1756) e *Della Magnificenza e d'Architettura de' Romani* (1761), ele captou seus enormes resíduos com precisão arquivística e um estilo indiscutivelmente sem igual. Mesmo em deterioração, a monumentalidade e a sublimidade dessas ruínas do passado eram mais impressionantes do que o triste presente que negou ao capacitado arquiteto Piranesi qualquer possibilidade real de construir em grande estilo. Ele se valeu de todos os artifícios visuais disponíveis para alcançar a monumental *mise-en-scène* dessas ruínas. No texto de

10. Theodor W. Adorno, *Aesthetic Theory*, organização e tradução de Robert Hullot-Kentor. Minneapolis: University of Minnesota Press, 1997, p. 106.

11. Theodor W. Adorno, *Beethoven: The Philosophy of Music*. Stanford: Stanford University Press, 1998, p. 220.

12. Theodor W. Adorno, *Aesthetic Theory*, *op. cit.*, p. 63.

2

abertura de *Prima Parte di Architetture*, de 1743, ele escreve: "Io vi diró solamente, che di tali immagini mi hanno riempiuto lo spirito queste parlanti ruine, che di simili non arrivai a potermene mai formare sopra i disegni, benchè accuratissimi, che di queste stesse ha fatto l'immortale Palladio, e che io pur sempre mi teneva innanzi agli occhi" [Eu diria apenas que essas ruínas eloquentes encheram o meu espírito com imagens de um tipo que até mesmo desenhos precisos, como os do imortal Palladio, os quais sempre mantive diante dos meus olhos, nunca poderão despertar].[13]

13. G.B. Piranesi Catalogue. Nova York: Smith College Museum of Art, 1971, p. 115.

Em jogo, aqui, está o efeito subjetivo alcançado pela representação, a produção de fantasmas que as ruínas trazem à vida. Ruínas eloquentes inundam os sentidos com imagens arquitetônicas que incluem não só as visões da Roma Antiga, mas também as dos *Carceri*. Sobretudo em sua segunda versão, significativamente mais sombria, os *Carceri* mostram estritas afinidades com as gravuras das ruínas antigas. Em sua configuração espacial, os *Carceri* pertencem à Antiguidade imaginada por Piranesi, e não aos campos de concentração do século 20 ou às prisões panópticas das sociedades industriais modernas. Elementos arquitetônicos romanos, como arcadas de colunas, escadarias largas, bustos, esculturas em túmulos e inscrições em latim, preenchem as enormes prisões de Piranesi até seus cantos distantes. No entanto, em seu estilo de representação, os *Carceri*, assim como as enormes ruínas da própria Roma, pertencem a uma modernidade atual, e não apenas à do século 18.

Apesar de todas as afinidades, os pontos de vista de Piranesi sobre as ruínas romanas são basicamente distintos daqueles das gravuras de prisão e posicionam-se em tensão produtiva em relação a elas. As ruínas estão localizadas em um exterior, na paisagem urbana de Roma e seus arredores, a Campagna. Sua erosão e deterioração natural apontam para aquele aspecto central do imaginário de ruínas que Georg Simmel melhor enfatizou: o retorno da arquitetura à natureza.

Mas o que parece, de maneira excessivamente romântica, uma conciliação entre espírito e natureza em Simmel assume os traços do incomum em Piranesi. A alvenaria e o solo estão organicamente ligados e planejados para que as ruínas pareçam ter crescido das entranhas da terra. Em seu desgaste, algumas das construções surgem como formações rochosas sublimemente ameaçadoras e inóspitas. De forma

Veduta dell' arco di Costantino, e dell' anfiteatro Flavio, detto il Colosseo
Entre 1746 e 1760

misteriosa e incomum, esses monumentos e restos de construções gigantescas se elevam sobre um presente nanico. As vozes dos mortos parecem falar por meio das imagens de ruínas de Piranesi. Em vez de *nature morte*, Piranesi criou uma *architettura morta*, que não só lembra o presente da sua própria transitoriedade, mas que parece incluir um aviso sobre um esquecimento do passado culturalmente destrutivo. Enquanto suas gravuras de restos antigos enfocam o entrelaçamento da natureza e da arquitetura em deterioração, os *Carceri* apresentam, por assim dizer, espaços arquitetônicos puros afastados de toda a natureza, salões internos complexos que parecem ser parte ruínas, parte construções inacabadas.

Esta impressão é ainda agravada pelo fato de a contração espacial típica de qualquer prisão não ser constituída pela ausência de espaço, mas, paradoxalmente, por uma abertura do espaço em direção ao infinito.[14] Passagens, escadas e corredores parecem se dispersar em todas as direções e não apresentam um fechamento espacial. A possibilidade de um exterior (mesmo quando não representado) não está, portanto, excluída em princípio. Sem dúvida, o fluxo de luz natural nas prisões aponta indiretamente para algum espaço exterior. Os *Carceri* são tão fascinantes porque tanto sua temporalidade quanto sua espacialidade permanecem indefiníveis. Da mesma forma que a oposição de proximidade e distância parece abolida em seus confusos arranjos espaciais, as fronteiras entre passado, presente e futuro já não parecem mais existir. Embora Piranesi fosse influenciado pelas decorações do teatro barroco para peças sobre prisão, sua *mise-en-scène* das prisões tem de ser lida antes de tudo como proposição arquitetônica formal, em vez de simples mensagem sobre a *condition humaine*. Bruno Reudenbach acerta ao escrever: "Vemos estruturas espaciais ilógicas não porque o objetivo seja representar prisões. Pelo contrário, elaborados sobre uma iconografia já desenvolvida de prisões, os *Carceri* representam o espaço experimental."[15] Piranesi se interessava pelas prisões como modelos para um vasto espaço interior cuja representação permitia à fantasia arquitetônica do artista alçar voo, a despeito de quaisquer limitações realistas. Como havia feito em algumas das fantasias arquitetônicas da *Prima Parte*, Piranesi anulou as leis do espaço euclidiano. As unidades de espaço construído estão conectadas de forma

14. Ver Manfredo Tafuri, *The Sphere and the Labyrinth: Avant-Gardes and Architecture from Piranesi to the 1970s*, tradução de Pellegrino d'Acierno e Robert Connolly. Cambridge: MIT Press, 1990, p. 31.

15. Bruno Reudenbach, *Giovanni Battista Piranesi: Architektur als Bild*. Munique: Prestel Verlag, 1979, p. 44.

Veduta del tempio de Bacco
Entre 1746 e 1778

Veduta de Campo Vaccino
Entre 1746 e 1750

atectônica e ilógica. Cada gravura requer diversas perspectivas distintas, de modo que o olhar do espectador nunca descansa. Quanto mais de perto ele olha, mais seu olhar é perturbado. Em uma análise detalhada da estrutura arquitetônica dos *Carceri*, Ulya Vogt-Göknil mostrou como espaços tridimensionais evoluem para planos bidimensionais, como dimensões de profundidade são separadas e dimensões de largura são encolhidas.[16] Especialmente incomum é a relação entre o espaço e uma espécie de luz que parece produzir escuridão. Raios de luz abandonam sua trajetória natural. Eles se dobram e se curvam em torno de coisas, deslizando de um objeto para outro, por vezes saltando sobre espaços intersticiais. Em todos esses casos, as paredes parecem sugar a luz em vez de refleti-la. As regras de tectônica e de perspectiva central são anuladas. Horace Walpole notou sobre Piranesi: "Ele imaginou cenas que iriam assustar a geometria".[17] E Goethe, em seu *Italienische Reise*, enfatizou a diferença entre sua percepção de ruínas reais e a tentativa de Piranesi de criar efeitos por meio de fabulação.[18]

Contrariando certas afirmações, essas observações não podem ser atribuídas a alguma incapacidade ou à simples diversão de Piranesi. Ele se recusava a representar espaços iluminados homogêneos, em que as partes de cima e de baixo, de dentro e de fora, podiam ser claramente distinguidas. Em vez disso, privilegiou arcos e pontes, escadas e escadarias, antecâmaras e corredores. Ainda que maciças e estáticas em seus invólucros, as prisões sugerem movimento e transição, um ir e vir, para cima e para baixo, que perturba e deixa à deriva o olhar do espectador. Em vez de ver espaços limitados pela perspectiva de um observador fixo e de uma distância segura, o espectador é atraído para um labirinto proliferativo de escadarias, pontes e passagens, que parecem levar a profundezas infinitas à esquerda, à direita e no centro. É como se o olhar do espectador fosse preso pelo espaço representado, atraído e capturado por não se poder ter um ponto de vista fixo à medida que o olho vagueia por esse labirinto. Contrariando-se o que afirma Alexander Kupfer, isso não sugere que o espaço e o tempo percam todo o significado.[19] A falta de perspectiva central e de um ponto de vista fixo, a proliferação de perspectivas e o desdobramento de espaços devem ser lidos de forma diferente: Piranesi seguiu, até sua conclusão lógica, a espacialização da

16. Ulya Vogt-Göknil, *Giovanni Battista Piranesi: Carceri*. Zurique: Origo Verlag, 1958.

17. *Ibidem*, p. 28.

18. Johann Wolfgang Goethe, *Italienische Reise, Goethes Werke*, v. XI. Hamburgo: Christian Wegner Verlag, 1961, p. 452.

19. Alexander Kupfer, *Piranesis Carceri: Enge und Unendlichkeit in den Gefängnissen der Phantasie*. Stuttgart: Belser Verlag, 1992, p. 46.

história e a temporalização do espaço que já caracterizavam suas gravuras de antiguidades. Em seus *Carceri d'invenzione* – o nome modificador é significativo –, tempos e espaços são empurrados e apertados uns dentro dos outros, encaixados e sobrepostos como se estivessem em um palimpsesto por meio do qual essa imaginação do espaço complexa e temporalmente desgastada se torna em si uma prisão de invenção. *Tour de force*, como diz Adorno sobre o que, para ele, são as obras de arte mais autênticas.

Manfredo Tafuri argumentou que, ao romper com o perspectivismo temporal e espacial do Renascimento, os *Carceri d'invenzione* já apontam em direção aos princípios básicos de construção desenvolvidos muito mais tarde pelos cubistas, construtivistas e surrealistas.[20] Igualmente importante, porém, é a diferença fundamental entre Piranesi e a vanguarda histórica. A imaginação de Piranesi não é energizada por algum ideal utópico construtivo de multiperspectivismo e fluidez espacial (Eisenstein); muito menos privilegia a montagem ou o fragmento. Em vez disso, ele continua assombrado pela aura ameaçadora das ruínas, por seu entrelaçamento opressivo do passado e do presente, da natureza e da cultura, da morte e da vida. A obra corrói qualquer ponto de vista erudito e seguro no decorrer do tempo e na localização no espaço, e está muito distante do *éthos* dos futuros alternativos da vanguarda. Em última análise, as prisões de Piranesi também são ruínas, mais autênticas até do que as ruínas romanas das *Vedute di Roma*. A simultaneidade irritante e ameaçadora de tempos e espaços, de perspectivas condensadas e deslocadas, que é exacerbada, na segunda versão das gravuras de prisão, pelo aumento da presença de instrumentos de tortura, leva ao extremo a impressão de espaço incomum nos *Carceri*.

20. Manfredo Tafuri, *op. cit.*, pp. 55-64.

CONCLUSÃO

Em sua tensão recíproca e seu entrelaçamento obsessivo de tempos e espaços, as prisões e as ruínas de Piranesi podem ser lidas como alegorias de uma modernidade cuja utopia de liberdade e progresso, de tempo linear e espaço geométrico, não é apenas questionada, mas anulada por elas. Um passado incorporado em uma arquitetura em ruínas e carregada de memória parece elevar-se sobre o presente da época do Iluminismo. Assim, o imaginário de ruínas de Piranesi é o produto de um tempo que só lentamente se libertou do ideal esmagador da Antiguidade clássica. Em sua decadência, a arquitetura antiga articula essa constelação dialética de natureza e história que postula a mutabilidade e a contingência de ambas, em vez de opor uma natureza mitológica cega à história como instância ontológica esclarecida. Dessa forma, a obra de Piranesi pertence a uma consciência autocrítica que tem acompanhado a modernidade esclarecida desde o seu início. A autenticidade do imaginário de ruínas de Piranesi reside nessa consciência estética crítica e na sua articulação em gravuras espantosamente belas. Se as gravuras de arquitetura clássica em deterioração apontam para uma história natural da destruição em um modo típico de Sebald, então os *Carceri* sugerem uma história cultural do encarceramento em um espaço interior infinito que não tem mais nenhum exterior – uma crítica *avant la lettre* do romantismo.

Ler Piranesi através de Adorno e do conceito de história natural de Benjamin, fundamentado em uma filosofia da história, também revelará os limites históricos desse imaginário de ruínas autênticas. Como uma forma de teologia secularizada, com suas ascensões, quedas, declínios e resgates de culturas, a filosofia da história produzida pelo Iluminismo se destaca como uma ruína em nosso presente século 21. De maneira análoga, o imaginário de ruínas de Piranesi se tornou, ele próprio, uma ruína. A arquitetura modernista aponta para outra fronteira histórica de um imaginário de ruínas à moda de Piranesi. Materiais de construção como aço, concreto e vidro não estão sujeitos à erosão e à deterioração como a pedra. A arquitetura modernista recusa o retorno da cultura à natureza. Além disso, as verdadeiras catástrofes do século 20 deixaram principalmente entulho, em vez de ruínas, no sentido de Piranesi, ainda que parte desse entulho tenha se prestado muito bem a embelezar representações. De qualquer forma, a era da "ruína autêntica" acabou; sua genealogia pode ser escrita, mas não pode ser ressuscitada. O presente é uma era de preservação, restauração e *remakes* autênticos, todos os quais anulam a ideia da ruína autêntica, que se tornou, ela própria, histórica. Mas as ruínas de Piranesi são acessíveis à nostalgia reflexiva. Elas incorporam uma dialética da modernidade que deveria ser lembrada à medida que tentamos imaginar um futuro para além das falsas promessas do neoliberalismo corporativo e do shopping center globalizado. O futuro, não só o da nostalgia, está em jogo.

Nascido na Alemanha, ANDREAS HUYSSEN (1942) doutorou-se na Suíça e, desde os anos 1980, desenvolve carreira universitária nos EUA, hoje como professor da Universidade de Columbia. Editor da *New German Critique* e membro do conselho editorial da *October*, é autor de uma vasta obra ensaística que aborda desde o romantismo alemão ao pós-modernismo, publicada no Brasil nas coletâneas *Memórias do modernismo* (Editora UFRJ, 1997) e *Seduzidos pela memória* (Aeroplano, 2000). Este ensaio foi publicado originalmente na revista de arte e mídia *Grey Room* (n. 23, primavera de 2006).
Tradução de ÁLVARO HATTNHER

ARTE DO RETRATO 1 Ao pintar seu médico, em quem via a "expressão atormentada" da época, o holandês pintou a si mesmo na tradição dos melancólicos

O doutor Gachet de Van Gogh

JEAN STAROBINSKI

UM DIAGNÓSTICO CONTESTÁVEL

Não me arriscarei a sugerir um diagnóstico a respeito das crises temidas por Vincent van Gogh. Karl Jaspers julgara poder falar de esquizofrenia. Atualmente, não são muitos os que endossam tal diagnóstico: nenhum indício, nem na pintura, nem na ampla correspondência de Van Gogh, fala a seu favor. Mais recentemente, e com mais verossimilhança, se aventou a epilepsia psicomotora; determinados sintomas representariam surtos de vertigem de origem labiríntica. Acessos de cólera e crises de angústia faziam parte do "quadro clínico", incontestavelmente agravado pelo abuso do absinto. Não faltaram momentos de disforia e depressão. Mas quem ousaria aprisionar Vincent na tipologia clássica da melancolia?

Não obstante, ao deixar Saint-Rémy-de-Provence, onde foi hospitalizado por iniciativa própria, para instalar-se num modestíssimo albergue de Auvers-sur-Oise, Van Gogh escutou falar de melancolia. O dr. Paul Ferdinand Gachet, com quem ele se abriu, parecia convencido de que era essa doença, passível de recaídas, que o acometia. O diagnóstico não nos deve impressionar, constituindo antes um indício da validade que o conceito de melancolia preservara no discurso médico, do qual fazia parte havia séculos. Ao irmão Theo, no fim de maio de 1890, Vincent escreve:

Vincent van Gogh
***O retrato de dr. Gachet com cachimbo*, 1890**

> Ele falou que, se a melancolia ou outra coisa qualquer se agravasse, poderia perfeitamente fazer mais alguma coisa para diminuir sua intensidade, e que eu não deveria me constranger e ser franco com ele. Quer dizer, posso chamá-lo a qualquer hora, mas tudo corre bem até o momento.

Algumas semanas mais tarde, em 29 de julho, Van Gogh disparava uma bala na região do coração e morria ao fim de algumas horas.

Singular dr. Gachet! Seguramente, não merece os insultos que lhe dirige Antonin Artaud, num livro percorrido por fulgurantes intuições: "O dr. Gachet foi aquele cérbero grotesco, aquele cérbero pustulento e purulento, dólmã anil e camisa branca reluzente, postado diante do pobre Van Gogh para roubar-lhe todas as suas ideias sadias".[1] Pois Gachet, que exercia a profissão em Paris, só tinha em Auvers sua residência particular. Não acolhia doentes, não os monitorava. Ele próprio pintor e gravador, juntara-se aos amigos pintores ou os incentivara a vir instalar-se em Auvers ou nos lugarejos vizinhos. Pissaro escolhera morar em Pontoise. Cézanne, com mulher e filho, viera passar vários meses numa casa em Auvers. Decerto, Gachet não poupava conselhos médicos, adquirindo em contrapartida, ou ganhando de presente, telas soberbas.

1. Rio de Janeiro: José Olympio, 2007.

A IDENTIFICAÇÃO COM O MÉDICO

A personalidade de Gachet foi copiosamente descrita. Minha proposta aqui não é lembrar o amplo leque de seus interesses e atividades: a impressão transmitida pela maioria dos depoimentos que podemos julgar dignos de fé é a de uma criatura hiperativa, talvez até um pouco hipomaníaca, muito pouco ortodoxa em suas ideias a respeito não só da medicina como da sociedade. Conheceu momentos de prostração e decepção. Quando Van Gogh o conheceu, Gachet era viúvo havia alguns anos. Esse luto o dilacerara. Van Gogh julgou perceber nele uma profunda amargura, o que era motivo de identificação para o pintor. Nenhum leitor da correspondência de Van Gogh deixou de perceber isso. Ele é "tão amargo", escreve a respeito do médico, "em seu ofício de médico rural quanto eu no da pintura". Ou ainda: ele sofre de um "mal nervoso", "pelo menos tão gravemente quanto eu". Van Gogh via-lhe "o rosto enrijecido pelo sofrimento". Esse rosto, por uma singular coincidência, era coroado por uma abundante cabeleira

O retrato de dr. Gachet
Primeira versão, 1890

ruiva. Gachet queria ter seu retrato (e o da filha) pintado por Van Gogh. Este aceitou com entusiasmo, ainda mais que via em Gachet seu próprio duplo. Lembremos igualmente estas linhas da correspondência:

> Encontrei no dr. Gachet um amigo completo e uma espécie de novo irmão, de tal forma nos assemelhamos não só no aspecto físico como no moral. Ele também é muito nervoso e extravagante. O que mais me apaixona [...] é o retrato, o retrato moderno [...]. Eu *gostaria* de fazer retratos que daqui a um século as pessoas da época vissem como aparições. Então, não procuro fazê-los pela semelhança fotográfica, mas pelas nossas expressões apaixonadas, empregando, como meio de expressão e exaltação do caráter, nossa ciência e gosto modernos da cor. O retrato do dr. Gachet, por exemplo, lhe mostra um rosto cor de tijolo incandescente e calcinado pelo sol, com a cabeleira ruiva e um gorro branco, numa paisagem de colinas azuis ao fundo; sua roupa é azul ultramarino – o que faz ressaltar seu rosto e o empalidece, embora ele seja cor de tijolo. As mãos, mãos de parteiro, são mais pálidas que o rosto [...]. À sua frente, sobre uma mesa de jardim vermelha, romãs amarelas e uma flor de dedaleira púrpura escuro. Meu autorretrato também é quase assim, o azul é um azul fino do Midi, e a roupa é lilás clarinho...[2]

2. Carta de Vincent van Gogh a Willemien van Gogh, Auvers-sur-Oise, quinta-feira, 5 de junho de 1890. *Cartas a Théo*. Porto Alegre: L&PM, 2002.

Numa carta inacabada encontrada nos papéis de Vincent, deparamos com estas linhas, destinadas a Gauguin:

> Agora tenho um retrato do dr. Gachet com a expressão atormentada de nossa época. *Se preferir*, alguma coisa próxima ao seu *Cristo no Jardim das Oliveiras*, não destinada a ser compreendida, mas enfim, até aí eu o acompanho...[3]

3. Carta de Van Gogh a Gauguin (carta inacabada, Auvers-sur-Oise, provavelmente datada de 17 de junho de 1890).

Van Gogh lista minuciosamente as relações de cores. Essas cores são meios de expressão. Mas o que exprimem? A "expressão atormentada de nossa época". Formulação sumária (uma vez que apenas verbal), mas que não se limita apenas ao dr. Gachet: "Meu autorretrato também é quase assim". Outra relação de similitude se estabelece, acabamos de ver, com o *Cristo no Jardim das Oliveiras*, tal como pintado por Gauguin. Acrescentaríamos igualmente o *Cristo morto* de Delacroix e o *Lázaro* de Rembrandt, do qual Van Gogh fez cópias e desenhou rostos à sua própria semelhança. O eixo de ligação dessas diversas identificações, no registro verbal, é a palavra "atormentado", no sentido forte de *machucado*.

OBSTÁCULO AO PENSAMENTO

Adiemos por um instante o exame do retrato do dr. Gachet. É oportuno, aqui, lembrar que Gachet havia trabalhado no serviço de Falret, no hospital da Salpêtrière, onde adquirira considerável experiência em patologia mental. Para sua tese de medicina, defendida em Montpellier, resolveu escrever um "Estudo sobre a melancolia". Para Gachet, esse estágio foi uma oportunidade de ligar-se a Bruyas (que tomara a defesa de Courbet e cuja coleção Van Gogh iria admirar). Em sua tese, Gachet repete inúmeras ideias clássicas, corriqueiras em manuais e dicionários de medicina. Aponta corretamente a morosidade e a inibição que caracterizam o estado depressivo. "Parece que em toda criatura há um obstáculo que refreou, reduziu ou até mesmo impediu por completo o movimento vital".[4] E prossegue:

4. Paul Ferdinand Gachet, *Étude sur la mélancolie*. Tese de doutorado. Paris, 1864, p. 47.

> Diante desse obstáculo, o pensamento e o movimento se chocam infindavelmente, esbarram-se sem cessar e em vão; o obstáculo não pode ser transposto, o impasse continua, torna-se permanente: o estado estacionário sobrevém. Todas as virtualidades do ser humano se concentram num mesmo ponto; e, seja porque essa concentração é resultado de uma luta preexistente que driblou as forças reativas, seja porque todas as forças vitais atuam no sentido inverso às leis da vida e do movimento às quais todo ser vivo é fatalmente submetido, o repouso se estabelece [...]. Esse estado de incubação, constante, concêntrico, permanente, indefinido, é o ponto culminante, a pedra angular de todo delírio melancólico. Num alto grau, a criatura melancólica se reveste de todas as características da inércia mais completa e profunda; o princípio vital, que preside a todo o ser, se cala e, ao mesmo tempo, os órgãos, os sentidos, a mente, os instintos e as paixões são acometidos de mutismo. O homem se assemelha a um vegetal, a uma pedra.[5]

5. *Ibidem*.

Numa visão imaginativa, que remonta às cosmologias do Renascimento, Gachet considera a melancolia um princípio suscetível de afetar os elementos naturais: "A melancolia se acha espalhada por toda a natureza. Existem animais, vegetais, até pedras, melancólicos."[6]

6. *Ibidem*.

Do perfil tipológico do melancólico delineado por Gachet, selecionei alguns traços particularmente impressionantes:

> Parece [...] que a criatura se adensa, se comprime, diminui, devendo ocupar o menor lugar possível no espaço. A atitude do doente é particularíssima [...], o tronco semifletido sobre a bacia, os braços dirigidos para o peito [...], os dedos crispados, mais que fletidos [...]. A cabeça meio caída sobre o peito e um pouco inclinada seja para a direita, seja para a esquerda. Todos os músculos do corpo se encontram numa semicontratura permanente, os flexores, sobretudo; os da face ficam como que crispados, esgarçados, conferindo à fisionomia um cunho particularmente severo; os músculos ciliares, contraídos de maneira permanente, parecem esconder o olho e expandem sua órbita; arcadas ciliares proeminentes, dois ou três sulcos verticais separam as duas sobrancelhas. A boca está fechada em linha reta, os lábios parecem ter sumido [...]. O sulco nasolabial é mais visível, as faces são cavadas, a pele acha-se como que colada às maçãs do rosto, a tez amarelada ou terrosa [...]. O olhar é fixo, inquieto, oblíquo, dirigido para baixo ou para o lado.

Alguns dos sinais mencionados não são mais considerados de fato patognomônicos. Outros, contudo, incontestavelmente o são, e Gachet fez muito bem em apontá-los (a partir de suas observações ou suas leituras). Sobretudo os "sulcos verticais" que separam as sobrancelhas e a contração dos "músculos ciliares". No clássico tratado de Bleuler, vemos assim descrita a "prega de Veraguth": "A ranhura da pálpebra superior, no limiar de seu terço interno, é puxada para o alto e um pouco para trás, o que faz com que o arco vire um ângulo nesse ponto".[7]

7. Manfred Bleuler, *Die Depressionen in der ärztlichen Allgemeinpraxis*, 7. ed., 1943, p. 338.

UMA MELANCOLIA "ESSENCIAL"

Concentremos nosso olhar no retrato de Gachet pintado por Van Gogh: examinemos igualmente o retrato em água-forte, executado quase no mesmo momento. Em ambos, encontramos a ranhura da sobrancelha, os sulcos entre as órbitas, a proeminência do sulco nasogeniano, a boca contraída, o tronco e a cabeça inclinados. É surpreendente a coincidência entre a descrição um tanto canhestra que encontramos nas páginas da tese e a imagem produzida pelo pincel de Van Gogh. (À exceção da atitude curvada, assim vemos o rosto de Van Gogh em alguns de seus próprios autorretratos.) Gachet deve ter reconhecido em seu retrato os traços signaléticos que ele próprio atribuíra ao indivíduo melancólico. Nesse ponto, reina um singularíssimo consenso, que passa pelo olhar e pela

O retrato de dr. Gachet
Segunda versão, 1890
De Agostini/Getty Images

simpatia do pintor. É preciso certo esforço para detectar esses *signos* no retrato que Norbert Goeneutte pintará em 1891.

O tronco oblíquo, a cabeça apoiada no punho fechado. Essa é, na pintura clássica, a postura que se costuma atribuir ao *homo melancholicus*, a Saturno, padroeiro dos melancólicos, ou à figura feminina que personifica alegoricamente a Melancolia. Embora não lhe faça menção nas linhas em que descreve seu quadro, Van Gogh não podia deixar de ignorar o sentido iconológico de tal postura, tão profundo conhecedor que era dos mestres antigos. Seria necessário, aqui, reabrir o vasto repertório das imagens ilustres da melancolia, a começar pela famosa gravura de Dürer. E, da mesma forma, relembrar as telas pintadas em 1891 por Edvard Munch. Intituladas *Melancolia*, nelas o pintor representa a si mesmo com a face ligeiramente inclinada, o olhar apontado para baixo, a mão amparando a cabeça. Depois de Van Gogh, cujo retrato do dr. Gachet o pintor norueguês sem dúvida desconhecia, Munch, como ele, leva adiante a tradição figurativa. Trabalha, contudo, em outra gama de cores, com outro toque do pincel; na ponta distante de uma praia crepuscular, por exemplo, ele introduz a silhueta de um casal, em que a mulher é sobriamente representada pela cor branca de um vestido. Uma "história" vem embutir-se no quadro e motiva psicologicamente o estado melancólico do personagem situado no primeiro plano. A mulher se desviou, afastou-se, juntou-se a outro homem. O tormento melancólico é o do ciúme. O dr. Gachet era viúvo e permanecia uma criatura enlutada. Van Gogh sabia disso, mas nada em seu quadro indica a causa da expressão "atormentada". A perda é presumida, mas permanece indefinida. Estamos em presença de uma melancolia "essencial".

Outros sinais, todavia, se oferecem à leitura no retrato do dr. Gachet. Mas como interpretá-los? A mesa vermelha, os livros amarelos e o ramo de flores púrpuras são valores cromáticos, que adquirem seu sentido pictórico por oposição às outras cores (mãos, rosto, roupa, pano de fundo). E, sem sombra de dúvida, para Van Gogh, a cor enquanto cor era prenhe de sentido, sendo inegáveis os elos associativos que, no amarelo, agregam o sol, os trigais maduros, os girassóis e a capa dos livros. A cor é portadora de analogias e antagonismos. Porém, na mão do médico, a dedaleira expressa ainda outro sentido. Alguns depoimentos indicam que Gachet desejava ver essa planta medicinal, cujas virtudes cardiotônicas se achavam claramente comprovadas fazia quase um século (Withering, 1785), figurar em seu retrato. A crer nos biógrafos (em especial Doiteau), Van Gogh quisera inserir em seu quadro "um símbolo da profissão de seu modelo", e Gachet teria escolhido o ramo de dedaleira. Escolha pessoal de um emblema que a tradição pictórica não codificara. Quanto aos livros amarelos, trata-se seguramente de romances. Suas lombadas estampam os títulos: *Manette Salomon*, *Germinie Lacerteux*. Essas duas obras dos irmãos Goncourt não foram escolhidas ao acaso. A primeira concerne ao mundo dos pintores, a segunda, a um caso patológico que evolui de maneira fatal, e em ambas os narradores adotam um olhar "médico", em conformidade com a estética realista. É uma clara indicação dos interesses estéticos do dr. Gachet, uma exposição (talvez a pedido dele) de seus autores prediletos. Os indícios afetivos do rosto são assim complementados por espécimes ou emblemas das atividades intelectuais do personagem: a ciência (a arte de curar) e as belas-artes.

Outra leitura do quadro é ainda possível. Percorram mais uma vez as imagens dos melancólicos lendários (o *Demócrito*, de Salvator Rosa, por exemplo) ou as personificações mais conhecidas da atrabílis (*A melancolia*, de Domenico Fetti, no Louvre, ou a gravada por G.B. Castiglione). Essas figuras se encontram debruçadas sobre uma infinidade de objetos carregados de valor simbólico: instrumentos científicos, figuras geométricas, partituras musicais, livros, clepsidras, flores cortadas, crânios... Tais objetos, que denunciam os limites do saber, a futilidade dos prazeres, a caducidade da existência humana, são os que encontramos reunidos num gênero de pintura praticado na Europa Ocidental entre os séculos 16 e 18: a *Vanitas* [Futilidade], pintura cuja finalidade moral é lembrar aos homens a futilidade de suas ocupações profanas e de suas alegrias temporais. Pintura que, não raro, denuncia o embuste do espelho, isto é, da própria pintura.

A figura curvada do dr. Gachet se inscreve inegavelmente na esteira de uma antiga "tradição da melancolia", sendo grande a tentação de ler os objetos que ele tem diante de si como descendentes dos emblemas da futilidade. Julgo muito pouco provável que Van Gogh tenha desejado fazer-lhes uma alusão deliberada. Essa possibilidade de leitura que evoco é uma ilusão de óptica de visitante de museus, de espectador bem-informado. Mas terá sido suficiente o fato de, tampouco, Van Gogh haver proibido tal leitura. A obra, tão moderna, que se destina a ser compreendida dentro de 100 anos e exerce em nós, como desejava Van Gogh, o efeito de uma aparição, permanece profundamente ligada à imagem que o passado formara da melancolia. Numa linguagem renovada com soberana violência, um artista avança na exploração de um grande tema da consciência ocidental: o tormento da existência individual, na solidão e na angústia da debandada das forças vitais. Esse médico às voltas com a ansiedade é testemunha da ansiedade do pintor: o que será de nós, se aquele de quem esperamos socorro também precisa de socorro?

JEAN STAROBINSKI (1920) nasceu em Genebra. Doutorou-se em medicina (psiquiatria) e letras. Ensinou na Universidade Johns Hopkins e é professor honorário da Universidade de Genebra, onde lecionou literatura francesa e história da medicina até aposentar-se em 1985. Linguista, filósofo, crítico de literatura e artes plásticas, é autor de uma vasta obra, que inclui *Jean-Jacques Rousseau: a transparência e o obstáculo* (1957) e *Montaigne em movimento* (1982), ambos editados pela Companhia das Letras, e o recente *L'Encre de la mélancolie* (2012), coletânea que inclui este ensaio, publicado originalmente em 1991 na revista *Médecine et Hygiène*.
Tradução de **ANDRÉ TELLES**

Henri Fantin-Latour
***Coin de table*, 1872**
Museu d'Orsay, Paris.
Sentados, da esquerda para a direita: Paul Verlaine, Arthur Rimbaud, Léon Valade, Ernest d'Hervilly e Camille Pelletan.
De pé, da esquerda para a direita: Pierre Elzéar, Émile Blémont e Jean Aicard.

ARTE DO RETRATO 2 **De Fantin-Latour à *Granta*, as imagens de grupos de artistas nos botam no lugar da posteridade, que os obscurece ou consagra**

Alta ansiedade

JULIAN BARNES

Trinta e quatro homens, 20 deles de pé, 14 sentados, espalhados por quatro quadros e 21 anos. Quase todos em trajes sombrios, com a sobrecasaca preta usada tanto por burgueses quanto por artistas na França de sua época; as exceções menos formais – um par de calças leves, um casaco cinza de operário, uma bata branca de pintor – saltam aos olhos. Os espaços em que esses homens são retratados são igualmente sombrios, pouco profundos, opressivos e claustrofóbicos: não há janelas à vista, e só na última tela há uma porta; caso contrário, parece não ter como escapar. Pode haver quadros na parede, mas não do tipo que proporciona alguma visão do mundo; sombriamente ilegíveis, eles nos levam de volta aos grupos de homens sérios. De vez em quando, um ligeiro alívio vem em forma de flores, ou frutas, ou de uma garrafa de vinho, e há uma toalha vermelha, mas até o vermelho tem um tom escuro, que não quebra a tonalidade sombria e o clima fúnebre. E, embora cada grupo de homens tenha se reunido com um propósito comum – prestar homenagem a um pintor morto, observar um vivo empunhar o pincel, ouvir poemas, congregar-se ao redor de um piano –, nenhum deles parece estar se divertindo. Nenhum dos 34 (na verdade, 33, pois um deles aparece duas vezes) nos inspira uma risada ou um sorriso. A maioria transmite uma sensação de austeridade e de propósitos

***Hommage à Delacroix*, 1864**
Museu d'Orsay, Paris.
Sentados, Louis Edmond Duranty, Fantin-Latour, Champfleury e Charles Baudelaire.
De pé: Louis Cordier, Alphonse Legros, James Whistler, Édouard Manet, Félix Bracquemond e Albert de Balleroy.

elevados, ainda que uns poucos pareçam distraídos, perdidos em seu mundo particular, até entediados. Alguns são amigos (dois são amantes), muitos são aliados, colaboradores, membros de uma elite autoproclamada ou de vanguarda, e ainda assim há muito pouca interação entre eles. Nenhum dos personagens toca seu vizinho; podem estar muito próximos, sobrepor-se, esconder-se uns atrás dos outros, mas não há entre eles contato algum. É quase como se não pudessem esperar o final da sessão de pintura (e de pose) para enfim voltar ao seu próprio ateliê, oficina, escritório, sala de música.

Esses quatro quadros de Henri Fantin-Latour (havia um quinto, que ele destruiu depois de ter sido duramente criticado no *Salon*) estão agora no Musée d'Orsay. Eu os vi diversas vezes ao vivo e nas reproduções em vários livros, mas nunca antes tinha percebido o quanto são atípicos, porque – como a maioria das pessoas, imagino – nunca os havia examinado como pinturas. Sempre os considerei apenas exemplos de retratos coletivos e, como tal, eles são da melhor qualidade: vejam, dizemos, ali está Manet, e ali está Baudelaire, e Monet, Renoir, Whistler e Zola, todos exatamente como eram. E ali, bem ali, onde a maioria das pessoas se detém, na extremidade esquerda do *Coin de table*, está a seção mais famosa – o canto de um canto – de todos os quatro quadros de Fantin-Latour, porque mostra Rimbaud e Verlaine sentados lado a lado. Rimbaud, o belo rapaz em meio às barbas, queixo angelicalmente apoiado na palma da mão, olha para além do nosso ombro esquerdo; Verlaine, com uma calvície precoce, está de meio-perfil, e parece tenso, a mão direita segurando um copo de vinho, dentro do qual ele muito em breve desaparecerá. No entanto, mesmo esses dois, os mais próximos e mais famosos entre os 34, não olham um para o outro, e menos ainda parecem amantes. Inevitavelmente, com essas imagens, nos concentramos nos nomes famosos; é praticamente impossível que o espectador contemporâneo dedique mais do que um rápido e compassivo olhar a figuras como Louis Cordier, Zacharie Astruc, Otto Scholderer, Pierre-Elzéar Bonnier, Jean Aicard, Arthur Boisseau, Antoine Lascoux etc. E nossa compaixão contém um elemento, não exatamente de culpa, mas de mal-estar: nós somos a posteridade que os relegou ao esquecimento.

Olhamos para essas imagens – a princípio, pelo menos – como anedóticas, como documentais. O mesmo acontece com qualquer retrato de grupo, seja a *L'Apothéose d'Homère* de Ingres ou a última lista dos Melhores Jovens Romancistas Britânicos numa revista em cores. Quem é novo, quem é popular, quem é bom, quem não vai lá muito bem das pernas? A triagem crítica começa no mesmo instante. Lembro-me de posar ao lado de meus colegas Jovens Romancistas de 1983, e, depois de termos deixado nossas imagens na câmera de Lord Snowdon, um dos participantes mais sarcásticos do nosso grupo comentou: "Bem, eles escolheram os 20 melhores entre sete". Poucos olharam para a foto publicada para avaliar o senso de composição de Snowdon, exatamente como poucos se preocupam com a estética enquanto os olhos deslizam de anônimos a notáveis num Fantin-Latour no Musée d'Orsay. Então, a primeira façanha de Bridget Alsdorf em *Fellow Men*[1] é simples, mas importante: ela devolveu os quadros de Fantin-Latour à categoria de quadros – obras que começam com uma ideia e uma expectativa, caminham para possíveis soluções por meio de desenhos e ideias insistentemente erradas, e depois para novos desenhos e, por fim, para esboços a óleo. Chegam então, enfrentando problemas de última hora como a indisponibilidade dos modelos para posar, a uma imagem final que muito em breve estará disponível para o julgamento dos pedantes em voga nos *Salons*, para a incompreensão da crítica e a zombaria dos cartunistas.

1. Bridget Alsdorf, *Fellow Men: Fantin-Latour and the Problem of the Group in 19th-Century French*. Princeton, 2012

As quatro telas sobreviventes são enormes: a menor mede 160 × 222 cm, a maior, 204 × 273,5 cm. Não são recordações silenciosas para um mesmo grupo restrito, mas gigantescas declarações públicas, visando a afirmar, até mesmo a intimidar. Aqueles são os homens promissores nos quais você deveria estar prestando atenção, os escritores e pintores que o aconselhamos a estudar com afinco, ainda que a última imagem, *Autour du piano* (1885), seja menos combativa a favor de seus participantes individuais que do wagnerismo por todos eles endossado. Para um pintor conhecido antes e depois apenas por autorretratos e flores, tais retratos coletivos ofereceram um enorme desafio técnico: como distribuir de maneira atraente uma série de camaradas vestidos de forma parecida, como torná-los nítida e distintamente singulares e, ao mesmo tempo, expressar uma ideia maior que eles querem promover? Cada quadro adota uma estrutura diferente. O primeiro, *Hommage à Delacroix* (1864), parece um tanto congestionado: quatro figuras sentadas com as cabeças no mesmo nível, seis figuras de pé com as cabeças no mesmo nível, e, na parede posterior, uma cabeça um pouco mais alta que as dos que estão de pé, um retrato (na verdade, de maneira um tanto complicada, um quadro de uma litografia baseada numa fotografia) de Delacroix. O segundo, *Un atelier aux Batignolles* (1870), é mais inovador, com uma cascata diagonal e decrescente de cabeças que desce até a tela que Manet está pintando. O terceiro, *Coin de table* (1872), é o mais sutil e também o menos agressivo, tanto no título, no ponto de foco (um livro aberto que um poeta talvez tenha acabado de ler), quanto na estrutura: uma curva de cinco figuras sentadas, tendo logo atrás outras três, de pé, com os lados e a frente do quadro decorados com folhas, flores e frutas. O quarto quadro tem uma arquitetura mais convencional, com uma partitura aberta no centro e quatro homens vestidos de preto de cada lado daquele cremoso brilho musical.

Mas que espécie de tributo, ou manifesto, esses quadros transmitem? De modo algum, algo direto. *Hommage à Delacroix*, por exemplo, não é essencialmente uma homenagem, pelo simples fato de ser um quadro de Fantin-Latour. Em seu estilo realista, tons neutros e estrutura um tanto espartana, é o oposto de um Delacroix; o fato de todos os que prestam homenagem estarem de frente para nós, portanto dando as costas para a imagem do falecido herói pintor, sugere que eles sem dúvida não continuarão pintando como ele. Salve e adeus!, sugere o quadro. *Un atelier aux Batignolles* se revela não "um ateliê na região de Batignolles", e sim um ateliê muito semelhante ao do próprio Fantin-Latour; a Escola Batignolles de pintores era mais "construção retrospectiva do que realidade" na época em que Fantin-Latour a celebrizou, enquanto o homem que a havia originalmente batizado, Edmond Duranty, foi deixado de fora do quadro por ter brigado com Manet (rompimento que Duranty atribuía a Fantin-Latour).

Tal história de bastidores talvez não seja incomum: pertencer a um grupo é muitas vezes importante para o artista (e escritor) mais jovem, quando são vitais o encorajamento mútuo e uma identificação coletiva do inimigo imediato; mas, em pouco tempo, quando o indivíduo adquire maior autoconfiança, ele ou ela se irritam ao serem rotulados e agrupados. Assim, *Coin de table*, que poderia parecer mais homogêneo e harmonioso, na medida em que apresenta apenas escritores (enquanto os

***Autour du piano*, 1885**
Museu d'Orsay, Paris.
Sentados, Emmanuel Chabrier (ao piano), Edmond Maître e Amédée Pigeon.
De pé: Adolphe Julien, Arthur Boisseau, Camille Benoît, Antoine Lascoux e Vincent d'Indy.

dois retratos de grupo anteriores misturavam pintores e escritores), mostra na verdade um grupo tão fissíparo quanto os dois anteriores. Rimbaud e Verlaine, tanto pelo comportamento público quanto pela poesia, iriam explodir aquele pequeno mundo parnasiano; e, ainda que os suaves tons esverdeados da imagem e a presença de frutas e flores possam sugerir menos austeridade e mais harmonia, o grande vaso de plantas à direita foi imposto a Fantin-Latour quando Albert Mérat se recusou a aparecer com o par de "cafetões e ladrões" que se exibiam na extremidade oposta do quarto.

O testemunho externo de Bridget Alsdorf nos convence de que nem tudo é tão sólido quanto parece nesses monumentais mementos. Mas seu testemunho interno – erudito, preciso e rigorosamente argumentado – é abrangente. Quando os críticos da época examinaram esses conjuntos de companheiros não colegiados que não se tocam, não se conectam e não sorriem, o que mais censuraram – além do egoísmo de Fantin-Latour e da autopromoção do grupo – foi a falta de unidade formal nos quadros. Alsdorf argumenta convincentemente que essa falta de interação entre os personagens, longe de ser uma distorção formal, é o próprio tema do quadro. O interesse de Fantin-Latour, e o que ele traduz em pintura, é a negociação individual interna com o grupo. O aparente constrangimento é intencional: os participantes estão tentando descobrir como proteger e manter sua individualidade na presença de irmãos e colegas que podem também ser concorrentes e ajudantes. Alguns dos esboços preliminares de Fantin-Latour mostram trocas animadas entre os diferentes artistas e escritores, mas elas são eliminadas à medida que a imagem se move em direção à sua forma definitiva. Uma das comparações mais fecundas de Alsdorf é com *L'Atelier de la rue de la Condamine* (1870), do mediano pré-impressionista Frédéric Bazille (que está presente em *Un atelier aux Batignolles*). Bazille nos oferece um espaço amplo, arejado e aberto, com uma janela alta de ateliê, quadros de nus saudáveis nas paredes e atividades artísticas acontecendo em três pontos distintos: à direita, alguém martela um piano; à esquerda, dois homens (um deles subindo uma escada) travam uma

***Un atelier aux Batignolles*, 1870**
Museu d'Orsay, Paris.
Da esquerda para a direita, Otto Schölderer, Édouard Manet, Auguste Renoir, Zacharie Astruc, Émile Zola, Edmond Maître, Frédéric Bazille e Claude Monet.

discussão animada e incontestavelmente estética; no centro, o próprio Bazille está ao lado do cavalete, mostrando um quadro terminado a dois colegas pintores (um, sem dúvida, Manet, o outro, talvez, Monet). A arte pode ser ainda apenas para os iniciados, mas aquela é uma cena iluminada, brilhante e alegre – seria como se os mendigos famintos de *La Bohème* tivessem tirado a sorte grande e se mudado para grandiosos aposentos de luxo, com Mimi, curada, prestes a chegar com um enorme embrulho de almoço. É também, se comparado ao *Atelier* de Fantin-Latour, banal, tanto em concepção quanto em execução. O quadro de Bazille diz: isto é o que parece ser um artista. O de Fantin-Latour diz: isto é o que realmente é ser um artista.

A vida de tal artista é marcada por alta ansiedade e insegurança combinadas ao trabalho incessante que às vezes não leva a nada. Essas características exatas são explicitadas pelo segundo quadro de Fantin-Latour nessa série, o que ele destruiu ao voltar do *Salon* (nele, manteve apenas três cabeças, a sua própria, a de Whistler e a de Antoine Vollon). Alsdorf o descreve como o "mais ambicioso e desastroso dos retratos de grupo de Fantin-Latour". Chamava-se *Le Toast! Hommage à la vérité*. Se *Hommage à Delacroix* era, em parte, um protesto contra o rápido esquecimento público de seu tema (o enterro de Delacroix foi pouquíssimo concorrido e recebeu ínfima cobertura da imprensa), *Le Toast!* (1865) pretendia fazer uma afirmação mais ruidosa e ampla a favor da arte – e do próprio Fantin-Latour. Os críticos se irritaram com o que consideraram sua autopromoção em *Hommage à Delacroix* – ele não apenas se destacou em sua brilhante bata branca contra uma sala de sobrecasacas pretas, ele evidentemente animou o quadro ao segurar sua paleta na direção do observador, enquanto o ramo de flores colocado diante do falecido Maître era o tema da assinatura de Fantin-Latour. *Le Toast!* seria uma provocação ainda maior.

A intensa discussão de Alsdorf sobre as fases preliminares de *Le Toast!* – que retrata a Verdade como uma figura feminina nua segurando um espelho num ateliê repleto de artistas masculinos – mostra quanto esforço despendeu Fantin-Latour para tentar colocar em prática seu conceito. À medida que o mesmo se desenvolve, passa de uma pseudoclássica alegoria (com outras artes personificadas) a um Nu com Retrato de Grupo mais realista; o elenco de apoio de artistas muda constantemente de forma e personalidade, mas os principais e insolúveis problemas brotam da interação central do quadro entre a figura de Fantin-Latour e a mitológica figura da Verdade. Os pintores, ao longo dos séculos, incluíram-se muitas vezes em quadros de figuras múltiplas, embora em geral se colocassem numa das extremidades, observando com expressão um pouco presunçosa, exibindo uma ostensiva modéstia. Mas colocar-se no ponto central de uma imagem era um desafio formal, e também um risco crucial. O ponto de referência imediato de Fantin-Latour teria sido *L'Atelier du peintre*, de Courbet, aquele extraordinário gesto de Prometeu que mostrava, de modo implícito, Deus como criador sendo suplantado pelo Artista como criador. Mas o ego de Courbet era blindado em comparação ao de Fantin-Latour, e Courbet retratou-se calmamente pintando o mundo (e sendo admirado), enquanto Fantin-Latour tentou se apresentar num complexo compromisso com um nu alegórico empunhando um espelho. No início, ela é vista por trás, segurando seu espelho no alto, e tem como resposta um artista segurando um grande cartaz em que se lê VÉRITÉ. É obviamente tosco. Depois, é mostrada escolhendo o artista de paleta em punho, que, com a outra mão, responde com um gesto de "quem, eu?" (sugerindo uma espécie de Anunciação blasfema). Pouco a pouco, Fantin-Latour se encaminhou para a forma final do quadro (evidenciada por um esboço em óleo), em que a Verdade nua, com seu espelho agora mais abaixo, nos encara do centro posterior; todos os artistas (como em *Hommage à Delacroix*) também olham para a frente – exceto o próprio Fantin-Latour, que, mantendo um olho em nós, levanta um braço e aponta para a Verdade. Como ele escreveu numa carta ao seu representante inglês Edwin Edwards, "serei o único a vê-la". Fantin-Latour se deixava assim ainda mais exposto à carga da vaidade; pior, a presença de uma mulher nua cercada por homens vestidos pretendia reviver a histeria provocada dois anos antes no *Salon* com o *Déjeuner sur l'herbe* de Manet. Fantin-Latour tinha razão ao se preocupar com o fato de que o público veria seu quadro como "a orgia de um pintor".

O que Fantin-Latour não tentou, em todos os seus ajustes, foi tornar Fantin-Latour menos central: colocando-se, digamos, na tradicional extremidade dos fatos. Alsdorf cita Félix Vallotton e seu retrato de grupo (igualmente extraordinário, e um tanto enigmático) dos *Nabis* (1902-1903); aqui, o pintor se torna um pouco menor do que os outros, e um pouco recuado, mais como se fosse um maître observando uma animada discussão gestual. Fantin-Latour nunca levou isso em conta.

Tampouco tentou uma solução ainda mais radical: esquecer a inspiração. O *Symposium* (1894), de Akseli Gallen-Kallela, é um alucinatório retrato de grupo à moda dos seguidores de Munch, pintado no Hotel Kämp, em Helsinque, depois de muita bebida. À direita, Sibelius e seu amigo compositor Robert Kajanus, num estupefato meio-perfil de olhos vermelhos e cigarros acesos; perto deles, a figura cataléptica do compositor e crítico Oskar Merikanto; de pé à esquerda, e, olhando para nós, o próprio artista. Ele está meio sombreado por aquilo que observam Sibelius e Kajanus – as asas vermelho-escuras do raptor: o Mistério da Arte acaba de baixar sobre eles, mas agora voa para longe, somos convidados a concluir. É uma imagem melodramática que beira o absurdo, mas seria sem dúvida mais eficaz se Gallen-Kallela se tivesse mantido fiel a uma de suas ideias originais: sem asas deixando o quadro, e, em vez delas, uma simbólica mulher nua, deitada sobre a toalha da mesa. O que sem dúvida teria parecido uma "orgia de pintores".

Antes mesmo de concluir *Le Toast!*, Fantin-Latour teve muitas dúvidas, receando ser o seu tema "realmente absurdo". A tela foi de fato acusada de absurdo, pretensão e vulgaridade. Um crítico diagnosticou "uma crise de orgulho"; outro rejeitou o quadro como um desses paraísos de canecas de cerveja em que o artista reivindica o papel de Deus e Pai, com os seus amiguinhos como apóstolos. Como grande parte das críticas de Alsdorf, tais observações são maliciosas, presunçosas, em larga medida parciais, embora justas o bastante para ratificar qualquer dúvida que o pintor pudesse ter tido. Ao destruir *Le Toast!*, Fantin-Latour admitiu o fracasso do quadro, e também a carga pessoal de egocentrismo. Dali em diante, ele se ausentou de seus retratos de grupo e deu início a uma lenta retirada do colegiado. Ele havia sido um republicano apaixonado quando jovem, mas nunca foi um pintor que descesse muito às ruas; sua maneira de pintar a política da época foi pintar os mais ativos que ele (*Coin de table* foi apelidado "A refeição dos *communards*"). Então não foi uma calamidade – dada a natureza de seu talento – o fato de ter escolhido se retirar cada vez mais para o Louvre, e para seu próprio ateliê. Em 1875, ele escreveu para o pintor alemão Otto Scholderer (à esquerda de Manet em *Un Atelier aux Batignolles*): "Você tem razão quanto a reuniões de artistas; ninguém se equivale ao seu interior". Em novembro de 1876, ele mencionou a Scholderer seu desejo "de sair e ir viver sozinho, longe de todos os artistas, como se eu não sentisse que sou como eles".

Por coincidência, também nesse mesmo mês ele se casou com Victoria Dubourg, uma pintora que conheceu quando ambos faziam cópias no Louvre. Dois anos depois, produziu *La Famille Dubourg* (1878), um grupo composto pela esposa, a irmã dela, Charlotte, e seus pais. Quem quer que suspeite de uma aparente incompatibilidade entre querer "viver sozinho" e se casar deve examinar esse quadro: provavelmente uma das mais sombrias e alarmantes representações de parentes na história artística e conjugal. Quatro figuras vestidas de preto – os pais sentados, as filhas de pé – ocupam um espaço estreito em frente a uma parede parda cujo canto é dominado por um quadro que por si só não oferece nenhuma leveza ou alívio; à esquerda, há uma porta que parece trancada. A sensação de densa e mortal clausura doméstica faz pensar nos primeiros romances de Mauriac, ou na observação de Tchekhov de que "se você tem medo da solidão, não se case". Numa surpresa adicional, Fantin-Latour também privilegia formalmente Charlotte sobre Victoria: diante desse e de outros retratos das irmãs, não podemos deixar de cogitar se Fantin-Latour não se questionaria, ele próprio, quanto a ter casado com a irmã errada. Pelo menos, e como uma variação, esse retrato de grupo contém uma figura que consegue de fato tocar em outra: a mulher de Fantin-Latour pousa suavemente a mão no ombro da mãe. É uma incongruência do considerável talento de Fantin-Latour que seus retratos tenham uma peculiar e fúnebre aparência de naturezas-mortas, enquanto suas naturezas-mortas, os quadros de flores que lhe deram dinheiro (e que também fizeram seu nome na Inglaterra), exibem toda a vida, as cores e o vigor que ele dominava por completo.

Considerado um dos melhores romancistas britânicos de 1983, ano da primeira eleição promovida pela revista *Granta*, JULIAN BARNES (1946) consagrou-se como um dos principais escritores contemporâneos. É autor do já clássico *O papagaio de Flaubert* (1984), de romances e reuniões de contos e ensaios que, não raramente, têm como referência a França – país que o tornou em 2004 Commandeur de l'Ordre des Arts et des Lettres. Em 2011, a novela *O sentido de um fim* lhe valeu o primeiro Booker Prize, prêmio do qual já havia sido finalista três vezes. *Pulso* (livro de contos publicado pela Rocco, sua editora no Brasil) e *Levels of Life* (memórias) são alguns de seus títulos mais recentes. Este ensaio foi publicado originalmente na *London Review of Books* em 2013.
Tradução de CELINA PORTOCARRERO

"Os 20 melhores jovens escritores britânicos" ou "Granta 20"
(1983) Snowdon/Camera Press
No fundo, da esquerda para a direita: William Boyd, Adam Mars-Jones, Julian Barnes, Pat Barker, Clive Sinclair. No meio: Buchi Emecheta, A.N. Wilson, Christopher Priest, Ian McEwan e Martin Amis. Embaixo: Shiva Naipaul, Kazuo Ishiguro, Ursula Bentley, Philip Norman, Graham Swift, Rose Tremain, Maggie Gee e Lisa St Aubin de Terán.

Rupert
TODAY FROM YORK
CAB
EQUIPENT OPTION
GRAB-ARMS
SWINGS
IC LEECH-TRUK

DEBATE Ao mergulhar no mundo desencantado de "Junkspace", Rem Koolhaas cria impasse para a crítica pelo excesso de proximidade de seu objeto

Running Room

HAL FOSTER

Instant City Airships, Visit to a Small Town
Peter Cook © Archigram 1970

Imagens do Archigram Archives 2013

AUTONOMIA

A autonomia, ou a noção de que cada arte é específica, em sua própria área de competência, é o primeiro princípio da estética moderna, em vigor desde pelo menos os dias de Kant, e é uma palavra negativa para a maioria de nós, treinados pelo estilo híbrido da prática pós-moderna, para não mencionar os movimentos interdisciplinares da teoria pós-moderna. Tendemos a esquecer que a autonomia é sempre provisória, histórica e politicamente datada e que as artes são sempre definidas em relação umas às outras, nunca de modo absoluto; em suma, tendemos a esquecer que a autonomia é sempre *parcial*. Isso é ainda mais verdadeiro para a arquitetura, é claro, interligada como é às restrições de finalidade e programa.

Os pensadores iluministas, para resistir ao poder absoluto do Ancien Régime, defendiam a autonomia política, enquanto os artistas modernistas defendiam a autonomia estética, a fim de combater a persistente demanda de significados ilustrativos (ilustrativos como nos campos ideológico ou comercial). Como o essencialismo em discussões relativas à identidade, a autonomia pode ser uma palavra negativa, mas nem sempre é uma má estratégia, sobretudo numa época em que o híbrido e o interdisciplinar se tornaram quase rotina: chamemos de "autonomia estratégica".

1. Texto publicado na *serrote* #9, em novembro de 2011.

No texto "Junkspace",[1] Rem Koolhaas emprega o termo apenas uma vez, e o qualifica de "quase autonomia"; apesar disso, pelo menos implicitamente, é um valor que ele deseja reafirmar, e até mesmo uma posição que deseja conquistar. Será isso possível num mundo de *junkspace*?

BIGNESS

Uma possibilidade de abordagem do *junkspace*, ou espaço-lixo, é considerá-lo em relação a outra noção de Koolhaas, a de *bigness*. Num texto de 1993 sobre o assunto, ele propôs cinco teoremas:

1. Para além de certa massa crítica, uma edificação se torna um GRANDE edifício. Tal massa não pode mais ser controlada por um gesto arquitetônico singular, ou até mesmo por qualquer combinação de gestos arquitetônicos. A impossibilidade desencadeia a autonomia de suas partes, o que é diferente de fragmentação: as partes permanecem comprometidas com o todo.

2. O elevador – com seu potencial para estabelecer conexões mecânicas e não arquitetônicas – e toda a série de invenções a ele relacionadas anulam e invalidam o repertório clássico da arquitetura. Questões de composição, escala, proporção e detalhes são agora discutíveis. A "arte" da arquitetura é inútil na *bigness*.

3. Na *bigness*, a distância entre núcleo e invólucro aumenta até o ponto em que a fachada já não pode revelar o que acontece dentro. A expectativa humanista de "honestidade" fica arruinada; interiores e exteriores se tornam projetos separados: um lida com a instabilidade das necessidades programáticas e iconográficas, o outro – agente de des-informação – oferece à cidade a aparente estabilidade de um objeto. Onde a arquitetura revela, a *bigness* surpreende; a *bigness* transforma a cidade, a partir de um somatório de certezas, num amontoado de mistérios. O que você vê não é mais o que você tem.

4. Exclusivamente pelo tamanho, tais construções penetram num campo amoral, acima do bem e do mal. Seu impacto independe da sua qualidade.

5. Juntas, todas essas rupturas – com escala, composição arquitetônica, tradição, transparência e ética – supõem a ruptura final e mais radical: a *bigness* não faz mais parte de nenhum tecido urbano. Ela existe; no máximo, coexiste. Seu subtexto é: foda-se o contexto.

2
LEARN FRENCH NOW
BROWNS
B R O W N
I S T H
FRENCH
3 DAYS
THIS WEEK
IS
HEY! INSTANT FRENCH INSIDE

Em 1993, Koolhaas estava otimista quanto à *bigness*. Tratava-se de um "modelo de alquimia programática" que considerava a diversidade interna; melhor ainda, sugeria uma maneira de, uma vez mais, projetar em escala urbana "para reconstruir o todo"; na verdade, por meio da *bigness*, a arquitetura poderia "recuperar sua instrumentalidade como veículo de modernização". Mas isso foi naquela época. Em 1993, poucos anos após a queda do Muro, a Nova Europa ainda era um conceito recente, o espírito de seus líderes era expansionista, e Koolhaas foi um beneficiário desse pensar grande (seu Office for Metropolitan Architecture, ou OMA, fez, por exemplo, o projeto para Euralille (1990-1994), um complexo de edifícios de uma cidade provincial no norte da França que de repente se tornou um eixo para o continente revisto). Além disso, a China havia desencadeado o seu leninismo de mercado, e inúmeras encomendas logo surgiriam no horizonte oriental. Em suma, uma nova onda de modernização havia se erguido, e Koolhaas recrutou arquitetos para dominá-la.

Oito anos depois, "Junkspace" é lido como um repúdio à *bigness*. Aqui, Koolhaas lamenta o desaparecimento tanto da arte arquitetônica quanto da honestidade modernista. Se o *junkspace* está também "acima do bem e do mal", além dos termos usuais de juízo crítico, não há mais promessas nessa superação. E, se o "foda-se o contexto" da *bigness* já proporcionou alguma excitação, não existe tal bravata no *junkspace*: para Koolhaas, este é o único contexto que temos, e isso é uma merda. O *junkspace* é a "precipitação" da modernização que a *bigness* tentou gerenciar, é a terrível ressaca depois da grande orgia. E hoje, uma década depois, após o *crash* de 2008, e com a Europa em apuros, a entropia acelerou. É como se a mais recente onda de modernização tivesse arrebentado e nos jogado na praia com todos os outros lixos.

BONAVENTURE

Em sua influente análise do espaço pós-moderno, "Pós-modernismo, ou a lógica cultural do capitalismo tardio" (1984), Fredric Jameson usou o amplo átrio do Bonaventure Hotel, em Los Angeles, concebido por John Portman em 1974, como o principal sintoma de uma nova arquitetura sublime, que parece quase destinada a desconcertar o sensório humano. Jameson considerou aquele delírio espacial um caso particular da nossa incapacidade geral de compreender o mundo pós-capitalista, de mapeá-lo em termos cognitivos. Estranhamente, o que Jameson ofereceu como uma *crítica* à cultura pós-moderna, arquitetos como Frank Gehry e Zaha Hadid tomaram como *modelo*: a criação de espaços extravagantes que tendem a sobrecarregar o sujeito, de uma arquitetura neobarroca dedicada à glória dos poderes estabelecidos. (No barroco, os primeiros mecenas eram príncipe e igreja; na nova versão, incluem grandes corporações, governos ambiciosos, impérios esportivos e instituições culturais como museus de arte.) É como se esses arquitetos projetassem não em contestação à "lógica cultural do capitalismo tardio", e sim de acordo com suas especificações, e foram considerados os artistas mais originais da época por essa façanha.

Em 1987, Koolhaas escreveu sua própria análise de Portman, em que salientava o potencial arquitetônico de construções como o Bonaventure; agora, ele chama tal arquitetura de "JunkSignature™" e argumenta que sua missão é "intimidar". "Vocês achavam que podiam ignorar o *junkspace*", escreve Koolhaas num desafio a seus pares, "mas agora a sua própria arquitetura está infectada, tornou-se igualmente branda, inclusiva, contínua, deformada, ocupada, cheia de átrios". A excitação do espaço delirante, como o elaborado pelo Guggenheim em Bilbao e outras grandes obras, sem dúvida desapareceu. Desmentindo seu nome, o Bonaventure envelhece mal, tornando-se flácido como um velho astro de cinema cujas cirurgias plásticas não deram certo.

CONDICIONAL

Sem o elevador e o automóvel, a antiga disposição de cidade compacta e seu adjacente subúrbio não poderiam ter surgido, já que o elevador possibilitou a subida dos arranha-céus e o automóvel proporcionou a viagem de ida e volta para o lar distante. Da mesma maneira, a escada rolante e o ar-condicionado permitiram as grandes estruturas que logo se espalharam da cidade para os subúrbios e mais além – das lojas de departamentos para os shoppings, cassinos, parques temáticos, terminais de aeroportos e assim por diante. Segundo os autores do *Harvard Guide to Shopping* (2001), em que o artigo "Junkspace" foi publicado pela primeira vez, a escada rolante deu margem à "suavidade" do fluxo através dessas estruturas, enquanto o ar-condicionado forneceu "suporte vital" para os consumidores que nelas circulam. Como a *bigness*, o *junkspace* também depende desses mecanismos – também é "o produto de um encontro entre a escada rolante e o ar-condicionado" – mas é um encontro "concebido numa incubadora de divisórias de gesso". Essa imagem brinca com a antiga frase de Lautréamont sobre "o encontro fortuito de uma máquina de costura e um guarda-chuva numa mesa de cirurgia", que os surrealistas adotaram como definição *ready-made* dos resultados irracionais da colagem; nos *junkspaces*, entretanto, tais justaposições absurdas são a norma planejada. As mesas também são viradas de outra maneira, pois *junkspaces* são "apenas subsistemas, sem conceito", o que sugere que o elevador e o ar-condicionado assumiram uma monstruosa vida própria e, juntos, "lançaram o prédio infinito", aquele que, por ser infinito, "nunca termina". Na verdade, o *junkspace* pode sem dificuldade engolir uma cidade inteira, adverte Koolhaas em seu tom apocalíptico, e sob seu domínio tudo se torna provisório: "Espaço *condicionado* [...] se torna inevitavelmente um espaço *condicional*; mais cedo ou mais tarde, todo espaço *condicional* se transforma em *junkspace*".

CONSUMISTA

Arquitetura provisória parece uma contradição em termos, mas, se "a única certeza é a mutação", é uma contradição que os arquitetos devem enfrentar. A obsolescência planejada é tão natural para nós que já não vemos o quanto essa construção é louca, e seu ciclo só se torna mais frenético: num mundo econômico baseado na computação, a mercadoria não é mais um objeto a ser produzido do que um dado a ser manipulado – desenhado e redesenhado, consumido e reconsumido. O *junkspace* diz respeito então tanto a tempo quanto a espaço: é um efeito da contínua transformação do espaço de acordo com a temporalidade acelerada do consumo, para não mencionar a temporalidade da especulação projetada. No *junkspace*, as atualizações são tão rápidas que é difícil distingui-las de avarias, "em vez do desenvolvimento, nos é oferecida a entropia", e "em construção" se torna um permanente estado de coisas. Esse consumo incessante impulsiona o *junkspace* e, da mesma forma, transforma estruturas antes pouco associadas a compras, como aeroportos e museus. Assim, *junkspace* não é apenas lixo no espaço, nem simplesmente todos os prédios sem valor que há por aí (a maioria sequer projetada por arquitetos), é o lixo *como* espaço. Em sua interpretação do capitalismo de consumo, Jean Baudrillard afirmou que o produto havia remodelado o sinal em sua própria imagem; por isso também, em sua visão do *junkspace*, Koolhaas sugere que o produto está agora impregnado ao espaço.

DESIGN

O fato de tudo hoje, dos jeans aos genes, ser tratado como design é a razão principal para que se misturem ainda mais as antigas categorias de sujeito e objeto. (Um "objeto pessoal" é uma pessoa ou um objeto?) Não é preciso ser rico para ser designer e design ao mesmo tempo, seja o produto em questão uma casa ou um negócio, um rosto caído (designer cirúrgico) ou uma personalidade com retardo (designer medicamentoso). Será este tema projetado do consumismo um resultado involuntário do "sujeito construído" do pós-modernismo? Uma coisa é clara: o design suporta um vertiginoso circuito de produção e consumo. E, nessa economia política, os velhos heróis da cultura industrial – o autor como produtor, o artista como construtor, o arquiteto como engenheiro – não têm lugar. "Nessa guerra", afirma Koolhaas em "Junkspace", "os designers gráficos são os grandes vira-casacas." Ao que parece, arquitetos devem se tornar designers, ou perder.

AMBIENTE

O mundo do design total é um antigo sonho do modernismo, mas só se torna realidade, de forma perversa, no nosso presente pancapitalista. Na produção pós-fordista, as mercadorias são alteradas e os mercados posicionados de tal maneira que um produto pode, na quantidade, ser de massa e ainda parecer personalizado no direcionamento. O desejo não só é registrado em inúmeros produtos, está especificado lá, e assim também a identidade. "Isto é a minha cara!", dizemos em uníssono com milhões de outros seres semiúnicos que recebem o mesmo catálogo ou clicam na mesma página da internet. "Se você gostou disso", afirma nosso duplo algorítmico, "vai *adorar* isto". Mais uma vez, é esse perfil perpétuo da mercadoria que hoje impulsiona em grande parte a economia política do projeto. No entanto, o que acontece quando essa economia se rompe, consumidores vão à falência, mercados quebram, operários de fábricas resistem e ambientes escasseiam?

FINITUDE

Uma versão inicial do design total foi antecipada pela art nouveau, com sua tendência para ornamentar todas as superfícies. Aquele estilo 1900 teve seus adversários; seu maior inimigo, Adolf Loos, o atacou em muitos textos. Numa paródia satírica de 1900, "um pobre homenzinho rico" incumbe um projetista de inserir "arte em toda e qualquer coisa". "O arquiteto não se esqueceu de nada, absolutamente nada", Loos escreve. "Cinzeiros para charuto, talheres, interruptores de luz – tudo, tudo foi feito por ele." Esse *Gesamtkunstwerk* faz mais do que combinar arte, arquitetura e artesanato, ele também amalgama sujeito e objeto: "A individualidade do proprietário foi expressa em cada ornamento, cada forma, cada prego". Para o designer art nouveau, o resultado é a perfeição: "Você está completo!", exulta ele junto ao proprietário. Mas o proprietário não tem tanta certeza, o seu ambiente art nouveau mais parece um caixão do que um santuário. "O homem feliz de repente se sentiu muito, muito infeliz... Ele foi privado de qualquer vida, luta, desenvolvimento e desejo futuros. Ele pensou: é isso o que significa aprender a viver a vida com seu próprio cadáver. É, de fato. Ele está acabado. *Ele está completo!*" Para o designer art nouveau, tal completude reúne arte e vida, com todos os sinais de morte banidos. Mas, para Loos e para o cliente, essa triunfante superação de limites é uma perda catastrófica de si – a perda das limitações objetivas necessárias para definir qualquer "vida, luta, desenvolvimento e desejo futuros". Longe de ser uma superação da morte, essa perda da finitude é como viver "com o próprio cadáver".

GESAMTKUNSTWERK

A princípio, a *Gesamtkunstwerk* empenhava-se em desfazer a separação não só das diferentes artes, mas dos diferentes sentidos que as orientavam; confrontada com as reificações medusianas do capitalismo industrial, a "obra de arte total" se dispôs a revitalizar tanto a prática cultural quanto a experiência material. Para Loos, no entanto, o excessivo vitalismo da art nouveau (com todas as suas linhas lânguidas e contornos sensuais) resultou no efeito oposto: sugeriu uma morte em vida. Para Koolhaas, o *junkspace* é mais do que essa tragédia retornando como farsa: é o inferno na terra.

oscillating depth sound
HOW ?
FOOT CONTROL

INFERNO

Se o inferno são os outros, como escreve Sartre no final de *Entre quatro paredes* (1944), o *junkspace* atualiza esse inferno: "O *junkspace* é como estar condenado a uma perpétua Jacuzzi, com milhões de seus melhores amigos". A Jacuzzi é um toque agradável, reminiscente como é o estilo de vida da década de 1970 que capitalizava os libertários anos 1960. Koolhaas sugere ainda uma regressão no tempo quando descreve *junkspace* como "um grotesco jardim de infância" e outras expressões que o associam tanto à promiscuidade (seus "acoplamentos" são "passageiros") quanto à doença (suas "passagens" são "gangrenosas"). Em suma, "Junkspace" parece uma descrição do inferno de um Bosch contemporâneo, um inferno onde opostos se confundem e diferenças proliferam, onde qualquer autonomia é perdida: "Império vago da indistinção, funde extraordinário e ordinário, público e privado, reto e torto, inchado e esquálido, para oferecer uma colcha de retalhos inconsútil do perpetuamente desconjuntado". E, para Koolhaas, não há saída desse inferno do neutro. No fim, "Junkspace" apresenta uma lista de chamada do aeroporto dos infernos e, como um personagem de J.G. Ballard, estamos perdidos num infindável terminal.

IN/DISCIPLINA

A autonomia pode ser uma ficção, mas periodicamente é esclarecedora, como foi há 100 anos, no período do alto modernismo de Loos e companhia. Periodicamente, também, essa ficção pode ser restritiva, como foi décadas atrás, quando o modernismo tardio enrijeceu-se numa abstração automática e o pós-modernismo prometeu uma nova abertura. Não é mais a nossa situação. Hoje, o capitalismo avançado exigiu sua vingança contra a cultura pós-moderna, recuperando os cruzamentos das artes para sua própria *infotainment*;[2] se *junkspace* é a precipitação da *bigness*, é também a implosão do pós-modernismo. É hora de recuperar um sentido de contextualização política tanto da autonomia quanto de sua transgressão, da dialética histórica da disciplinaridade e de sua contestação.

Em alguns momentos daquele "império vago da indistinção", nada menos do que a sobrevivência da arquitetura está em jogo para Koolhaas. Como pode a arquitetura persistir

2. Neologismo que combina as palavras *information* e *entertainment*. [N. do E.]

Instant City Audio Visual Juke Box
Peter Cook © Archigram 1969

quando o condicional é a norma, quando "não há projeto, e sim proliferação", e quando espaços "buscam uma função como caranguejos ermitões à procura de uma carapaça vazia"? Nesses momentos, *junkspace* é como uma litania de perda arquitetônica: "O chão não existe mais... A ideia de um nível zero, o absoluto da horizontalidade, foi posta de lado... A transparência desapareceu... Acabou-se qualquer perspectiva... Mutações sucessivas escarnecem da palavra 'plano'... Há lealdade zero – e tolerância zero – pela configuração... A paisagem se tornou *junkspace*, folhagens como despojos..." Não há resposta arquitetônica para este "vazio terminal"?

JUNK/LIXO

Koolhaas vê *junkspace* por toda parte. Está em tudo ao nosso redor: "O tráfego é *junkspace*, do espaço aéreo ao metrô, todo sistema rodoviário é *junkspace*...". E, em outra instância da autonomia perdida, está também dentro de nós: com injeções de botox, conexões de celulares e coisas parecidas, cada um de nós é "um local de miniconstrução" de *junkspace*. O que, então, não é *junkspace*? Isso poderia funcionar como uma palavra *mana*, um significante flutuante, que absorve o maior número possível de significados da nossa difícil situação espacial? "A linguagem só pode ter surgido toda de uma vez", afirma Lévi-Strauss em seu ensaio de 1950 sobre Marcel Mauss. "Houve a passagem de um estágio em que nada tinha significado para um estágio em que tudo tinha significado." Após esse Big Bang linguístico, afirma Lévi-Strauss, houve um excedente de significação, uma não adequação entre significantes e significados, de tal forma que um dado significante pode existir como "um símbolo em seu estado puro, passível portanto de assumir qualquer conteúdo simbólico". Assim, segundo Lévi-Strauss, é a palavra polinésia *mana* nos relevantes textos de Mauss. Assim, também, é o neologismo *junkspace* para Koolhaas, com uma diferença fundamental: trata-se de um colapso de significação, não do seu surgimento.

KOOL

Em *Nova York delirante*, Koolhaas lembrou o "método paranoico-crítico" (MPC) de Salvador Dalí, segundo o qual, num "delírio de interpretação", um único motivo pode ser lido de várias maneiras: "O MPC promete que, pela reciclagem conceitual, os desgastados e consumidos conteúdos do mundo podem ser recarregados ou enriquecidos como o urânio". Essa "sistemática superdeterminação do que existe" serviu bem a Koolhaas: muitas vezes, em seus projetos, um elemento arquitetônico impulsiona todo um esquema, assim como, em seus escritos, uma estrutura urbana se torna um agente histórico por si só (como é o caso da malha urbana em *Nova York delirante*, que é considerada o motor do "manhattanismo"). Em parte,

I MADE IT HAPPEN!
ORCHIDIC CHAIRS

3. São Paulo: Cosac Naify, 2003. Tradução de Pedro Maia Soares.

4. Conjunto urbano comercial ou residencial surgido ao longo de uma rua ou estrada. No caso de Las Vegas, trata-se da via ao longo da qual cassinos e hotéis se instalaram, entremeados por grandes áreas de estacionamentos. Nesse corredor comercial infinito, proliferam placas e luminosos como elementos estruturantes do espaço.

essa foi uma lição de *Aprendendo com Las Vegas*[3] (1972), em que Robert Venturi e Denise Scott Brown abraçaram a ideia da Strip[4] pelo que ela poderia querer dizer sobre arquitetura num mundo de signos pop. Mas Koolhaas não só aprende com "o que existe", ele também inventa a partir daí, e muitas vezes o faz pelo exagero, até mesmo pelo agravamento.

Pode-se "aprender" com *junkspace* de forma semelhante? Isso parece frustrar duplamente a sistemática estratégia de superestimação, pois não é apenas excessivo em si, mas também resistente ao excesso em sua própria neutralidade. "O suave pode ser amplificado?", pergunta Koolhaas. "O inexpressivo pode ser exagerado?" A arquitetura de Manhattan, escreveu em *Nova York delirante*, "se relaciona com as forças do Groszstadt como o surfista com as ondas". O *junkspace* é um vasto mar de encrespamento estático, sobre o qual não se pode flutuar dessa maneira.

Como o *junkspace* zomba da ideia generalizada de que a nossa sociedade é uma sociedade da informação? Uma resposta arquitetônica à aparente imaterialidade de um mundo em rede é defender o uso da "construção light" – o que há de mais rarefeito em materiais, técnicas, formas, espaços, estruturas (os elegantes designs de Renzo Piano são, aqui, exemplares). Esse sonho de desmaterialização é atraente, mas, olhado com desconfiança, é pouco mais do que a velha fantasia de desencarnação tecnológica revisada para a idade ciberespacial, e tornou-se uma ideologia familiar a todos nós. Olhada com desconfiança ainda maior, tal leveza faz avançar não apenas a fantasia da desencarnação humana, mas também o fato da desrealização social.

Em seu romance de 1984 sobre a vida irreal da Tchecoslováquia comunista, saturada de uma ideologia na qual poucos ainda acreditavam, Milan Kundera cunhou a expressão "leveza do ser". Para Kundera, esse tipo de leveza não era de modo algum ideal, era "insustentável". E, desde a Queda do Muro, a versão capitalista dessa realização se tornou uma condição de vida para inúmeros de nós. Talvez as duas versões de leveza – o sonho da desencarnação e o pesadelo da desrealização – devam ser pensadas em conjunto. E, de fato, é isso o que busca o *junkspace*: ele é tanto uma réplica do sonho quanto uma representação do pesadelo.

Se a estratégia sistemática de superestimação não é viável na arquitetura, poderia ser ainda possível em outras práticas, como a crítica? "Junkspace" é uma performance mimética em que uma longa sequência de palavras é executada num emaranhado denso de (des)conexões, de modo a representar seu tema de forma dramática. Não parece haver aqui nenhuma esperança para a distância crítica, então Koolhaas mergulha nesse mundo, vasculhando sua linguagem, pressionando sua (i)lógica, buscando enriquecer seus fragmentos "como urânio", a partir de dentro.

Existem precedentes para esse tipo de crítica mimética. Um exemplo fundamental é *Rua de mão única* (1928), em que Benjamin não reflete sobre a Berlim dos tumultuados anos 1920 tanto quanto encena seus destruidores efeitos por meio de uma imaginária *dérive*. Só essa "linguagem de prontidão" de "folhas volantes, brochuras, artigos de jornal e cartazes" é "atuante à altura do momento", escreve Benjamin, e ele brinca com as formas factográficas em notas desconexas sobre "a degeneração das coisas" na metrópole moderna. "Crítica é questão de correto distanciamento", afirma ele numa seção intitulada "Estas áreas são para alugar". "Ela está em casa em um mundo em que perspectivas e prospectos vêm ao caso e ainda é possível adotar um ponto de vista. As coisas nesse meio-tempo caíram de maneira demasiado abrasante sobre o corpo da sociedade humana."[5] Aqui, Benjamin aposta que a crítica pode ser reformulada em termos de distração urbana (em sua opinião, recebemos nesse estado a arquitetura mais do que qualquer outra coisa). Mais de 70 anos depois, a pressão das coisas em nós é muito mais extrema, e no *junkspace* passamos da distração à imersão. Não parece haver escolha além de procurar uma margem de manobra no seu mundo.

"Junkspace" lembra também a prosa pop. Assim como Benjamin passou pela escola do dadá e do construtivismo, também Koolhaas aprendeu com o Independent Group, como Reyner Banham, Richard Hamilton, John McHale e Eduardo Paolozzi. Com um indisciplinado bricabraque de imagens e palavras, eles desenvolveram uma linguagem mimética do novo mundo consumista de produtos e sinais, uma linguagem que brincou com a mercantilização da linguagem, tanto visual quanto verbal, nos meios de comunicação e publicidade. No entanto, assim como Koolhaas questionou o populismo de "Main Street Is Almost All Right", de Venturi, ele também agora rejeita o "Plastic Parthenon" da arquitetura pop proposta por McHale e companhia. A ideia do projeto descartável foi retomada pelo Archigram – três de seus membros (Warren Chalk,

5. Os trechos traduzidos de Walter Benjamin foram publicados em *Obras escolhidas II: Rua de mão única*. Tradução de Rubens Rodrigues Torres e José Carlos Martins Barbosa. São Paulo: Brasiliense, 1987. [N. do E.]

Dennis Crompton e Ron Herron) lecionavam na Architectural Association quando Koolhaas estudou lá no final da década de 1960. Numa série de esquemas, o Archigram propôs uma arquitetura *clip-on* e *plug-in*, que podia ser montada e desmontada em movimento. Quatro décadas depois, é como se essas fantasias se tornassem reais e se espalhassem como loucas, só para serem abandonadas aos pedaços e deixadas para se transformar em *junkspace*. Em sua defesa ao Archigram, Banham desenvolveu um estilo de escrita que também era plástica e pop. Com Koolhaas, o deleite numa linguagem *clip-on* e *plug-in* se transforma em desgosto com a linguagem deliquescente do *junkspace*: "Verbos desconhecidos e impensáveis na história da arquitetura – prender, grudar, dobrar, despejar, colar, duplicar, fundir – passaram a ser indispensáveis".

NOBROW[6]

"Comprar está se proliferando em tudo, tudo está se proliferando em comprar": essa hiperbólica tese do *Harvard Guide to Shopping* também orienta o *junkspace*. No mesmo sentido, pode-se afirmar que o marketing está se incorporando a quase todos os discursos. Alguns dizem que essa fusão produziu uma cultura *nobrow* em que as antigas distinções de gosto (*highbrow*, *middlebrow* e *lowbrow*) já não se aplicam, e alguns veem o *nobrow* menos como um emburrecimento da cultura intelectual do que como uma percepção da cultura comercial, que se torna por si só fonte de status. Hoje, esse argumento funciona, estamos todos na mesma *megastore*, e isso é uma boa coisa: é a nossa própria versão da democracia. No entanto, isso é confundir democracia com consumo, e essa fusão subscreve o principal produto à venda na *megastore*, a fantasia de que as divisões de classe estão, desse modo, resolvidas. Essa fantasia é o complemento contemporâneo do mito original dos Estados Unidos: que tais divisões nunca existiram no país. É essa ilusão que permite que milhões de americanos votem contra os seus interesses, pelo menos a cada quatro anos.

"Junkspace" mostra pouco do prazer pop na cultura popular, e nenhuma das políticas populistas da arquitetura pós-moderna. Mas que política ele insinua? *Junkspace* implica gente-lixo, o que, por sua vez, implica o *Lumpenproletariat* que Marx previu – com desdém –, "a escória, os restos, o refugo de todas as classes", a massa demasiado esfarrapada (*Lumpen* é a palavra alemã para farrapo) para formar uma política própria.

6. Jogo de palavras intraduzível com *highbrow*, *middlebrow* e *lowbrow*. Os termos foram consagrados pelo crítico Dwight Macdonald, que, no célebre ensaio "Masscult and Midcult", abria guerra contra o *middlebrow*, a cultura de massa que, segundo ele, copia e dilui tanto o *highbrow*, a cultura canônica letrada, quanto o *lowbrow*, as tradições populares. O *nobrow* seria, portanto, a ausência dessas referências culturais consagradas. [N. do E.]

FORA DE MODA

Lixo é o "refugo aparentemente inútil", nos diz o Urban Dictionary; "aparentemente" porque às vezes algum valor pode ser outra vez extraído dali, ou pelo menos isso era verdade no passado. Tomemos a figura do *chiffonnier* em Baudelaire, o trapeiro que também intrigou Benjamin como uma figura criada pelos primórdios do capitalismo como recicladora de suas sobras. Para Benjamin, o trapeiro tornou-se uma cifra não só de valor residual, mas também de crítica inesperada, que ele teorizou na noção de "o obsoleto".

"Balzac foi o primeiro a falar das ruínas da burguesia", escreveu Benjamin em seu *Passagens* (1927-1940). "Mas só o surrealismo as expôs. O desenvolvimento das forças de produção reduziu a escombros os símbolos de desejo do século passado, antes mesmo que os monumentos que os representavam desmoronassem." Os "símbolos de desejo" em questão eram as maravilhas capitalistas da burguesia do século 19, em seu auge, como "as passagens e os interiores, as exposições e os panoramas". Essas estruturas fascinaram os surrealistas um século mais tarde, exatamente na época em que um maior desenvolvimento os transformou em "resíduos de um mundo de sonho". Para os surrealistas, rondar aqueles espaços obsoletos, segundo Benjamin, era drenar "as energias revolucionárias" que ficaram presas neles. Num registro menos redentor, poderíamos dizer que os surrealistas buscaram ler os sinais mnemônicos codificados naquelas antigas estruturas, sinais de que, de outra maneira, não poderiam ter atingido o próprio presente. Essa disposição do obsoleto pode questionar as reivindicações da cultura capitalista quanto a ser total e atemporal; pode também lembrar a essa cultura seus princípios confiscados (liberdade, igualdade e fraternidade acima de tudo). Poderá essa dimensão mnemônica do obsoleto ser extraída ainda hoje, ou o obsoleto é, de alguma forma, também obsoleto? Haverá símbolos de desejo deixados no *junkspace*?

Em tempos de transição, os artistas têm brincado de forma crítica com o lixo capitalista. Com sua prática complexa chamada *Merz*, Kurt Schwitters transformou frações de lixo da Alemanha pós-Primeira Guerra Mundial – fragmentos de anúncios, bilhetes usados, objetos estranhos roubados de amigos – em material de colagens e construções (incluindo, em sua *Merzbau*, uma espécie de arquitetura). Com efeito, Schwitters remodelou a *merde* de seu mundo numa reflexão crítica de seu *Commerz* (o termo *Merz* sendo derivado do pedaço desta palavra encontrada por Schwitters num anúncio). Outros exemplos similares incluem as colagens *Bunk*, produzidas por Paolozzi com revistas americanas na Inglaterra do pós-Segunda Guerra, bem como as instalações baseadas em objetos cotidianos típicos do Lower East Side, exibidas por Claes Oldenburg em *The Street* e *The Store*, no início dos anos 1960. Nos dias atuais, artistas como Isa Genzken, Thomas Hirschhorn e Rachel Harrison também se destacam nessa prática de exacerbação mimética. Se não há um outro lado do *junkspace*, na verdade nenhum lado de fora, eles são ainda capazes de encontrar fissuras dentro desse mundo, de pressionar essas rachaduras e abrir um pouco de espaço de manobra.

PÓS-FORDISMO

O mundo objeto da cidade industrial era relativamente fixo: fábricas e armazéns, arranha-céus e pontes, ferrovias e rodovias. Tais estruturas icônicas inspiraram inúmeros arquitetos, o que significa que esse antigo estágio de modernização sustentou a arquitetura moderna em sua estrutura de forma e criação de espaço. Será que o estágio atual faz hoje o mesmo pela arquitetura? "A construção que resulta da modernização não é a arquitetura moderna, é o *junkspace*", afirma Koolhaas. O *junkspace* parece uma aberração, mas é a essência, a coisa principal. Isso ocorre em tão alta escala porque, numa economia pós-fordista, o capital flui rapidamente em busca de mão de obra barata, produção inovadora, desregulamentação financeira e novos mercados, e o resultado é a queda vertiginosa da expectativa de vida dos prédios. Inequívoco nos Estados Unidos, esse processo é predatório onde o desenvolvimento é ainda menos restrito ou até mais imperioso. "Sua tarefa é verdadeiramente impossível", escreve Koolhaas a respeito do arquiteto, "para expressar o aumento da turbulência num meio estável." Num contexto pós-fordista, quais podem ser os critérios da arquitetura?

A arquitetura pós-moderna não serve muito de guia: sua resposta ao capitalismo de consumo foi conciliar a iconografia tradicional com a publicidade contemporânea, como se a arte da arquitetura pudesse, assim, ser atualizada e portanto conservada. A "construção light" não tem se saído muito melhor: como foi dito, ela tentou evocar uma sociedade de informação, como se, de alguma forma, pudesse acompanhar em termos de imaterialidade as redes eletrônicas. Mais recentemente, temos visto uma série de superfícies arquitetônicas conjuradas por programas de computador que lembram a atmosfera ambiente de "*datascapes*". No final, porém, todas essas respostas se baseiam em representação ou analogia – são imagéticas, nesse sentido – e assim refletem o mundo quase literalmente.

QUARENTENA

Em *Nova York delirante*, o arranha-céu é o cerne da "cultura do congestionamento" da velha Manhattan, e Koolhaas o apresenta como o acasalamento de duas formas – "a agulha" e "o globo" – que eram usadas como símbolos da cidade em feiras mundiais e parques temáticos. A agulha despertou a "atenção", enquanto o globo prometia "receptividade", e "a história do manhattanismo é uma dialética entre essas duas formas". Depois do 11 de setembro, o quadro discursivo desse manhattanismo mudou drasticamente. Novos temores aderiram ao arranha-céu como alvo terrorista, e os valores de "atenção" e "receptividade" se tornaram suspeitos. O mesmo aconteceu com os valores de congestionamento e o "espaço delirante", que foram ofuscados por pedidos de vigilância e "espaço defensável". Em suma, o "ego urbanista" e a diversidade cultural celebrados em *Nova York delirante* sofreram enorme pressão. Sob esse ângulo, o *junkspace* não é o único "produto interno da modernização", outro produto similar é seu corolário, "espaço de controle" (como o define *o Harvard Guide to Shopping*). Ainda mais claramente, há os campos (como o da baía de Guantánamo) que, como afirmou Giorgio Agamben, poderiam muito bem ser o "novo *nómos* biopolítico do planeta". Qual a relação entre *junkspace* e os campos? Essas duas hipóteses podem se ajustar?

RUNNING ROOM

Às vezes, distinções são fundamentais para a prática cultural. "Adolf Loos e eu – ele literalmente, e eu linguisticamente – nada mais fizemos do que mostrar que há uma distinção entre uma urna e um penico", escreveu Karl Kraus em 1912, "e que é essa distinção que, acima de tudo, fornece cultura com margem de manobra [*Spielraum*]. Os outros, os positivos [isto é, aqueles que não conseguem fazer essa distinção], se dividem entre os que usam a urna como penico e os que usam o penico como urna." Esta fórmula restrita requer um pouco de desdobramentos. "Os que usam a urna como penico" eram designers art nouveau que queriam injetar arte (da urna) no objeto utilitário (o penico). Os que fizeram o inverso eram modernistas funcionalistas que queriam elevar o objeto utilitário ao nível de arte. Para Kraus, os dois erros eram simétricos – ambos confundiam valor de uso e valor de arte –, e ambos arriscaram uma indistinção regressiva: não conseguiram salvaguardar a margem de manobra necessária à subjetividade e à cultura liberais, a "viver e lutar, desenvolver e desejar". Note-se que nada aqui é dito a respeito de uma essência intrínseca de arte ou de uma autonomia absoluta da cultura; o jogo é de diferenças propostas e espaços provisórios, de *Spielraum*, que se traduz ao pé da letra como "sala de jogos" ou "espaço para brincar". "Brincar" tem sido um termo crucial em estética desde Schiller, que o associa com invenção imaginativa: insistir em brincar, na arte, é uma preparação para a liberdade na vida.

Junkspace é o problema urna/penico 100 anos mais tarde, e 100 vezes pior, e Koolhaas rivaliza com seus antecessores austríacos na aspereza ética de sua reação. "Junkspace" começa e termina com um comentário loosiano, com um elenco de aspersão sobre o fraudulento ("coelho é a nova carne") e um aviso sobre o ornamental ("a cosmética é o novo cósmico"), e sua segunda linha apresenta uma oposição modernista entre o utilitário e o arbitrário que também era fundamental para Loos. Se o ornamento era um crime para Loos, assim é *junkspace* para Koolhaas (que também o associa com porcaria via *junkfood*). Ambos os críticos sonham com uma arquitetura motivada por uma linguagem esclarecida, ambos procuram um lugar autônomo num mundo heterônomo. Isso aponta para uma aparente contradição em "Junkspace": seu método, o da exacerbação mimética, parece em desacordo com a sua missão, a de autonomia; o texto indica ao mesmo tempo quebra e resistência. Mas talvez esse duplo movimento seja o que a busca de uma margem de manobra requer hoje de todos nós.

ESPETÁCULO

Para provocar uma grande marola na lagoa global da cultura do espetáculo, é preciso atirar uma pedra grande, e os *star architects* têm aqui uma vantagem óbvia. Em *A sociedade do espetáculo* (1967), Debord definiu espetáculo como "capital acumulado a ponto de se tornar uma imagem". Quarenta e cinco anos depois dessa definição, o inverso também provou ser verdadeiro: espetáculo é "uma imagem acumulada a ponto de se tornar capital". Essa é a lógica atual de muitos centros culturais, complexos esportivos, torres comerciais e prédios públicos, concebidos em grande parte pelo valor icônico, ou seja, para valorizar a identidade visual corporativa do cliente. Após os ataques do 11 de setembro, esperava-se uma mudança nessa economia política, mas nada mudou muito, e mesmo após o *crash* de 2008 ela não se alterou.

"Junkspace" assume que o espetáculo, ou a transformação de quase tudo conforme a lógica e a imagem da mercadoria, é ainda a operação dominante da cultura capitalista avançada e, certamente, é difícil argumentar com tal ponto de vista. Mas o conceito de espetáculo permanece dentro do universo discursivo de representação visual, ou seja, admite que somos sujeitos assaltados acima de tudo por imagens mercadológicas, que somos, em tudo e por tudo, *espectadores*. Cada vez mais, entretanto, somos também formatados como entidades estatísticas por duplos algorítmicos em arranjos de computador que, muitas vezes, têm interfaces visuais; mas, por outro lado, não somos visuais em operação, e somos geridos, literalmente controlados, como tais entidades, a cada furto de nossos cartões e a cada clique dos nossos mouses. (Toda vez que clicamos online em "Concordo", também nos tornamos empreiteiros de negócios que não compreendemos de todo, com valor extraído a partir desse acordo por métodos que não conseguimos acompanhar com facilidade.) É um novo tipo de interpelação, especialmente eficaz porque o realizamos de modo voluntário e por conta própria – todas aquelas horas de monitoramento de e-mail, Facebook, e assim por diante –, numa forma de atenção que é difícil distinguir de transtorno de déficit de atenção.Nessa situação, precisamos chegar a um acordo com a vigilância eletrônica tanto quanto com a "desorientação espacial", com *spamtime* tanto quanto com *junkspace*.

TIPOLOGIA

"Tradicionalmente, tipologia supõe demarcação, a definição de um modelo específico que exclui outras interpretações", escreve Koolhaas. O *junkspace* representa uma tipologia reversa de identidade cumulativa, aproximativa, menos em relação ao tipo do que à quantidade. Mas o informe ainda é a forma, o informe também é uma tipologia. Mas é mesmo? Não foi assim para o primeiro teórico do *informe*, Georges Bataille, que insistiu que o informe é a destruição da forma. Mais pertinente aqui seria o shopping, o tipo que promoveu, mais do que tudo, o *junkspace*, um tipo no sentido acima mencionado?

O *Harvard Guide to Shopping* comenta dois célebres projetistas de shoppings, Victor Gruen, em meados do século 20, e Jon Jerde, no final, e credita a eles duas transformações. A "transferência Gruen"[7] mudou o foco da compra em lojas de departamentos para os complexos comerciais distantes do centro, que foram concebidos como um "refúgio da cidade" e projetados como um "contexto mínimo abstrato". A "transferência Jerde" inverteu esses dois movimentos: seus shoppings voltam para a cidade, numa "tentativa de injetar vida nova em centros urbanos abandonados" e, em vez de contexto mínimo, "lançam grandes quantidades de matéria arquitetônica sobre o consumidor: incontáveis giros... rampas improváveis... entradas e mais entradas". De fato, um "repertório arquitetônico inteiro" retorna – como farsa – nessas megaestruturas que remodelam o ato de comprar em entretenimento, teatro, estilo de vida. Nesse sentido, se o shopping é um tipo, é um que ameaça acabar com todos os outros, até mesmo para desfazer a tipologia como tal: mais do que "um modelo singular que exclui outras modalidades", ele as inclui e, ao fazê-lo, as transforma em *junkspace*.

7. "Gruen Transfer", atribuída ao arquiteto Victor Gruen, se refere a uma espécie de dispositivo psicológico que é acionado assim que o consumidor entra num shopping. O layout espacial leva a uma espécie de desnorteamento, capaz de tornar o cliente mais vulnerável aos estímulos sensoriais que o incitam ao consumo.

UNIVERSAL

Um tipo tem também uma função cultural, como um índice arquitetônico de um momento histórico. "Cada época sonha a seguinte", escreveu Michelet numa linha apreciada por Benjamin, que, mais uma vez, via as passagens de Paris não apenas como uma invenção genial de uma animada burguesia em ascensão, mas também como um símbolo de desejo dessa classe para que a posteridade a decifrasse. Para Benjamin, as passagens foram percebidas como índice de sua era apenas no momento de seu eclipse pelo próximo tipo de arquitetura de consumo, a loja de departamento (este é um dos seus teoremas hegelianos sobre a história cultural em geral). Para Koolhaas e companhia, a loja de departamentos sofreu o mesmo destino nas mãos de seu substituto, o shopping. Mas haverá alguma forma de considerar o shopping um símbolo de desejo, uma "casa dos

sonhos do coletivo", um tipo, no sentido benjaminiano? Seria preciso um grande dialético para fazê-lo, e Koolhaas parece derrotado nessa frente. Seu texto sugere que o *junkspace* anula o registro arquitetônico da mudança histórica: se ele de algum modo anuncia uma era, é apenas (como previu o mestre dos filmes de terror John Carpenter) a era dos mortos-vivos.

Em certas ocasiões, *junkspace* parece sinalizar o fim não só da história da arquitetura, mas também da história em si. Aqui, vitória se transforma em derrota: "Seremos em breve capazes de fazer qualquer coisa em qualquer lugar. Teremos conquistado um lugar. No final do *junkspace*, o Universal?" Para Koolhaas, o *junkspace* é tão claustrofóbico quanto é o interior art nouveau para Loos – o fim de toda "vida e luta futura". Na verdade, o *junkspace* descreve uma fase de modernização cujas energias já não projetam para frente no tempo, mas caem entropicamente para trás no espaço. O seu "império vago da indistinção" desfaz oposições – é ao mesmo tempo "velho e novo, permanente e temporário, florescente e em risco, superdeterminado e indeterminado, sem rumo e objetivo" – de uma maneira que também desfaz qualquer dialética da história. "Não há progresso", conclui Koolhaas, "como um caranguejo drogado, a cultura cambaleia sem fim para os lados".

VIRTUAL

Se, com a arquitetura pós-moderna, a cenografia voltou a ser tão importante quanto o espaço, com o *junkspace* esse desenvolvimento atingiu um novo nível: muitas vezes, imagem e espaço são combinados pelo design. Designers influentes como Bruce Mau (que colaborou muitas vezes com Koolhaas) se dedicam a programas "em que identidade de marca, sistemas de sinalização, decoração e arquitetura estejam totalmente integrados". Essa integração depende de uma desterritorialização da imagem e do espaço, que por sua vez depende de uma digitalização da fotografia, seu distanciamento de antigos laços referenciais, e de uma computação arquitetônica, seu distanciamento de antigos princípios tectônicos. Essa desterritorialização é hoje, para nós, uma segunda natureza, embora, como há muito nos ensinaram Deleuze e Guattari (para não mencionar Marx), esse seja o caminho do capital, e não o da vanguarda.

Instant City at Bournemouth
Peter Cook © Archigram 1969

SEM QUALIDADES

A arquitetura moderna alegava tratar de função, isto é, de necessidade, o que não é tão polimorfo quanto o desejo. Sem dúvida era também impulsionada pelo desejo – o desejo de parecer moderno, acima de tudo –, mas nem de longe na mesma medida do design contemporâneo. Muitas vezes, porém, tal desejo parece quase não carecer de sujeito, ou pelo menos de uma necessidade: paradoxalmente, o design parece adiantar um narcisismo que é todo imagem e nenhuma interioridade – uma apoteose do sujeito que é também seu potencial desaparecimento. Em nosso mundo neo art nouveau de design total, o destino do "pobre homenzinho rico" de Loos, "impedido de qualquer vida e luta futura, de desenvolvimento e desejo", está prestes a se realizar. Robert Musil, um contemporâneo de Loos, antecipou esse estilo 2000 já na época do estilo 1900. "Um mundo de qualidades sem homens surgiu", escreveu Robert Musil em *O homem sem qualidades* (1930-1942), "de experiências sem a pessoa que as experimenta, e quase parece que a experiência idealmente privada é coisa do passado, e que a carga amigável da responsabilidade pessoal vai dissolver-se num sistema de fórmulas de possíveis significados. Provavelmente, a dissolução do ponto de vista antropocêntrico, que por muito tempo considerou o homem como o centro do universo, mas que foi desaparecendo ao longo dos séculos, chegou afinal ao 'eu' propriamente dito."

X

Dois modelos, mais do que quaisquer outros, nortearam os estudos críticos da arquitetura do pós-guerra, bem como da arte do período: a lógica de oposição do "pós", de um pós-modernismo que queria desenvolver um modernismo que havia endurecido ao longo do tempo, e a estratégia recursiva do "neo", das neovanguardas que voltaram a olhar para momentos negligenciados nas vanguardas do pré-guerra em busca de novos pontos de partida (do mesmo modo com que os arquitetos desconstrutivistas, como Hadid, voltaram o olhar para o construtivismo). Hoje, esses modelos de "pós" e "neo" estão descartados, não são sequer suficientes como paradigma forte para a prática, e nenhum outro modelo ocupa seu lugar. Para muitos, esse duplo desaparecimento é positivo, já que parece considerar a diversidade. Mas nosso paradigma-do-não-paradigma também favorece uma incomensurabilidade estagnada, uma indiferença insípida, e esse padrão pós-histórico não representa um avanço nas velhas teleologias do modernismo. Todos nós (arquitetos, artistas, críticos, curadores, *amateurs*) precisamos de uma narrativa para concentrar nossas práticas – histórias centradas, e não *grands récits*. Sem tal bússola, permanecemos mergulhados na dupla esteira do pós-modernismo e da neovanguarda, ou seja, numa zona de *junkspace* metodológico, sem nos movermos adiante como um cavalo num tabuleiro de xadrez, por assim dizer, mas em fuga lateral precipitada, como um caranguejo drogado.

SIM

Estações ferroviárias se desdobram como borboletas de ferro, aeroportos brilham como gotas de orvalho ciclópicas, pontes transpõem bancos muitas vezes insignificantes como versões grotescamente ampliadas da harpa. A JunkSignature™ parece devolver o engenheiro ao status heroico, com figuras como Cecil Balmond (que colaborou com Koolhaas, como no prédio da CCTV em Pequim) e Santiago Calatrava (que Koolhaas tem em mente, com suas imagens de borboletas de ferro e harpas grotescas). Mas, se tal engenharia-como-arquitetura indica uma recuperação da tectônica, é uma tectônica dedicada à criação de imagens, um prometeanismo pós-11 de setembro no qual o espírito humanista e a tecnologia imperial dificilmente podem ser considerados em separado. Em tais casos, a engenharia avançada é posta a serviço não só da criação de logomarcas corporativas, mas também da elevação da moral coletiva, e, nesse sentido, o espetáculo está longe de desaparecer. "Por que eles nunca dizem NÃO?", pergunta Koolhaas a esses engenheiros, num questionamento retórico em *Content* (2003). Mas onde estariam arquitetos como Koolhaas se eles contestassem? Na guerra de jingles, *simplesmente faça* ganha sempre de *simplesmente diga não*. O que precisamos é de uma nova espécie de "capacidade negativa".

ZONA

Em *O homem sem qualidades*, Musil sugere a "dissolução" do sujeito, e em "Junkspace" (que poderia ser chamado de "Espaço sem qualidades"), Koolhaas sugere uma "desorientação" no espaço. Mas ele também afirma que tal desorientação é "planejada", e é verdade que o Google não só sabe onde estamos como também, cada vez mais, quem somos – ou deveríamos ser, de acordo com seus dados. "O controle do espaço inaugura o triunfo da estatística", afirma *The Harvard Guide to Shopping*, mas talvez além do regime da estatística esteja a ordem do algoritmo, que não só prevê onde estaremos, mas também codetermina o que faremos quando lá chegarmos. "Sem autoria", embora "autoritário", o *junkspace* modela "um fascismo latente oculto com segurança em sinalização, ferramentas, simpatia". Em "Junkspace", estamos, então, numa zona roteirizada (que talvez tenha antecedentes nas zonas de *Gravity's Rainbow* e *Stalker*), mas essa zona não é tão total como pretende Koolhaas em sua inspirada paranoia. Mais uma vez, mesmo que não haja um lado de fora no *junkspace*, ainda há margem de manobra a ser criada em suas fissuras.

REFERÊNCIAS AGAMBEN, Giorgio, "What Is a Camp?", *in Means without End*, trad. Vincenzo Binetti e Cesare Casarino. Minneapolis: University of Minnesota Press, 2000.◖ BANHAM, Reyner, *A Critic Writes: Selected Essays*. Los Angeles: University of California Press, 1999.◖ BATAILLE, Georges, "Formless" (1929), *in Visions of Excess: Selected Writings 1927-1939*, trad. Allan Stoeckl. Minneapolis: University of Minnesota Press, 1985.◖ BAUDRILLARD, Jean, *Para uma crítica da economia política do signo*, trad. Aníbal Alves. São Paulo: Martins Fontes, 1972.◖ BENJAMIN, Walter, *Obras escolhidas II: Rua de mão única*, trad. Rubens Rodrigues Torres e José Carlos Martins Barbosa. São Paulo: Brasiliense, 1987.◖ BENJAMIN, Walter, *Passagens*, trad. Irene Aron e Cleonice Paes Barreto Mourão. Belo Horizonte: Editora UFMG, 2006.◖ CHAMBERLAIN, Colby, *The Binder and the Server*. Nova York: Triple Canopy, 2012.◖ DEBORD, Guy, *Sociedade do espetáculo*, trad. Estela dos Santos Abreu. Rio de Janeiro: Contraponto, 2013.◖ FOSTER, Hal, *Design and Crime, and Other Diatribes*. Londres/Nova York: Verso Books, 2002.◖ JAMESON, Fredric, *A virada cultural: reflexões sobre o pós-moderno*, trad. Carolina Araújo. Rio de Janeiro: Civilização Brasileira, 2006.◖ JAMESON, Fredric, "A lógica cultural do capitalismo tardio", *in Pós-modernismo: a lógica cultural do capitalismo tardio*, trad. Maria Elisa Cevasco. São Paulo: Ática, 2007.◖ JAMESON, Fredric, "Future City", *New Left Review*, v. 2, n. 21, maio-jun. 2003. [Uma versão em português pode ser encontrada em www.ufjf.br/revistalibertas/edicoes-anteriores/volume-10-%E2%80%93-numero-1-jan-jun-2010.]◖ KOOLHAAS, Rem, *Nova York delirante*, trad. Denise Bottmann. São Paulo: Cosac Naify, 2010.◖ KOOLHAAS, Rem e MAU, Bruce, *S, M, L, XL*. Nova York: Monacelli Press, 1995.◖ KOOLHAAS, Rem, e CHUNG, Chuihua Judy, INABA, Jeffrey e LEONG, Sze Tsung, *The Harvard Design School Guide to Shopping*. Taschen, 2002.◖ KOOLHAAS, Rem *et al. Content*. Taschen, 2004.◖ KRAUS, Karl, *Die Fackel*, dez. 1912.◖ KUNDERA, Milan, *A insustentável leveza do ser*, trad. Teresa Bulhões Carvalho da Fonseca. São Paulo: Companhia das Letras, 1999.◖ LÉVI-STRAUSS, Claude, "Introdução à obra de Marcel Mauss", *in* MAUSS, Marcel, *Sociologia e antropologia*, trad. Paulo Neves. São Paulo: Cosac Naify, 2011.◖ LOOS, Adolf, "Poor Little Rich Man" (1900), *in Spoken into the Void: Collected Essays 1897-1900*, trad. Jane O. Newman e John H. Smith. Cambridge: MIT Press, 1987. [Uma versão em português pode ser encontrada em www.agitprop.com.br/?pag=repertorio_det&id=76&titulo=repertorio.]◖ MARX, Karl, *O 18 de brumário de Luís Bonaparte*, trad. Nélio Schneider. São Paulo: Boitempo, 2011.◖ MAU, Bruce, *Life Style*. Londres: Phaidon Press, 2000.◖ MCHALE, John, "The Plastic Parthenon" (1966), *in* KITNICK, Alex (org.), *The Expendable Reader*. Nova York: GSAPP Books, 2012.◖ MUSIL, Robert, *O homem sem qualidades*, trad. Lya Luft e Carlos Abbenseth. Rio de Janeiro: Nova Fronteira, 1989.◖ RILEY, Terence, *Light Construction*. Nova York: Museum of Modern Art, 2004.◖ SEABROOK, John, *Nobrow: The Culture of Marketing, the Marketing of Culture*. Nova York: Vintage Books, 2001.◖ VENTURI, Robert, BROWN, Denise Scott e IZENOUR, Steven, *Aprendendo com Las Vegas*, trad. Pedro Maia Soares. São Paulo: Cosac Naify, 2003.

HAL FOSTER (1955) é referência na crítica de arte e arquitetura contemporâneas. Professor de Princeton, é autor de *The Return of the Real: The Avant-Garde at the End of the Century* (1996), *Design and Crime* (2002) e, mais recentemente, *The First Pop Age* (2011) – todos inéditos no Brasil. É colaborador da *London Review of Books* e da *Artforum* e um dos editores da *October*, revista na qual este ensaio foi publicado em sua primeira versão, em 2002, juntamente com o texto de Rem Koolhaas. Ambos foram reeditados pelo próprio Foster em *Junkspace with Running Room* (2013), volume que prefaciou e organizou para a Notting Hill Editions, editora britânica especializada em ensaísmo.
Tradução de **CELINA PORTOCARRERO**
Revisão técnica de **JOÃO MASAO KAMITA**

O **ARCHIGRAM** foi um grupo de arquitetos ingleses dedicado a discutir criticamente as premissas da estética moderna, principalmente a partir de projetos utópicos publicados na revista de mesmo nome, que circulou entre 1961 e 1974.

CORRESPONDÊNCIA **O diálogo escrito dos amantes é um gênero literário de misteriosas regras, que alguns aprendem, mas ninguém tem como ensinar**

Cartas de amor

ALBERTO MANGUEL

Para o teu aniversário

Recibe este rostro mío, mudo, mendigo.
Recibe este amor que te pido.
Recibe lo que hay en mí que eres tú.

ALEJANDRA PIZARNIK, *Los trabajos y las noches*

Em fins de 2005, na cidade de Metz, teve lugar um estranho julgamento. Diante do tribunal, uma advogada, cujo nome não conhecemos, moveu uma ação contra um colega que, entre maio de 2002 e dezembro de 2003, lhe escrevera mais de 800 cartas de amor. Como prova do assédio, depositou diante do sobressaltado juiz uma grande bolsa de plástico, repleta de ardentes missivas, cada uma começando com as mesmas duas palavras: "Meu amor". "O que me surpreende", comentou o magistrado, "é que, com tanto ardor, a bolsa não tenha se consumido sozinha".

Não sabemos o que precipitou a paixão do homem de leis; tampouco sabemos o que ocasionou a recusa de sua colega de profissão. O certo é que, nesses casos, tudo é misterioso. Alguma coisa na visão (material, intuída ou imaginada) do outro provoca inesperadamente esse golpe, essa

Felipe Cohen
Detalhes da série *Janelas*, 2009

epifania, esse abandono ou esse arrebatamento dos sentidos a que chamamos *paixão* – sílabas desajeitadas que mal refletem a vertigem da coisa.

Quem se apaixona procede de duas maneiras: cala e sofre ou, ao contrário, tenta declarar seu amor, fazer com que aquele ou aquela que o transtornou saiba ser a causa, a *fons et origo*, de seu arrebatamento. Neste caso, é frequente que o apaixonado escreva. Cartas ou poemas, dá na mesma. O apaixonado busca, pelas palavras, dizer o indizível.

Os cientistas trataram de reduzir a atração erótica a fórmulas químicas. Parece que certas moléculas atraem outras: um cheiro, uma forma, um gesto formam laços invisíveis com outros gestos, formas, cheiros. Não é Dante que se apaixona por Beatriz: é um aminoácido de Beatriz, uma enzima, um conjunto de proteínas segregado por uma de suas glândulas – belas, sem dúvida – que causa o relâmpago apaixonado. Desde a Antiguidade, intuímos essa razão prosaica e elaboramos afrodisíacos esquisitíssimos, com a esperança de provocar artificialmente o arrebatamento erótico. Para Ovídio, as fórmulas mágicas e os sortilégios eram inúteis; em sua *Arte de amar*, ele aconselha as cocções de urtiga e pó de chumbo, a espuma de nitrato vermelho e o lírio da Ilíria, bem como uma sopa preparada com as algas que o martim-pescador usa para fazer seu ninho. Na Idade Média, as receitas para amar e ser amado eram inumeráveis: em Navarra, aconselhava-se esconder um anel num ninho de andorinhas durante nove dias; na Provença, moíam-se folhas de sanfeno, que então se usavam para condimentar uma língua de mocho; nas montanhas da Alsácia, preferia-se usar a pata esquerda de um lobo, cozida com âmbar-gris e pó de Chipre; no norte da França, o apaixonado devia pôr numa vasilha duas ou três gotas de seu próprio sangue, extraídas numa sexta-feira, e acrescentar os testículos de uma lebre e o fígado de uma pomba. Não conhecemos a fórmula da poção mágica que beberam Tristão e Isolda ou daquela outra que fez com que Titânia se apaixonasse por um homem com cabeça de asno em certa noite de verão – mas, sem dúvida, eram semelhantes a essas combinações estranhas e pouco apetitosas.

Mais simples, mais práticas, menos espetaculares, as cartas de amor buscam na combinação mágica das letras o mesmo resultado: fazer que o leitor compartilhe certa ideia de amor e se enamore, por assim dizer, do autor do texto. (Talvez seja este o propósito secreto de todo escritor: converter o leitor em apaixonado, e, nesse caso, a literatura não seria mais do que uma longa carta de amor dirigida a um vasto público de Dulcineias e Romeus...) O certo é que essas declarações de amor são antiquíssimas, uma vez que o desejo de ser amado é tão velho quanto o de possuir ouro ou enormes rebanhos. Isso explica que os primeiros vestígios de escrita cuneiforme sejam relatórios contábeis e correspondências amorosas.

Uma carta de amor nunca é inocente. O texto que tenta recuperar a paixão amorosa por meio das palavras é uma faca de dois gumes: se escrever sobre o amor alivia os sofrimentos que o deus Eros inflige com suas flechas a nosso pobre coração, ler textos amorosos intensifica seu poder. Ovídio (mais uma vez) aconselha o apaixonado a não ler cartas de amor. "Digo muito para meu pesar", escreve. "Não toques os autores que escrevem sobre o amor. Eu mesmo, contrário à minha natureza, proscrevo aqui meu próprio talento." Escrever sobre o amor, sim, isso ajuda, diz Ovídio: "Que a cera passada sobre as tabuinhas bem lustradas encontre o bom caminho; que a cera seja a primeira confidente de tuas intenções, que ela leve teus elogios e tuas palavras capazes de inspirar o amor".

O que revela uma carta de amor? A identidade do autor ou do leitor? A do amante ou do amado? A voz de quem lê ou de quem escreve? Talvez nem uma nem outra: quem aparece é uma terceira pessoa, essa "*amada en el amado transformada*" que buscava San Juan de la Cruz. É possível que, num texto amoroso, nós percamos algo de nossa singularidade, de nosso egoísmo, para alcançar um estado plural, uma existência compartilhada e generosa. Somos quem somos, mas só porque o outro existe, esse outro que, por sua vez, ganha realidade como fantasma de nosso desejo. Como entre um autor e seu personagem, cria-se entre quem ama e quem é amado uma rede de correspondências, de alento mútuo, de espelhos consoladores, que se impõe à mera realidade do mundo que chamamos real. Toda carta de amor é uma declaração de fé e propõe a seu autor e a seu leitor o pacto que o unicórnio propõe a Alice do outro lado do espelho: "Está bem, agora que nos vimos um ao outro", disse o unicórnio, "se você acreditar em mim, acreditarei em você. Negócio fechado?"[1]

O certo é que as cartas de amor revelam nossa identidade ao mundo da maneira mais íntima possível: não apenas como indivíduos com nossas próprias loucuras, tristezas e paixões, mas sobretudo como membros da mesma esforçada estirpe, quer sejamos vítimas de um primeiro encontro, como Dante, quer sejamos amantes tarimbados, como Casanova. Paradoxalmente, cada vez que nos apaixonamos, esse ato único, singular, inimitável (salvo em literatura) é o que nos outorga uma espécie de denominador comum, repetido desde aquele primeiro encontro num remoto jardim.

1. Tradução de Sebastião Uchoa Leite. *Aventuras de Alice no País das Maravilhas e Através do espelho e o que Alice encontrou lá*. Rio de Janeiro/São Paulo: Fontana/Summus, 1977.

Uma leitura detida da literatura amorosa sugere que, mais que *Homo sapiens* (epíteto ainda por se comprovar) e *Homo ludens*, somos *Homo amans*, uma espécie definida por nossa capacidade de nos apaixonar.

"Mais que os beijos, são as coisas escritas que unem as almas", escreveu John Donne no século 16. Mas a união das almas é a única missão da literatura amorosa. Ser leitor dessa literatura dá também alento à nossa vocação de *voyeur*. Já que sabemos que essa carta, essa ficção, não se destinava a nós, convertemo-nos em tácitos fofoqueiros, invisíveis participantes a espiar pelo buraco da fechadura o intercâmbio amoroso de um casal do qual não somos parte. Nós, que julgaríamos com horror a indiscrição de quem escuta atrás da porta os jogos eróticos dos vizinhos, aceitamos tranquilamente o fato de nos metermos entre as páginas de um Abelardo e uma Heloísa ou de querermos saber tudo o que inúmeros amantes sussurraram ao ouvido de suas amadas imaginárias por trás da capa de um livro.

Nosso gosto um tanto perverso por saber o que os autores da literatura mal denominada "romântica" chamavam de "segredos de alcova" transformou esses escritos num gênero literário específico. Toda carta de amor propõe um resumo pessoal do mundo; toda carta de amor tem um destinatário, seja de carne e osso, seja alguma sublimada ilusão do escritor. Para satisfazer seu público implícito, as cartas de amor têm suas misteriosas regras, que alguns conseguem aprender, mas que ninguém tem como ensinar, e por isso há cartas boas e ruins, encantadoras e vis, poderosas e débeis, cômicas e dramáticas. Suas virtudes não dependem de sua época (se bem que muitas de suas artimanhas foram inventadas no século 19), das circunstâncias de sua composição nem do gênio literário do autor. Talvez por isso os gregos representassem o deus Eros com os olhos vendados.

Chateaubriand, num par de páginas escondidas de sua *Vida de Rancé*, descreve com amorosa perspicácia os mecanismos da correspondência amorosa:

> Mas talvez uma correspondência particular entre duas pessoas que se amaram ainda ofereça alguma coisa de mais triste; pois o que se vê não são mais os homens, é o homem.
>
> No começo, as cartas são vivas, longas, multiplicadas; o dia não basta: escrevemos ao pôr do sol; traçamos algumas palavras ao luar, para que essa luz casta, silenciosa, discreta venha cobrir mil desejos com seu pudor. Os amantes se separaram ao romper do dia, e ao romper do dia espreitam a primeira luz para escrever o que pensam ter esquecido de dizer. Mil juras cobrem o papel, no qual se refletem as rosas da aurora; mil beijos se depositam nas palavras que parecem nascer da primeira visão do sol: não há ideia, imagem, devaneio, incidente, desassossego que não mereçam a sua carta.
>
> Mas eis que, certa manhã, algo de quase imperceptível se mistura à beleza dessa paixão, como uma primeira ruga no rosto da mulher adorada. A brisa e o

perfume do amor expiram nessas páginas juvenis, como uma brisa que, à noite, cai sobre as flores: percebemos, mas não queremos confessá-lo a nós mesmos. As cartas se abreviam, diminuem em número, trazem notícias, descrições, coisas alheias; algumas se atrasam, mas estamos menos inquietos; seguros de amar e de ser amados, agora somos razoáveis; não ralhamos mais, submetemo-nos à ausência. As juras de amor seguem em frente; são as mesmas palavras, mas estão mortas; falta-lhes a alma: "eu te amo" não é mais do que uma expressão habitual, um protocolo necessário, é o "cordialmente" das cartas de amor. Pouco a pouco o estilo se torna gélido ou irritado, já não esperamos com impaciência o dia do correio, agora o tememos; escrever tornou-se uma faina. Coramos, em pensamentos, diante das sandices que confiamos ao papel; bem gostaríamos de recuperar nossas cartas e lançá-las ao fogo. O que aconteceu? Será um novo elo que começa ou um elo antigo que finda? Não importa: o amor morre antes do objeto amado. Somos obrigados a reconhecer que os sentimentos do homem são sujeitos aos efeitos de um labor oculto, da febre do tempo que produz o cansaço, dissipa a ilusão, mina as paixões e transforma os corações, como transforma nossos cabelos e nossos anos. Contudo, há uma exceção a essa enfermidade das coisas humanas: por vezes acontece que, numa alma rija, um amor dure o bastante para se transformar em amizade apaixonada, em dever, para assumir os caracteres da virtude; então, ele perde sua fragilidade natural e passa a viver de seus princípios imortais.

É por isso, penso eu, que a leitura de cartas de amor (dirigidas ou não a nós mesmos) deve responder a razões não demasiado visíveis. Pelo contrário, deve permitir uma leitura casual, aleatória, que confunda épocas e nacionalidades, idades e sexos, pouco importando quem pronuncia a declaração de amor e quem a aceita ou a recusa. Tais cartas deveriam ser lidas como a longa correspondência amorosa entre dois personagens que não exigem outro nome senão Amado e Amante, e cuja história, compartilhada com o leitor de página em página, terminaria por dar uma ideia aproximada da surpreendente variedade de nossos candentes corações.

Prolífico ensaísta e escritor, **ALBERTO MANGUEL** (1948) tem sua obra de não ficção reunida em diversas antologias, dentre as quais *À mesa com o chapeleiro maluco*, *A cidade das palavras* e *A biblioteca à noite*. Seu livro mais recente publicado no Brasil é o romance *Todos os homens são mentirosos* (Companhia das Letras, 2010).
Tradução de **SAMUEL TITAN JR.**

Assine serrote e receba em casa a melhor revista de ensaios do país
Assinatura anual R$ 89,00
(3 edições anuais)
Ligue (11) 3971-4372
serrote@ims.com.br
serrote
Para abrir cabeças